KB234040

걷는 이의
축복

코리아
둘레길

걷는 이의 축복

코리아 둘레길

입문편

이화규 지음

노래채집가
주철환 강력 추천

코리아둘레길 4,520km
전구간 개통 기념판

LP마니아 필자 선정
음악 53곡 수록

이 책은 둘레길 안내서가 아니다. 굳이 밝히자면 둘레길을 배경으로 한 '인문적 산문집'이라 하겠다. 걷다 마주친 내면, 걷다 바라본 역사와 인물, 걷다 되새긴 이 세계의 생태환경, 즉 걷기가 환기해 주는 자아와 주변 세계의 이야기를 담았다.

앞서 출간한 《산티아고 카미노 블루》는 산티아고 순례길에서 펼쳐진 이야기다. 순례길이면서 기본적으로 장거리 걷기 길에 관한 것이다. 나름 독특한 구성과 이야기로 독자들에게 과분한 호응을 얻었다.

사실 국내 둘레길 이야기를 먼저 쓰고 싶었다. 코리아둘레길 전 구간은 총연장 4,520km에 달하는 적잖은 거리다. 근래 코리아둘레길 중 마지막 남은 DMZ평화의길이 정식 개통됐다. 이를 기념해 본격적으로 국내 둘레길에 대한 의미 있는 글을 쓰고 싶었다. 국내 둘레길, 특히 코리아둘레길을 걷는 동안 제법 글다운 글을 써서 일종의 트레킹 문학을 시도하고자 한다. 바로 이 책이 그 시작이다.

보아하니 많이 걷는 자는 잘 표현하지 않고, 잘 표현하는 자는 많이 걷지를 않는다. 그러니 많이 걷고, 많이 표현하고자 애

썼다. 한데 그게 그리 녹록지 않은 일이었다. 이유야 일차적으로는 내 무능 탓이다. 그리고 장거리 걷기 여행의 물적 인프라가 잘 갖춰지지 않은 탓도 있었다.

남파랑길을 걸을 때는 코로나 여파가 남아 있던 시기였다. 대중교통 문제와 먹고 자는 문제에 너무 많은 에너지를 써야 했다. 문제를 해결하느라 하루하루가 쉽지 않았다. 길 위에서 글을 쓴다는 건, 참 어려운 문제였다. 그러다 서해랑길 충청-경기 구간을 다니며 여유가 생겼다. 숙식이 안정되니 메모가 가능해졌고, 짧은 글들이 쌓이기 시작했다. 이어 경기둘레길을 지나며 막혀 있던 글줄이 터지기 시작했다. 경기둘레길에는 숙식 인프라가 잘 갖춰져 있고 무엇보다 길 위에 이야깃거리가 많아서 감회가 저절로 솟구쳐 올랐다.

그간 국토의 동남서쪽 해파랑길, 남파랑길, 서해랑길의 3개 코리아둘레길을 완보했다. 마지막으로 정식 개통한 북쪽 코리아둘레길인 DMZ평화의길도 다 걸었다. 그리하여 4,520km 코리아둘레길 4개길 전 구간을 완보하여 그랜드슬램을 달성했다. DMZ평화의길은 사단법인 '한국의길과문화'에서 차량과 숙박을 지원해 주어 큰 힘이 됐다. 길에 관한 생태적인 안목을 갖고 깊이 있게 접근하는 데 결정적 도움과 계기를 제공해 준 것이다.

이 책이 나오기까지 지지와 응원을 보내준 사람들에게 고마움을 전한다. 무엇보다 내가 몸담은 한국숲해설가협회 49기 '위드 카미노With Camino' 그룹에 감사의 말을 전한다. 이도이 박사가 이끄는 이 숲해설가 그룹은 내게 큰 힘이 됐다. 특히 신성라 선생은 매번 집필 내용을 꼼꼼하게 확인하며 생태에 관한 많은 이야깃거리를 나누어 주었다. 추천사를 써주시며 많은 조언을 아끼지 않으신 '한국의길과문화' 홍성운 이사장께도 큰 감사를 드린다. 사진을 제공해 주신 이세원 작가와 집필 과정에 적절한 팁을 주신 노윤아 팀장의 도움이 컸다. 이분들이 아니었다면 좋은 퀄리티의 저작이 나오기 힘들었을 것이다.

커뮤니티 동료들, 특히 순례 중심의 역사지리 모임인 '선지커' 식구들이 보여준 관심과 격려도 집필에 큰 힘이 됐다. 83일간 집을 비우는 동안 묵묵히 기다려주고 지원해 준 선하디선한 아내와 사랑하는 딸 유진, 유림 그리고 사위 박운과 손자 이준에게도 고마움을 전한다.

걷기에 관한 내 글쓰기의 특징은 공간을 부각하되, 원점 회귀로의 구조화이다. '걷기-내면-이야기-생태'의 집필 의도를 갖고, 여기에 집중하여 서사적 구분을 이루고자 했다. 그리고 한 꼭지가 끝날 때마다 재즈, 영미 대중음악, 국내 가요 등 53곡을 수록했다. 시기적으로는 1980년 전 작품에 주로 치우쳐 있는

데, 이는 단순히 그 시기의 음악을 내가 잘 아는 까닭이다. 글 내용과 싱크로율이 높은 음악이 서사로 작동하도록 하여 각 에피소드의 현장성을 높였다. 아울러 QR 코드를 삽입하고 가사를 번역해서 오디오 감상에 집중하도록 배려했다.

이 책은 서서히 극적 전환이 이뤄져 뒷부분에 강세가 집중되고 속도감이 커지는 크레셴도crescendo 구조로 이루어진다. 결국 생태에 관한 관심과 환기를 통해 '우리 모두 연결된 존재'라는 점을 확인할 수 있다.

많은 독자들의 사랑을 받기를 바라며, 이 땅의 장년 혹은 시니어에게 이 책을 바친다. 이들은 후진국에서 태어나 중진국에서 일하고 선진국에서 은퇴를 맞은(을) 사람들이다. 어차피 우리 모두 '상처를 안고 길을 걷는 인생wounded walker'이니까! 부디 힘내시라.

차례

프롤로그

제1장 걷기 시간

오래된 느티나무, 더 오래된 나루터 15 / 그래, 이 리듬이다 24 / 누가 수변길에 데크를 깔자 했는가 32 / 천변을 따라 그리고 강변을 따라 39 / 억새 강변에 노을이 곱게 내리다 47 / 날 깨우치며 길 위에 홀로 서다 53 / 바람과 함께 걸으며 바람의 노래를 듣다 59

제2장 내면 시간

모든 사라지는 것들을 위한 노래 69 / 연꽃은 갯골 끝에서 피어나는가 75 / 여우고개를 지나며 맨발로 걷다 81 / 베르네천과 양계장집 아들 87 / 고귀한 영혼이 걸은 혐오와 모멸의 가시밭길 91 / 그러면 그대는 무엇을 먹고 어디서 잘 것인가 95 / 곡조대로 흘러갔으나 뭔가 비틀릴 때 100 / 열탕과 냉탕의 대혼돈을 겪다 깔따구 떼를 만나다 106

제3장 이야기 시간1

자전거에 야단맞고 소똥령마을을 향해 가다 113 / 앞서거나 따라가거나 혹은 뒤떨어지거나 120 / 안개 속에 산화한 군인들, 그리고 인제 사람 박인환 127 / 헛걸음의 연속, 어쩌랴 그것이 삶의 진짜 모습인 것을 132 / 편의점 커피 한잔의 묵상 138 / 통일, 그 멀어져 가는 나날들 143 / 가을 벌판에서 비를 맞으며 내내 걷다 149 / 코리아둘레길 전 구간 4,520km를 완보하고 깊은 상념에 빠지다 153

제4장 이야기 시간2

우리는 언제 태양에게서 믿음을 배웠을까 161 / 그러면 우리는 어떻게 살 것인가 166 / 장단콩두부와 애플파이 172 / 임진강변 적벽의 세월 따라 이야기 따라 178 / 빗방울은 천변 언덕에서 무슨 노래를 부르는가 184 / 내 고독의 본향을 찾아서 191 / 느리고 어질어질하고 미친 듯한 여름날 197 / 우리는 왜 같은 실수를 반복하는가 203 / 굴러온 돌이 박힌 돌을 빼내다 209 / 가을비에 잠긴 날, 꽃살로 슬픈 육체의 허기를 달래다 215

제5장 생태 시간1

인북천, 내 감각의 창에 담긴 거시세계와 미시세계 223 / 평화의 댐 가는 길, '훨훨 착 데굴데굴 냠냠~!!' 228 / 유혈목이는 어디에 독을 품고 있는가 235 / 산그늘은 어디로 사라지는가 241 / '데굴데굴', 화강花江에서의 전투 247 / 카터 마그루더를 만나고 식생 '동정'을 하다 252 / 시정詩情으로 풀어 본 가을날의 정경 258 / 연천의 구석구석을 찾아라 263 / 비로소 혼자 걷는 길의 편안함과 즐거움 269 / 임진강 지천에서 가을 초목을 만나다 275

제6장 생태 시간2

민달팽이와 박각시 그리고 '포 스트롱 윈즈Four strong winds' 283 / 소나무의 '먹먹한 거리'를 아시나요? 288 / 망가진 생태계는 복원될 수 있는가 296 / 초목 동정하다가 온 세상의 참나무 이야기를 전하다 302 / 화이트 클로버로 시작해 크림슨 클로버로 끝맺다 309 / 새들은 어디에서 마지막 눈을 감을까 315 / 죄 없는 31그루 전나무를 위해 324 / 젖먹이 꿀벌은 언제 카페인을 처음 맛볼까 331 / 가을을 만끽하다 338

에필로그
부록 – QR 수록 음악과 동영상 목록

제 1장

걷기 시간

새로운 길은 항상 위험하다.
그러나 갈 용기만 있다면 이 길은 우려를
이겨내는 승리의 길로 변한다.
– 데모크리토스

봄 | 경기둘레길
여주, 이천, 안성, 평택, 화성, 안산

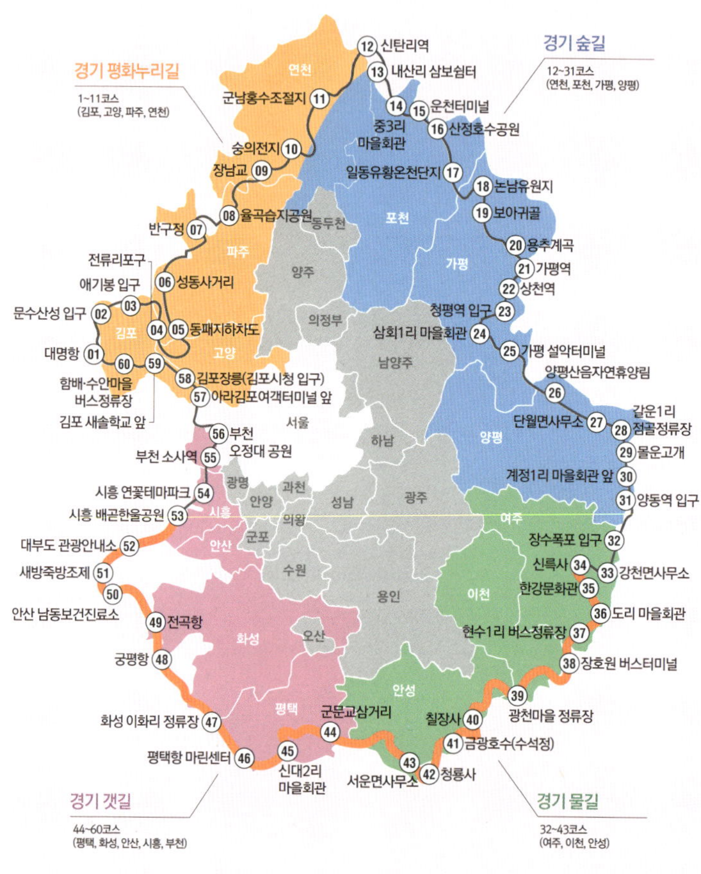

오래된 느티나무,
더 오래된 나루터

신륵사에서 시작해 남한강변을 바라보다 금은모래강변공원
길을 감돌아 걷는다. 오가며 숲길을 걷는 느낌이 퍽 좋다.

니체F. Nietzsche는《즐거운 학문Die fröhliche Wissenschaft》에서
"햇볕 들지 않는 도서관에서 책을 읽는 것보다 나가서 걸어라.
길은 사색을 열어준다"라고 조언했다.

걷기란 나의 호흡과 마주하는 일이다. 깊고 안정적으로 내쉬
는 '들숨'과 '날숨'의 호흡을 느끼는 것은 참으로 기분 좋은 일이
다. 걷는 동안엔 활자를 만나지 않는다. 활자의 부재가 색다른
즐거움을 준다. 우리는 책을 읽어야만 비로소 사색에 이르는 존
재가 아니다. 책을 읽어도 올바른 사색이 동반되지 않으면, 지

식 장사꾼이 되고 만다. 지식은 책이, 지혜는 세상이 만들어주기 때문이다.

물론 활자를 통해 세상을 읽는 일은 필요하다. 그 '필요'에 얽매여 오랜 세월 숱한 인용과 각주에 익숙해진 채 어느새 내 생각은 사라지고 그 자리에 남의 생각이 들어와 의식을 지배했다.

걷는 동안엔 어떠한 소식도 받지 않는다. 뉴스의 부재 역시 색다른 즐거움을 준다. 걷다 보면 걸음 그 자체가 외부 소식으로부터 멀어지게끔 한다. 멀어진 자리에 길 자체가 부여하는 사색이 차지한다. 외부 소식에 민감하게 반응해 왔던 터라, 이제야 비로소 나의 감각이 산과 벌판과 바다로 활짝 열린다.

장자莊子가 말하기를, '천지비불광차대야天地非不廣且大也 인지소용용족이人之所用容足耳'이라 했다. '땅이 아무리 넓고 커도 사람이 걸을 때 필요한 것은 발로 밟는 부분뿐이다'라는 뜻이다. 기술문명 발달, 스마트폰 등장 등으로 인류는 제 발로 밟고선 공간 너머를 본다. 스마트폰을 무의식적으로 넘기며 세상 소식을 탐하는 것이다. 하지만 둘레길을 걷고 오르며 온몸의 근육과 감각이 자연과 교감하는 방식으로 서서히 바뀐다.

이 주변을 한 번에 조망할 수 있는 최고의 뷰포인트는 금은모래강변공원 부근에 있는 썬밸리호텔 13층 씨엘로 레스토랑이다. 이곳 창가에서 보면 여주대교를 울타리로 삼아 남한강 황포돛배 선착장과 강 건너 신륵사가 한눈에 들어온다. 토박이 아

니면 이런 입체적 풍광을 품은 장소를 찾아내기란 쉽지 않겠다 싶다.

여주 35코스를 걷기 시작하면서 남한강을 왼쪽에, 산과 숲길을 오른쪽에 두고 걸었다. 무심코 걷다가 마주친 부라우 나루터와 우만리 나루터. 여주시 기록을 보면 두 나루터는 1960년대 중반 여주대교가 생기기 전까지 기능했다. 아마도 고려말부터 사람들은 나루터에 모여 배를 기다렸으리라. 조선시대엔 경상도, 충청도 등지에서 과거시험 보러 가는 선비도 단현리와 우만리 느티나무 아래에서, 육모정 정자 아래에서 나룻배를 기다렸을 것이다. 강천면과 양평을 거쳐서 한양으로 들어가는 길목이니까.

지금은 그곳에 아무도 없다. 바람에 나뭇잎이 서걱거리는 소리만 들린다. 눈을 감는다. 시간을 거슬러 바람 소리에 섞인 사람들의 말소리를 듣는다.

명성황후 생가인 민참판댁 하인들이 보인다. 언덕배기 동네 능현리에서 내려와 강 건너 강천면으로 땔나무를 하러 가려나 보다. 장호원으로 소 팔러 가는 소 장수, 여주에서 내려오는 소금 배를 기다리는 소금 장수, 원주로 향하는 방물장수와 여러 장사치가 함께 떠드는 왁자지껄한 소리가 들린다. 문경聞慶 거쳐 과거시험 보러 가는 선비들이 모여 말을 나눈다. 시제詩題 정보라도 나누는 것일까.

눈을 뜬다. 우만리 마을과 잇닿아 있는, 나루터를 내려다보는 느티나무가 눈에 들어온다. 나무는 400년 수령을 맞이하고 있다. 고목 특유의 거칠어진 목피와 땅 위로 드러난 뿌리. 뿌리가 드러났다고 흙을 덮으면 안 된다. 나무가 숨을 못 쉬기 때문이다. 나무는 잎으로만 호흡하는 게 아니다. 땅 위로 드러난 뿌리로도 숨을 쉰다. 이는 어렵사리 숲해설가 교육을 받으면서 알게 된 사실이다. '어렵사리'라는 부사를 붙인 까닭은 숲해설가 과정이 생각 외로 힘들었기 때문이다. 간단하게 생각했다가 육체적으로, 관계적으로 호된 시간을 겪어냈다.

스르륵 바람이 부니, 포르투갈의 서정시인 페르난도 페소아Fernando Pessoa의 〈사물들의 경이로운 진실The astonishing reality of things〉이라는 시가 떠오른다.

사물들의 경이로운 진실,
그것이 내가 날마다 발견하는 것이다.
모든 것은 있는 그대로의 그것이다.
이 사실이 나를 얼마나 기쁘게 하는지
누군가에게 설명하기는 어렵다.
나에게는 그것만으로도 충분하다는 것을
완전해지기 위해서는 존재하는 것만으로도 충분하다.
존재하는 것은 저마다 다른 방식으로 그것을 말한다.

때로는 바람이 부는 소리를 듣는다.

그리고 느낀다, 바람 부는 소리를 듣는 것만으로도

태어난 가치가 있구나.

바람 속을 걷다가 경기둘레길 조사차 나온 사람들을 만났다. 여주시청 공무원인지 경기둘레길 자원봉사자인지 알아볼 사이도 없었지만, 그들이 급히 사라지기 전 이곳 풍광이 대단하다는 말을 전했다. 전국 둘레길을 섭렵한 내 눈엔 그러했다. 남한강의 풍광과 숲길의 소쇄함이 어울린 배산임수의 절경이었다. 기회가 닿으면 커뮤니티 멤버들과 이곳에서 숲길 행사를 해야겠다.

남한강교 건너 푸른달수련원을 지난다. 산길이 끝나는 입구는 공사판이었다. 강변 전원주택 건설을 위한 기초공사를 하는 듯했다. 길을 막는 안내판에 '공사 중이니 통과 중 사고 발생 시 모든 귀책 사유는 통행인에게 있다'라고 적혀 있다. 무시무시한 경고다. 대형 트럭과 굴착기가 위압적으로 날 내려다본다.

누군가 길의 방향 표지를 바꾸어 두긴 했는데, 나는 우회로를 찾지 못한 채 헤매고 말았다. 둘레길을 걷는 이를 위해 공사 시행처가 우회로를 제대로 마련해 주면 얼마나 좋을까. 좀전에 만난 두 사람이 이러한 문제점을 알아챘을는지 모르겠다.

결국 이런 사달로 버스를 놓치고 말았다. 종착지인 도리 마을회관에서 3시 10분에 출발하는 버스를 넉넉히 탈 수 있으리라 예상했는데 3시 30분에야 도착했고, 헤매다가 남한강변의 숙소로 들어왔다. 온몸에 힘이 빠진다. 장거리 트레킹을 한 지 오래됐음에도 아직도 헤맬 때가 더러 있다. 닐 영 앤 크레이지 호스Neil Young&Crazy Horse의 〈다운 바이 더 리버Down by the River〉를 듣는다.

▶ Neil Young&Crazy Horse - Down by the River
"내 곁에 와준다면 나도 네 곁이 되겠지. 그대여 나를 그렇게 경계하지 말아줘. 네가 너의 본모습을 보여주지 않으려 할 때 혼자서 초조해하는 건 정말 힘든 일이니. 그녀가 나를 저 무지개 너머로 끌어가 줄 거야. 이 강을 따라서 나의 사랑을 얻네. 이 강을 따라서."

2

그래, 이 리듬이다

청미천淸渼川을 따라 장호원읍을 향해 걷는다. 청미천은 용인
에서 발원하여 안성시와 이천시 장호원읍을 거쳐 여주 남한강
으로 흘러드는 하천이다. 청미천은 기본적으로는 예로부터 장
호원읍의 주천이었다.

조선시대 소 장수들이 생각났다. 그들은 원주장에서 소를 사
서 여주 강천면으로부터 우만리 나루터로 건너와 이곳 청미천
을 따라 소와 함께 뚜벅뚜벅 걸어 장호원장으로 가서 소를 팔았
다. 이 소를 키워 사람들은 농사를 지었다. 《동국여지승람》에는
청미천이 천민천天民川으로, 《대동여지도》에는 장호원이 장해원
長海院으로 기록되어 있다. 지금도 이 일대는 곡창 지대를 이룬

다. 이러한 농경지들은 격자 모양으로 경지 정리가 잘되어 관개
에 유리하고 토질이 비옥하여 쌀 소출량이 많다. 그래서 예로부
터 용인, 이천, 여주 사람들을 '하늘이 내린 백성天民'으로 보았던
것이다.

청미천을 따라 나도 천천히 구불구불하게 움직여본다. 엄지
발가락은 땅바닥을 밀고 내 육신의 무게는 미묘한 균형을 되찾
아 간다. 나의 두 발은 진정성 있는 근원으로 나를 이끌어 가고
있다. 발걸음을 움직일 때마다 공간을 섬세하게 의식한다. 내가
있는 이곳, 내가 있는 이 시간을 의식하고 있다. 나는 느린 발걸
음과 그보다 더 느린 시선으로 변화된 새 장소에 있는 나 자신
을 천천히 바라보며 공간을 이동한다.

그래, 이 리듬이다. 천천히 리듬에 맞추어 호흡을 가다듬으며
'인간의 속도'로 나아간다. 이는 나만의 속도이다. 되도록 거북
이보다 더 천천히 걷고자 한다. 비 온 뒤 햇살을 타는 민달팽이
의 리듬으로 느리게 걸어간다. 느리게 걷는 것이야말로 신이 창
조한 대지를 밟으며 예배하는 방식이라고 믿는다.

하이네H. Heine의 시 〈노래의 날개 위에Auf Flügeln des Gesanges〉
를 떠올린다.

노래의 날개 위에

사뿐히 올라서 함께 가요.

사랑하는 사람이여.

갠지스강 그 기슭 푸른 풀밭에

우리 둘이 갈 만한 곳이 있어요.

환한 달 동산에 고요히 떠오를 적에

빨갛게 활짝 피는 아름다운 꽃동산

잔잔한 호수에 미소 짓는 연꽃들은

아름다운 그대를 기다리고 있어요.

꽃들은 서로서로 미소를 머금고

하늘의 별을 향하여 소곤대고

장미는 서로서로 넝쿨을 엮고서

달콤한 밀어 속삭이는 뺨을 부빈답니다.

깡충깡충 뛰어나와 귀를 쫑긋거리는

귀여운 영양들의 평화로운 모습과

성스러운 강물 노래하는 소리

세상 끝까지 울려 퍼지는 곳

그 아름다운 꽃동산 종려나무 그늘에

사랑하는 그대와 함께 누워서

한데 왜 갠지스강일까. 하이네는 이 인도의 갠지스강을 세상의 유토피아, 성스러운 장소로 여겼던 듯하다. 갠지스강을 유토피아로 바라보는 시각은 일면일 것이다. 한때 직장생활을 하던 젊은 시절, 인도 히말라야에서 남인도를 거쳐 스리랑카까지 돌아다녔다. 한 번 인도로 나가면 한 달을 떠돌았다. 이런 나를 직장동료들은 신기하게 바라봤다. 갠지스강. 내가 바라나시Varanasi에서 바라본 갠지스강은 삶과 죽음의 경계, 유무의 구분이 없는 철학의 본산이었다. 유토피아라기보다는 삶의 고통을 그 자체로 직시해야 하는 장소인 것이다.

바람이 분다. 난 나와 자연 대상 사이의 거리에 무엇이 끼어드는 것이 싫다. 감각이 가로막히는 게 싫다. 그래서 옷도 최대한 가볍게 입고 배낭도 최대한 가볍게 꾸린다. 선글라스 없이 맨눈으로 보고, 귀를 덮지 않고 맨 귀로 듣는다. 음악을 듣거나 스트리밍을 듣는 일은 없다. 선크림도 안 바른다. 가끔씩 멈춰서서 계절의 냄새와 비가 오거나 바람이 불 때 땅의 냄새를 맡고, 샘물을 맛본다. 선글라스는 내 시야를 방해하고 덮인 귀로는 생생한 주변 소리를 못 듣기 때문이다.

아, 음악. 귀로 듣는 것이 아니다. 연상되는 내면의 음악이 버

리에 플레이리스트로 자동 재생되어 흘러간다. 남들은 무슨 말
인가 한다. 경치를 보고, 주변의 소리를 듣다 보면 연상되는 악
기의 리프, 가사, 멜로디가 배경음악BGM이 되어 흘러간다. 상상
으로 연상하는 것이다. 중학교 생활 이후 지금까지 오랫동안 음
악을 들어왔기 때문에 가능하다. 고등학교 졸업 후에는 지방을
떠돌며 가끔씩 머무르는 장소에서 DJ 생활도 했다. 음악을 들을
때는 음악만 듣는다. 독서할 때는 독서만 한다. 걸을 때에는 걷
기만 한다. 난 멀티태스킹이 안 되는 노둔한 사람이다.

바람이 많이 분다. 아직은 겨울 끝자락에 헐벗은 가지들이
부르르 몸을 떤다. 머릿속에서 피터 폴 앤 메리Peter Paul&Mary의

〈블로잉 인 더 윈드Blowing in the wind〉의 멜로디가 바람에 실려 둥실 떠다닌다. 이 노래는 1962년 밥 딜런Bob Dylan이 부른 것이 원곡이다.

▶ Peter Paul&Mary - Blowing in the wind

"사람은 얼마나 많은 길을 걸어봐야 사람이라 불리게 될까? 흰 비둘기는 얼마나 많이 바다 위를 날아봐야 백사장에 편안히 쉴 수 있을까? 그래, 포탄은 얼마나 많이 날아가야 그것들이 영원히 금지가 될까? 친구여, 그 대답은 바람 속에 있다네. 바람 속에서 날아가고 있다네."

3

누가 수변 길에
데크를 깔자 했는가
-용설 호숫가에서

안성 39코스를 걷는다. 광천마을에서 용설호수를 거쳐 칠장사까지 가는 길이다. 길은 한강 남쪽에서 금강 북쪽으로 흐른다. 널찍한 언덕 경작지가 이어진다.

천천히 걷는다. 규칙적인 걸음으로 몸은 앞으로 나아간다. 한 발 앞에 다른 발을 비껴놓을 뿐이다. 걷기에서 '속도'나 '목표'를 이야기하는 것이 무슨 의미가 있을까? 간혹 시니어 중에는 하루 40km를 걷는 체력을 자랑하고, 해파랑길을 20일 만에 완보했다고 과시하는 경우가 있다. 나는 나름 많이 걸었다지만, 걷는 속도를 자랑해 본 적은 없다. 의미가 없기 때문이다. 각자 나름의 속도에 맞춰 걸으면 된다. 걷는 일은 누구랑 경쟁하는 스포

츠나 챌린지가 아니다.

안성시에는 용설지, 금광지, 덕산지 등 여러 호수가 있다. 한데 지자체가 앞다퉈 호숫가를 따라 데크를 설치해 놓았다. 금광지만 해도 박두진문학관부터 데크를 깔아 수변 길을 조성했다. 나는 보행로에 사용되는 데크를 볼 때마다 마음이 몹시 불편하다. 물론 이동이 불편한 장애인들과 어르신들은 여행할 때 휠체어를 타야 하고, 영유아들 역시 유모차를 타고 이동해야 하니, 데크 길이 필요하다. 그런데 그 재질이 문제다.

흔히 '나무 데크'라 부르지만 사실 나무 재질이 아니다. 썩는 문제를 해결하기 위해 천연나무가 아닌 합성소재를 사용한다. 대부분 화학약품으로 처리한 합성수지에 지나지 않는다. 화재 시엔 유해 가스가 배출되고 곰팡이 발생과 부스러지는 '카스텔라castela 현상'이 생긴다. 환경훼손을 일으키는 화학제품을 보행로 데크로 사용해도 되는 걸까.

호숫가에 놓은 데크 길은 어느 정도 시간이 지나면 사라지고, 일반 지방도로 연결되기 일쑤이다. 장거리 트레킹을 해본 사람이라면 안다. 아스팔트 도로를 따라 걷는 일은 괴롭고도 괴롭다. 자아가 난도질당하는 느낌이 들 정도다. 딱딱한 도로를 걷다 보면 폭신한 흙과 접촉하지 못한 발바닥이 비명을 내지른다. 그러나 지금은 마을 길이든 농로든 하나같이 아스팔트를 깔아놓았다. 농기계와 포터 차량이 다녀야 한다며 농로조차 단단

한 아스팔트로 뒤덮였다.

도시와 시골 구분 없이 보행자 전용도로가 남아 있는 경우가 드물다. 도시의 이면도로도 마찬가지다. 사람과 차가 뒤섞이며 사람은 차를 혐오하고, 차는 사람을 무시한다. 도보여행자는 승용차, 덤프트럭, 오토바이, 자전거 등 온갖 기계장치로부터 배척당한다. 인도가 따로 없는 차도에 갓길조차 없으면 더욱 위험하다. 그저 차량이 오는 방향을 마주 보고 조심조심 나아갈 수밖에 없다.

용설호수를 향해 올라간다. 안성시가 호수를 따라 수변 길을 조성했다고 하니 기대됐다. 장거리 트레킹에서 최고의 길은 숲길이고, 천변이고, 산길이고, 호숫가 수변 길이다. 호숫가를 제대로 걸으려면 수변 길이 마련되어야 한다. 수변 따라 자연스레 조성하면 된다. 이 점에서 안성의 용설호가 안성(?)맞춤이다. 어디에서 시작하든 원점으로 회귀하는 데 1시간이면 가능하다. 정말 마음에 드는 것은 수변 길 전체를 흙길로 조성했다는 것이다. 어쩔 수 없는 경우를 제외하곤 일절 데크를 사용하지 않았다. 대신 흙길이 강우에 질퍽거릴 때를 대비하여 매트를 깔아놓았다. 야자수 매트라고들 하는데, 야자수를 이용한 환경친화적 제품이다.

낚시를 좋아하면 호수 방갈로나 좌대에서 낚시를 즐겨도 된다. 호수엔 토종 붕어보다 외래종인 베스나 블루길이 더 많단다. 예전에는 이런 얘기를 들으면 '씁쓰레하다'는 표현을 썼는데, 이제는 그런 감정조차도 사치스럽다. 충격적인 출산율 소식을 자주 접하다 보니, 토종이냐, 외래종이냐 여부를 떠나 우리에게 '지속 가능한 삶'이 있을까 싶다.

설동마을 입구에 있는 카페 '설동제빵소'에서 바라보면 탁 트인 호수 전경이 제법 근사하다. 다만 단조로움으로 인해 곧 지루해진다고 할까. 여기서 100m 정도 더 가면 '프로방스 레스토랑'이 나온다. 안성에서 제대로 된 이탈리아 양식을 먹으리라 곤 기대하지 않았는데, 정통 이탈리아 음식의 근사함이라니! 뜻밖의 기쁨이 크다. 음식 맛을 칭찬했더니 주인의 대답이 단호하다. "음식은 맛있어야 한다!"라 하니, 그 자부심이 아름답게 빛난다. 동쪽으로 더 가면 호수 건너편에 카페 '현조와태연'이 있다. 상호는 부부의 이름인 듯싶다. 싱글 오리진 커피가 일품이고, 수제 화덕피자의 맛이 제법이다. 이층에서 바라본 호숫가 전경도 볼 만하다.

레스토랑을 겸한 '프로방스 모텔'에서 묵으니, 넓은 창문으로 호수가 훤히 들어온다. 어둠이 내리고 둥글고 흰 달이 둥실 떠오른다. 베를렌P. Verlaine의 시 〈하얀 달La lune blanche〉은 달빛의 섬세한 아름다움을 아주 잘 전해준다. 드뷔시C. Debussy도 〈달빛 Clair de lune〉을 작곡할 때 이 시에서 영감을 받았다고 한다.

하얀 달이 빛나는 숲속에서

가지마다

우거진 잎사귀 사이로

흐르는 목소리

오, 사랑하는 사람아

깊은 겨울

연못에 드리운

버드나무의

검은 그림자는

바람에 흐느끼네

아, 지금은 꿈꾸는 때

별들이

무지갯빛으로

반짝이는 하늘에서

크고 포근한

고요가 내려오는 듯

아득한 이 시간

　

어둠 가운데 달빛이 내려앉은 호수를 응시한다. 오래전, 난
핑크 플로이드Pink Floyd의 〈네가 여기 있기를 얼마나 바라는지
Wish you were here〉를 호숫가에서 듣고 또 들었다. 1978년이었고,

그 누군가가 간절히 정말 간절하게 내 곁에 있어 주었으면 했다. 노래 제목에 들어 있는 '유you'는 핑크 플로이드의 초기 멤버 시드 바렛Syd Barett이다. 그는 천재적 재능으로 초기 핑크 플로이드의 음악을 만들었지만, 정신분열로 젊은 삶을 병원에서 마쳤다.

 ▶ Pink Floyd - Wish you were here

"아, 네가 여기 있기를 얼마나 바라는지. 우리는 어항 속에서 떠다니는 두 개의 길 잃은 영혼들일 뿐이야. 해가 갈수록 그때의 그 벌판을 뛰어다니면서, 우리가 무엇을 찾아냈을까? 그때의 그 공포뿐이야. 네가 여기 있다면 얼마나 좋았을까."

4

천변을 따라
그리고 강변을 따라

안성 들판을 걸어 평택이 있는 서쪽을 향해 천천히 나아간다. 둑길 따라 평택으로 넘어가기까지 오래 걷는다. 나를 옭아매는 집착이 어느새 사그라진다.

집착의 정체는 세상에 대한 열망, 문명의 이기에 대한 동경이다. 이런 집착의 세계에선 속도가 나의 온 존재를 지배한다. 결국 오염되고 천박한 문명의 열기를 나방처럼 좇다가 각자가 각자를 소외시키는 결과를 낳는다.

평택 인근 농지나 동산엔 덤프트럭을 몰고 와서 밤에 몰래 투기한 쓰레기들이 넘치곤 한다. 평택에는 유달리 고물상도 많다. 서울이라는 거대도시가 내뱉은 잉여물, 문명이 낳은 욕망의 부산물들이다.

걷다 보면 난 아무것도 아닌 존재가 된다. 사적私的 역사를 안고 가는 개인이 아니라, 아무것도 아닌 생명의 흐름이 되어 움직인다. 오래 걸어야만 이런 변화가 생긴다. 오래 걷다 보면 점차 시간과 공간에서 해방된다. 차츰 속도의 압박에서 멀어진다.

'무엇을 해야만 한다'라는 일의 속박에서 벗어난다. 오랜 세월 나를 짓눌러 왔던 강고하고 끈끈한 습관의 굴레에서도 벗어난다. 습관의 굴레, 너무도 무서운 말이다. 난 집에 있으면 이 굴레에 눌려 헐떡대며 질식하곤 했다. '활자를 읽어야 한다'라는 중압감, '최신의 소식을 먼저 알아야 한다'라는 미디어 강박, '일상성을 의식하고 루틴을 지켜야 한다'라는 집착이 나를 옭아맸다. 그 집착과 강박이 몰고 오는 중압감에 난 압도되곤 했다.

길을 나서고서야 이 모든 굴레에서 벗어난다. 그렇다고 무책임해지는 건 아니다. 단지 내가 책임질 부분이 줄어들 따름이다. 그러기에 난 기쁘다. 날씨나 환경의 변화에 굴복할 수밖에 없고, 그 필연적 상황에 복종해야 한다는 것이 날 기쁘게 한다. 길에서 내가 선택할 수 있는 것들은 매우 제한적이다. 그래서 불편할 수 있지만, 오히려 그렇기에 행복하다. 사실 우리는 너무 많은 것에 압도되어 살았다.

물론 걷는 것이 항상 긍정적 감정만 불러일으키는 건 아니다. 어떤 경우엔 분별력이 사라질 정도로 피곤해진다. 찬비에

젖은 몸이 가랑잎처럼 흔들리느라 제대로 판단하기 힘든 경우도 생긴다. 압도적 풍광에 지나치게 도취되어 영혼이 파도처럼 요동치기도 한다. 과도해진 감성이 육체와 제대로 된 대화를 나누지 못하는 경우이다.

그럼에도 길에서 걷는 동안 벌어지는 모든 경우가 집의 책상에 앉아 있는 것보다는 훌륭하다. '책상 앞 똑똑이보다 걸어 다니는 머저리가 단연코 나은' 것이다. 걷는 동안에 활자 너머의 세계와 최신 소식 너머의 본질에 다가설 기회가 생긴다.

서재 책상에 앉아 있을 땐, 떨어진 활자들을 수습하고 인용하느라 시간과 에너지를 소비한다. 스마트TV 앞에서 리모컨으로 여러 채널을 전전하며 최신 소식을 종합하느라 애쓰고, 유튜브 등 자극적인 영상에 사로잡혀 정신없이 리모컨을 돌리고 돌린다.

이때 얻는 지식은 깨닫거나 배우기 위한 것이라기보다 기존의 선입견을 다지는 수단이 되기 쉽다. 내 생각은 사라지고 확증편향적으로 남이 내뱉은 말을 정신없이 긁어모은다. SNS 발달로 사고의 양극화는 심해진다. 친구 맺기, 팔로잉, 알고리즘이 가세하여 프레임이 단단해지고 생각은 획일화된다. 결국 이런 상황이 가속되면 다양성이란 설 자리를 잃는다.

일찍이 《월든Walden》을 쓴 소로우H.D Thoreau는 이런 현상을 '뇌 썩음brain-rot'이라고 지적했다. 우리의 일상이 부여하는 삶의 양상이 그러하다. 그에 반해 길에서 오래 걷다 보면 지식은 늘지 않더라도 지혜를 얻는다. 걷는 동안 난 아무것도 하지 않는다. 오로지 걸을 뿐! 쾌적한 길이 내 정신에 평온과 안락감을 선사한다. 걷기를 유난히 사랑했던 루소J.J. Rousseau는 《고백록 Les Confessions》에서 다음과 같이 말했다.

"나는 혼자 걸어서 여행했다. 나의 이런 활동에 주위의 사람들은 놀랄 것이다. 기분 좋은 공상이 줄곧 내 곁에 머무른다. 이는 풍부한 상상력과 함께하는 멋진 공상이다. 도보 여행에서만큼 많이 생각하고 많이 존재하고 많이 체험한 적이 없었다."

대략 2시간 정도 걸으면 몸은 참으로 기분 좋게 반응한다. 직립보행 운동이 열어젖힌 틈으로 다른 세상이 열리고, 영혼이 힘차게 반응한다. 기분 좋은 상상이 꼬리에 꼬리를 문다. 입체적이고 창조적이며 기발하고 발칙한 착상이 순간순간 떠오른다. 멋진 공상과 창조적 착상을 끌어안고 일상의 중력에서 벗어난다.

어느새 천변이 강변으로 변했다. 작은 지천과 수로가 합쳐 흐르던 안성천이 진위천과 합쳐져 안성을 지나 평택으로 흘러간다. 평택시청은 평택을 지나 서해에 닿는 '안성천'을 '평택강'으로 불러달란다. 평택강은 아산만방조제에서 거대 담수호인 '아산호'를 이루는데, 이 담수호도 '평택호'로 불러달란다. 평택시청 공무원은 평택이란 이름을 알리느라 참 바쁘겠다. 평택시

의 요구는 나름대로 일리가 있긴 하다. 곳에 따라 큰 폭으로 벌어진 광대한 큰 물줄기를 '안성천'으로 부르기는 뭔가 격이 안 맞고 마땅치 않기 때문이다.

평택으로 들어오기 전 안성에서 종일 천변을 따라 걸었다. 흐렸던 날씨는 일변하더니 바람 불고 결국 비가 온다. 후드득, 천변에 비가 내린다. 평택으로 들어서며 물길은 확연히 넓어졌다. 작은 물길이 너른 강폭으로 변하는 것을 눈으로 짚으며 내려왔다.

인위로 이루어진 것이란 없다. '유수부쟁선流水不爭先'이라는 말이 있다. '흐르는 물은 앞을 다투지 않는다'는 뜻이다. 출전은

불분명한데, 전한前漢의 유안劉安이 저술한 《회남자淮南子》에 보면 짐작되는 문구가 나온다.

'토처하부쟁고土處下不爭高 수하류부쟁선水下流不爭先', '땅은 아래에 있어도 높이를 다투지 않고, 물은 아래로 흐르며 앞서고자 다투지 않는다'는 뜻이다. 흐르는 물은 막히면 돌아가고, 갇히면 채워주고, 넘치면 넘어간다. 자리를 다투지도 않고, 앞서거니 뒤서거니 더불어 흐른다. 흘러온 만큼 흘려보내고, 흘려보낸 만큼 받아들인다. 그런 게 물이다.

천변을 걷다 멈춰서 눈앞의 갯버들 그리고 저 멀리 수양버들과 미루나무를 바라본다. 이 나무들은 봄부터 가을까지 천변과 강변을 아주 푸르게 장식해 준다. 지금은 새 잎이 나면서 꽃이 피는 시기이다. 이들을 바라보며 수잔 잭스Susan Jacks의 노래 〈에버그린Evergreen〉 멜로디를 떠올린다. 그녀는 영원한 사랑을 변치 않을 상록수에 비교해 노래하고 있다. 이 곡을 들을 때마다 과거의 좋았던 모든 추억들이 자동 연상되곤 한다. 아름답고 맑은 그녀의 목소리는 〈아들과 딸〉이란 드라마에 삽입된 이후 한국인에게도 널리 사랑받고 있다.

▶ Susan Jacks - Evergreen

"봄이면 때때로 사랑이 움트고 여름이면 내 사랑의 꽃이 피어 납니다. 겨울이 다가와 꽃잎이 시들면 차가운 바람이 불기 시작 하지요. 하지만 푸르고 푸르다면 여름이 지나 겨울이 와도 싱그 럽게 피어 있겠죠. 사랑이 푸르고 푸르다면 그대를 향한 나의 사랑처럼."

5

억새 강변에
노을이 곱게 내리다

둔치와 습지에 광활한 억새밭이 펼쳐져 있다. 바람이 머물다 가는 들판을 느리게 걷는다.

민달팽이처럼 온 몸뚱이로 기어가거나 라싸Lasa를 향한 순례자처럼 오체투지五體投地로 나아가는 게 아니라면, 한 장소에서 다른 장소로 느리게 이동하는 데에는 걷는 일만큼 적당한 것이 없다. 내게 필요한 건 오직 두 다리이다. 그리고 최소한의 것을 배낭에 챙긴다. 필수적인 옷가지와 마실 물과 두유 그리고 약간의 행동식.

한동안 자전거를 탄 적이 있다. 그러나 곧 포기했다. 바퀴 위에 올라타니, 그 속도로 인해 풀과 나무, 하늘과 구름을 제대로

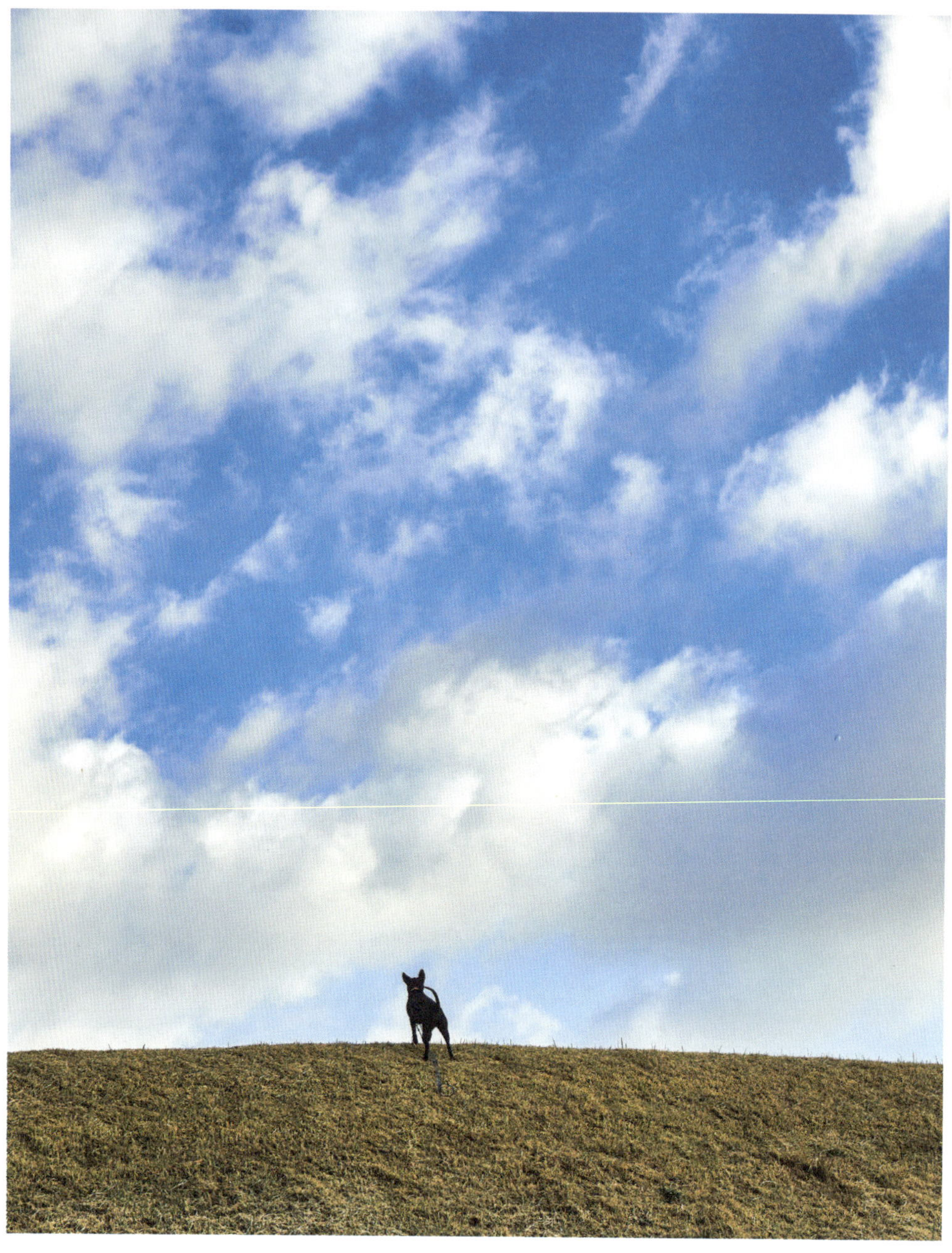

볼 수가 없기 때문이다. 빨리 가고 싶다면 탈것을 이용하거나 스포츠를 하면 된다. 걷기는 스포츠가 아니다. 진정한 도보여행자는 하루에 얼마를 걸었는지, 얼마를 더 걸어야 하는지, 완보 인증서를 받았는지를 말하지 않는다. 그들은 길에서 만난 사람과 경치에 대해 말한다. 꽃과 풀과 나무 그리고 그곳에서 본 붓들레아Buddleja와 벌새인 줄 알았던 꼬리박각시나방hawk moth에 대해 이야기를 나눈다.

평택강(안성천)을 바라보며 강변을 따라가다 평택호(아산호)로 들어섰다. 이곳 호수의 명칭은 아직도 논쟁 중이다. 충남 아산시와 경기 평택시, 각 지자체가 원하는 이름이 다르기 때문이다. 나는 지금 경기둘레길을 걷고 있으니 일단 평택호로 부르기로 한다. 강과 호수뿐 아니라 항구의 명칭 논쟁도 남아 있다. 아산시와 평택시는 항만의 명칭을 두고 다퉜고, 결국 '아산평택항'으로 정했다. 평택시는 '평택아산항'으로 확정하지 못한 걸 못내 아쉬워한다.

어찌됐든 평택호 덕분에 경기·충남의 홍수와 가뭄, 즉 홍한洪旱이 크게 개선된 것은 기쁜 일이다. 인공 담수호가 쌀과 곡물 증산, 농지 확장에 기여하고 양식사업의 터전을 제공한다. 노장사상에서야 인공 호수를 인위의 극단으로 보겠지만, 예부터 치수治水는 왕업의 핵심이기도 했다.

맹자는 '우지치수수지도야禹之治水水之道也 시고우이사해위학星

故禹以四海爲壑'이라 했다. '우禹 임금의 치수는 물의 본성을 거스르지 않고, 낮은 곳으로 흐르도록 했을 뿐이다. 사해四海를 물이 모이는 곳으로 삼았다'는 뜻이다. 물을 논한 것으로 《관자管子》의 〈수지水地〉도 있다. 〈수지〉는 생명이 발붙이고 살아가는 땅에서 물의 작용과 덕목을 논한 것이다. '인개부고人皆赴高 이독부하비야已獨赴下卑也'라는 말이 나온다. '사람들은 다들 높은 곳으로 가려 하지만, 물은 홀로 낮은 곳으로 가서 자신을 낮춘다'는 뜻이니, 겸양의 덕목을 일컫는다.

오늘 묵을 숙소에 들러 짐을 내려놓고 다시 나왔다. 평택호 데크 길을 따라 걸었다. 시원한 바람과 함께 넓고도 너른 평택호가 나를 맞는다. 얼결에 서울 돈암동에서 평택에 사는 딸네집으로 나들이 왔다는 여분임 어르신을 만났다. 88세라는데 참 건강하여 잘도 걸으신다. 지팡이를 짚었지만, 걸음걸이가 의젓하고 씩씩하다. 가만히 어르신이 하시는 말을 들었다.

길에서 마주친 어르신들은 대부분 자식과 손자 자랑을 많이 하신다. 한데 이 어르신은 자기 삶을 이야기했다. 영감은 죽고 친구들도 죽거나 대부분 요양원에 있다고 하셨다. 한평생 살면서 참 많이 발전한 대한민국을 보았다고도 했다. '훌륭하게 성장은 이루었고 앞으로 중요한 건 방향이겠다'고 생각하며 듣기만 했다. 가끔 고개를 주억대며 들을 뿐이다. 어르신과 헤어져 숙소로 돌아오는 길에 호수를 바라본다.

신선한 양분, 새 혈액을

자유로운 세계로부터 나는 빨아 마신다.

나를 그 가슴에 보듬는 자연은

얼마나 부드럽고 얼마나 선량한가!

파도는 노의 박자에 따라

우리의 작은 배를 밀어 올리고,

구름 낀 하늘에 닿아 있는 산은

우리들의 항로와 만난다.

눈, 내 눈이여, 너는 무엇을 내려보는가?

금빛 꿈들이여, 너희들은 다시 떠오르는가?

가거라, 너 꿈이여. 너는 금빛이구나.

여기에도 사랑과 삶은 있도다.

괴테Goethe의 시, 〈호수 위에서Auf dem See〉를 읊조리며 호반 데크를 따라 걷자니 저녁 어스름이 내리기 전 푸르고 푸른 물결이 바람에 넘실거린다. 눈동자에 어리어 시리고 시리다. 린다 론스태드Linda Ronstadt의 〈블루 바이유Blue Bayou〉가 떠오른다. 로이 오비슨Roy Orbison이 1966년 발표한 이래 수많은 가수가 이 곡을 리메이크했는데, 1977년 린다가 불러 어느 누구도 넘보지 못할 정점을 찍었다.

'바이유Bayou'는 루이지애나주 미시시피에서 '호수'를 일킨는

일반 명칭, 블루 바이유는 '푸른 호수'라는 뜻이지만 화자의 고
향을 가리키는 고유 명칭이기도 하다. 평택 진위읍 '청호리淸湖
里'처럼. 가슴 저미는 향수와 시린 고독이 전해지는 노랫말. 타향
에서 저임금 노동에 시달리는 화자는 고향으로 돌아가려는 희
망을 버리지 않는다. 첫 소절의 기타 피킹만 들어도 가슴이 시
리다. 팔순에 가까운 린다는 2013년 이래 파킨슨병으로 고통을
받고 있단다. 불꽃처럼 터지는 광휘는 한순간, 그리고 지루하게
이어지는 노쇠함과 병약함이 우리 인생의 마지막 부분일까?

▶ Linda Ronstadt - Blue Bayou

"기분이 좋지 않다네. 마음은 근심스럽고 언제나 너무 외로워.
블루 바이유에 애인을 남겨두고 떠나온 이후로 한 푼 두 푼 아
껴 모으고 해가 질 때까지 일하며 블루 바이유에서 행복하게 지
낼 날만을 고대하고 있지."

6

날 깨우치며
길 위에 홀로 서다

아산국가산업단지를 빠져나와 마을 길을 걷는다. 마을 길이 끝나면 숲길을 만난다.

자연 속을 걸으며 나무와 꽃, 벌과 새 그리고 나비와 대화를 나눈다. 사마귀와도 같이 놀아준다. 바위와 언덕을 바라보며 말을 건넨다. 길 위에서 내게 말을 거는 생물과 무생물이 인사를 나눈다. '휘익' 내 촉감의 영역을 훑으며 살랑거리는 바람의 숨소리와 그가 전하는 소식을 듣는다. 나비와 벌의 윙윙거리는 날갯짓도 들린다. 백거이의 〈화비화花非花〉에 생각이 미친다.

동영상01.
길 위에서 사마귀를
만나 한참을 같이 놂

꽃이 피었으나 꽃이 핀 것이 아니고,

안개가 끼었으나 안개가 낀 것이 아니더라.

밤 깊어 왔다 날 밝자 떠나가니,

봄꿈처럼 왔던 것이 얼마이던가.

가는 것이 아침 구름처럼 찾을 곳 없더라.

꿈에 그리운 이가 찾아와 내게 안부를 전했다 한들 그 사람을 만났다 할 수는 없을 것이다. 하니 꽃인지 꽃이 아닌지, 안개인지 안개가 아닌지, 봄날의 꿈인지 봄날의 현실인지, 장자가 말한 그 '호접지몽'일런가.

동영상02.
큰까치수영을 찾아
나는 산제비나비

실개천과 개여울 혹은 강물 흐르는 소리 사이로 걷는다. 걷는 데에는 별다른 기술이 필요 없다. 걷기 매뉴얼이란 게 따로 있지 않다. 단지 '한쪽 발을 다른 쪽 발 앞에' 두면 된다. 혼자 가거나 같이 가거나 걷는 방식은 마찬가지이다. 이제 남양방조제를 지나 평택시에서 화성시로 들어선다. 숲길이 짧아 아쉬운 마음이 들려는데 숲길 끝에 수도사修道寺가 보인다.

전국에 원효대사의 흔적이나 전설이 전해 내려오는 사찰이 여럿 있다. 수도사도 그런 사찰 중 하나다. 원효대사가 해골 물을 마시고 깨달음을 얻은 '오도悟道성지'로 추정하는 사찰이다. 《삼국유사》에선 이 이야기를 전하며 "마음이 생기면 우주 만물

이 생기고, 마음이 사라지면 해골 물과 깨끗한 물이 서로 다르지 않으니 세상 모든 것은 오로지 마음먹기에 달렸다(일체유심조一切唯心造)"라고 했다.

당시 원효가 중국으로 향하던 순례길엔 동행인이 있었다. 의상이다. 한데 장거리 순례나 트레킹에선 동행인이 부담될 수 있다. 서로 다른 식습관, 취침 방식, 걷기 속도의 차이 등 뜻밖의 함정이 돌출한다. 게다가 걷는 동안 관심사를 대하는 우선순위나 사색이 필요한 시간 등 대처 방식도 다르기 마련인데, 걷는 동안 계속 반복적으로 관점 차이가 드러난다. 특히 장기리 순례길에선 반드시 영적 사색이 필요하다. 이때 동행인이 사색을 방해하는 장애 요소가 될 수도 있다. 원효와 의상의 동행이 깨진 것도 우연은 아니다.

산티아고 카미노에서 만난 두 사람이 있었다. 나와 같은 연배였던 그들은 포항에서 같은 성당을 다니는 순례객인데, 성격이 정반대였다. 즉 한 사람은 성격이 급하고, 다른 한 사람은 느긋했다. 이렇게 성향이 다르니, 장거리 동행에서 사사건건 빚어지는 문제로 서로 힘들어했다. 그때 내가 둘 간의 문제를 깔끔하게 해결해 주었다. 남의 일에 참견하기가 꺼려졌지만, 너무 안타까웠기 때문이다. 3~4일 정도 따로 걷고, 순례자 숙소인 알베르게Albergue에서만 만나라고 조언했던 것이다. 서로 하지 못했던 이야기를 대신해 준 셈인데, 그 뒤 문제가 해결됐다.《보물섬》을 쓴 작가 스티븐슨R.L Stevenson은 책《당나귀와 함께하는 세벤느 여행Travels with a Donkey in the Cévennes》에서 다음과 같이 말했다.

제대로 즐거움을 맛보기 위해서는 혼자 도보 여행을 해야만 한다. 가장 중요한 것은 자유이기 때문이다. 자기가 원하는 대로 자유롭게 멈춰 서기도 하고 계속 길을 가기도 하고, 이쪽 길이나 저쪽 길을 따라갈 수도 있다.
그리고 자기 리듬대로 걸을 수 있다.

홀로 걷는다 해도 사실상 혼자 걷는 것이 아니다. 육신은 영혼을 동반하기 때문이다. 장거리 여행에서 나의 육신은 영혼과 끊임없는 이야기를 나누고, 그 상호 작용을 통해 나란 존재는 새로워진다. 걷는 동안 나의 육신은 영혼의 리듬에 올라탄다. 그간 수없이 경험했던 바다. 영혼이 전해준 격려가 생각난다. '그래, 그간 잘해왔잖아. 지금도 잘하고 있어. 그렇지, 그렇게 하는 거야.' 걷는 동안 육신과 영혼이 동행하니, 혼자 길을 걷는다 한들 어찌 내 육신뿐일까?

때로 길 위에서 잠깐씩 만나는 동행은 나의 영혼이 될 수도 있고 친구가 될 수도 있다. 하지만 본디 우정이란 참으로 귀하고 귀하다. 영국 그룹 위시본 애시Wishbone Ash가 1973년에 발표한 노래 〈누구나 친구가 필요해Everybody needs a friend〉는 숱한 세월 들었던 곡이다. "트러스트 인 미Trust in me, 아일 트라이 투두~ 에브리씽I'll try to do~ everything", 참 많이 읊조렸던 노랫말이다.

▶ Wishbone Ash - Everybody needs a friend

"나를 믿어봐. 너를 돕기 위해서라면 할 수 있는 것은 뭐든 해볼 테니까. 부러진 날개는 다시 고치고 치유할 수 있다네. 소리 내어 눈물짓는 것을 두려워하지 마. 누구나 친구가 필요한 법이거든."

©writer

7

바람과 함께 걸으며
바람의 노래를 듣다

안산 대부도를 향해 길을 떠났다. 집에서 나와 버스를 여러 번 갈아타고서야 안산 시내로 들어섰다. 탈것에서 내려 비로소 걷는다. 해변을 따라가노라니 함초가 갯벌을 온통 빨갛게 뒤덮고 있다.

걷는 일은 완전한 자유다. 나의 배낭은 몹시 단출하다. 옷도 지금 입고 있는 단 한 벌뿐이다. 도회지나 주거지로부터 멀리 떨어져 걷는다. 식물, 동물 그리고 광물 등 자연 요소에 몸을 맡긴다. 필수품조차 적게 준비한 채 걷다 보면 더 이상 아무것도 중요하지 않다는 사실을 뼈저리게 느낀다. 부풀려진 자신감, 위축된 열등감 같은 자의식이 점차 사그라진다. 세속적 계산과 명

예욕, 인정 욕구도 차분하게 가라앉는다. 대신에 세상을 바라보는 또 다른 방식이 떠오른다.

갯벌과 바다와 산이 보인다. 바위와 돌과 구름, 하늘, 땅, 나무들이 있다. 이 모든 것들이 나의 동반자다. 그것들은 내 삶의 근원적인 선물이자 무궁무진한 사색의 질료가 되어 내 곁에 다가온다. 넓고 관대한 마음, 무엇이 중요하고 하찮은 것인지 가리는 우선순위에 대한 본질적 통찰이 생긴다. 세상을 있는 그대로 수용하는 방식에 대해 완전하고 충만한 신뢰가 쌓인다.

느리게 걷는다. 느리게 걸어야 사색에 잠길 수 있다. 느리게 걸을 때 생각이 창의적으로 변한다. 물론 느리게 걷더라도 반드시 오래 걸어야 한다. 걷다가 멈춰 서서 메모하기도 한다. 꽃과 벌, 나비 그리고 나무를 동정(同定: 생물 분류학상의 소속이나 명칭을 바르게 정하는 일)하기도 하고, 근사한 카페가 보이면 앉아서 글을 쓰기도 한다.

나의 '느림'은 '빠름'과 정확히 반대되는 개념이 아니다. 오히려 '조급함'의 반대개념이라 할 만하다. 우리가 갖는 환상 중 하나는 '속도가 시간을 벌게 해준다'는 믿음이다. 그러나 조급한 마음으로 속도를 앞세우면 시간은 더 빨리 지나간다. 천천히 걸어야 시간은 늘어난다. 때문에 천천히 걷는 사람이 더 오랜 시간을 사는 셈이다. 천천히 걸으며 늘어난 시간은 걷는 이에게 공간의 비밀을 안겨준다. 그 늘어난 시간 사이로 환상의 공간이 다가온다.

전형적인 꽃샘추위다. 비가 흩뿌려진 뒤 기온이 내려가더니 바람이 몹시 분다. 방아머리항 입구를 지나 시화방조제 위로 올라선다. 남북으로 이어진 방조제 도로를 두고 동서로 바다와 호수가 갈린다. 방조제 길이는 대략 11km이다. 바닷바람이 온몸을 뒤흔들어 뼛골이 시리다.

바람과 가까운 친구가 되어야 한다. 바람 소리를 들어야 한다.
이해해야 한다. 사랑해야 한다. 좋아야 한다. 꿈꿔야 한다.
바람의 방향과 언어를 이해할 수 있는 자, 그 목소리를 듣고
운명을 읽을 수 있는 자, 그는 세상의 흐름을 알고,
시를 받아 적으며, 노래를 뚫고 들어갈 수 있으리라.

아르헨티나의 시인 아타왈파 유팡키Atahualpa Yupanqui의 〈바
람의 노래를 들어라El canto del viento〉를 되뇐다. 바람 부는 것을
본디 좋아하나 대찬 바닷바람 탓에 제대로 걷기조차 힘들다. 바
람이 정신없이 후려치니 온 뺨이 얼얼하다.

시화호를 건너기 전 대부도 관광안내소에서 30분 정도 머물
렀다. 근무자 두 명이 서해랑길과 경기둘레길 안내 및 관광해설
사를 겸하고 있었다. 근무자들이 꽤 부드럽고 친절하여 심정적
으로 얼었던 마음이 사르르 녹는 듯했다.

시흥시와 안산시, 대부도를 잇는 시화방조제는 7년간 공사
끝에 1994년 완성됐다. 한동안 시화호는 빠지지 않는 염분과 주
변 공단 폐수로 곤욕을 치렀다. 지금 시화호는 담수호를 포기하
고 바닷길을 열었다.

시화나래조력공원에 닿았다. 조력발전소를 건설할 때 나온
흙으로 만든 쉼터다. 전망대 휴게소에 카페 파스쿠치가 입점해
있어 움츠러든 몸을 커피로 녹였다. 매번 느끼지만 휴게소에 입

점한 파스쿠치 커피는 너무 뜨겁다. 이러니 맛을 느끼기 곤란하다. 커피전문점의 커피 온도는 70도 정도로 낮다. 프랜차이즈 커피이니 일정 정도의 맛은 유지되지만, 제대로 된 커피 맛을 느끼기가 쉽지 않다.

맞바람을 안고 방조제를 걷자니 속도가 자꾸 느려진다. 평소에도 천천히 걷는 터라 속도가 더욱 느려진다. 풍경 속으로 천천히 걸어간다. 풍경이 친숙하고 친밀하게 말을 건다. 천천히 걷는다는 것은 물리적으로 다가서는 것에만 그치지 않는다. '거기' 있는 것들이 '여기' 나의 몸속에 오래 머무는 과정이 되기도 한다.

시시각각 바뀌는 풍경이 온갖 다양한 모습으로 다가온다. 비를 머금은 바람이 미묘한 풍미와 형언하기 어려운 향취를 풍긴다. 땅에 떨어지는 빗방울이 시각과 청각, 미묘한 일렁거림을 동반한 진동과 파장을 일으킨다. 그리고 습기와 땅 먼지가 어울린 냄새 등 후각에도 자극을 준다. 지금 눈앞 풍경은 온갖 감각의 혼합물이다. 섬과 섬이 출렁이는 움직임, 세상이 머금은 냄새가 나의 전 존재를 외부세계와 밀착시킨다. '지금 이곳에 살아 있다'는 것, 나는 그 무엇으로부터도 받을 수 없는 에너지와 생동감을 얻는다.

몸을 구부리고 앞으로 걷는다. 용유도, 실미도 그리고 팔미도가 날 내려다본다. 바다 물결은 바람에 밀려 큰 포말로 튀어

오른다. 바다 앞에 놓인 섬을 바라본다. 섬 곁으로 항도 인천이 한눈에 들어온다. 북쪽으론 송도신도시가 한자리하고 있다. 바닷바람이 한결 거세진다. '나는 내 말만 하고, 바다는 제 말만 한다'

대한음반제작사에서 1979년에 발매한 음반 〈그리운 바다 성산포〉를 난 아직도 고이 소장하고 있다. 이 시를 쓴 이생진 시인은 이제 90대 중반이고, 당대의 감성으로 시를 낭송했던 '길 다방' DJ 이성일은 칠순을 앞두고 있다. 당시 음악감상실이나 음악다방에선 주로 서울오디오 믹서기, 마란츠Marantz 앰프, 테크닉스Technics 턴테이블, 슈어SHURE 카트리지, 제이비엘JBL 또는 알텍Altec의 스피커를 사용했다. 그 소리를 아직도 기억한다. 제이비엘 스피커 특유의 찰랑거리는 고역, 알텍 랜싱의 두터운 중저음. 그때 그 기계들을 통해 전해지던 음악과 멘트가 그립다.

▶ 이생진/이성진 - 그리운 바다 성산포

"가장 살기 좋은 곳은 가장 죽기도 좋은 곳. 성산포에서는 생生과 사死가 손을 놓지 않아 서로 떨어질 수 없다. 성산포에서는 남자가 여자보다 여자가 남자보다 바다에 가깝다. 나는 내 말만 하고 바다는 제 말만 하며 술은 내가 마시는데 취하긴 바다가 취하고 성산포에서는 바다가 술에 더 약하다."

천천히
SLOW

제 **2** 장

내면 시간

가능한 한 앉아 있지 마라.
야외에서 자유롭게 움직이면서 생겨나지
않은 생각은 무엇이든 믿지 마라.

– 니체

봄 | 경기둘레길

시흥, 부천, 김포, 고양, 파주

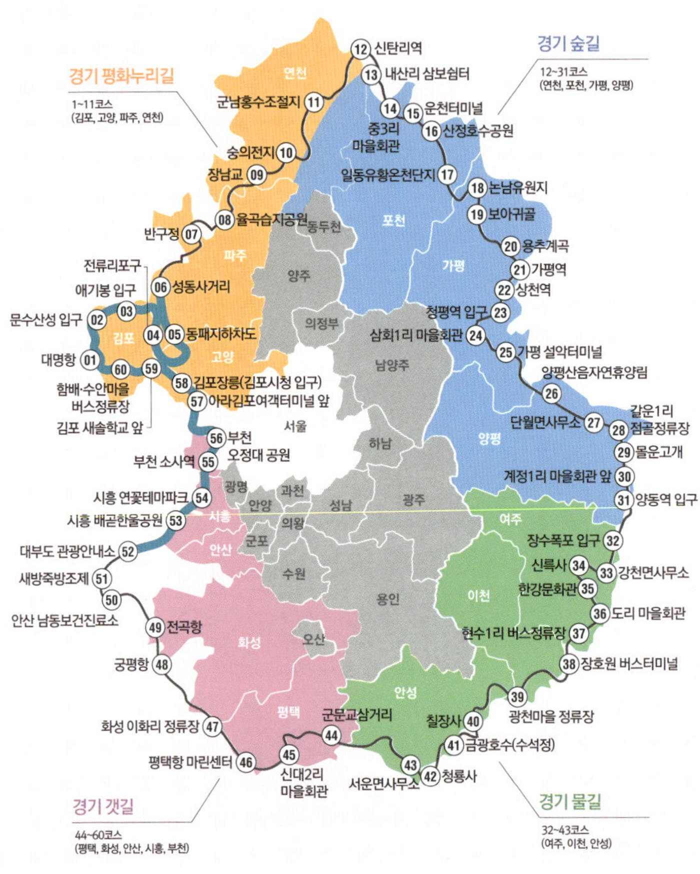

모든 사라지는 것들을 위한 노래

'지금, 여기'에서 비바람을 맞고 있다. 나의 시각, 촉각, 청각, 후각 등 온갖 감각을 자극하며 비가 내린다. 웬만한 비는 내 육체를 통해 받아들여야 한다. 베트남 승려 틱낫한Thích Nhất Hạnh의 시 〈지금 여기, 이 순간In the here, in the now〉을 읽어보자.

당신의 진정한 고향은
지금 여기, 이 순간에 있습니다.
그것은 시간, 공간, 국적,
인종에 구애받지 않습니다.

당신의 진정한 고향은
추상적인 개념이 아닙니다.
매 순간 만지고 느끼며
살아갈 수 있는 것입니다.

매 순간 만지고 느끼며 살아갈 수 있어야 한다. 비는 시야로 들어와 부드러운 촉감을 내 피부에 저리도록 전한다. 후드득 떨어지는 빗방울은 규칙적으로 내 청각에 잔향을 남긴다. 부드럽게 땅에 내려앉으며 중력을 떠안은 비가 온갖 흙내를 몰고 온다.

시화방조제를 따라 남에서 북으로 걸었다. 잠시 바다를 건너다보니 바람에 실려 간 비가 군자만에도 내리고 있었다. 봄비로다. 봄비를 맞으면, 난 여지없이 작고하신 박인수 선생의 〈봄비〉가 생각난다. 그만한 감성으로 노래할 수 있는 이가 이 세상에 또 있을까. 애이불비哀而不悲. '슬프지만 비탄에 잠기지는 않은' 그의 감성이 그립다. 박인수 선생이 치매로 기억을 잃었어도 〈봄비〉가 반주로 나오면 노래를 끝까지 부르셨다고 한다.

맹자는 '대인자大人者 불실기적자지심자야不失其赤子之心者也'라 했다. '대인은 어린아이 같은 순수한 마음을 잃지 않는 사람이다'라는 뜻이다. 박인수 선생은 어린아이 같은 마음을 지니신 분이었다. 자신이 대인임을 인지하지 못한 채 기억을 잃으신 건 몹시 슬픈 일이다.

얼마 전 에릭 카멘Eric Carmen이 작고했다. 70대 초반의 아직 이른 나이. 무엇이 그리도 그리워 그들은 일찍 떠나가는 것일까. 에릭 카멘의 〈올 바이 마이셀프All by myself〉는 내 인생곡이기도 하다. 개

Eric Carmen
–All by myself

그맨 박성호는 〈개그콘서트〉에서 '오~빠 만세'라며 그 노래를 비틀었다. 방청객이야 들리는 대로 '몬더그린mondegreen' 현상을 겪는다. 몬더그린 현상이란 의미를 알 수 없는 외국어 발음이 듣는 사람에게 자신의 모국어처럼 들리는 일종의 착각 현상이다.

충남 서산시 해미면 조산리의 '여숫골'이란 골짜기도 몬더그린 현상이 만들어낸 지명이다. 조선후기 천주교 박해 때 많은 신자가 순교를 당한 장소인데, 당시 끌려가던 천주교인은 '예수, 마리아'를 외치며 기도했다. 이 소리를 들은 마을 주민은 '여수 머리'로 잘못 알아들었다. 여수는 여우의 방언, 주민들은 그들이 '여우에게 홀려서 죽는구나.' 하고 생각했다. 그래서 '여숫골'이라 부르기 시작했다고 한다.

'올 바이 마이셀프'가 '오~빠 만세'로 희화화될 때, 나는 참 망연자실했다. 좋은 곡을 많은 이가 향유하는 건 좋은 일이다. 그러나 내 마음에 지닌 소중한 노래가 희화화되어 훼손되는 느낌 때문에 마음 한편이 안 좋았다. 누군가 이를 가리켜 '옛 연인과 함께했던 추억의 장소가 유명 맛집이나 관광명소가 된 느낌'이라고 했다. 나의 심정도 이 말과 결은 조금 다르나, 크게 다르지는 않았다.

시흥 거북섬에서 숙박하다가 바깥 구경에 나섰다. 다시 날씨도 풀리고 제법 화창해졌다. 거북섬 인근은 지식산업센터 단지로 탈바꿈하고 있었다. 아직도 공사 중인 곳이 많다. 시흥시에서 배곧한울공원을 거쳐 인천 소래포구로 넘어왔다. 소래포구에서 서해랑길과 경기둘레길, 양쪽으로 길이 갈린다. 서해랑길은 인천 시내를 통과하고, 경기둘레길은 시흥과 부천을 경유한다. 두 길은 다시 김포에서 합류한다.

소래포구 상인회에선 회를 무료로 나눠주고 있었다. 바가지 상술로 오명을 뒤집어썼던 탓에 실추된 명예를 회복하려 애쓰

고 있다. 사람들이 삼삼오오 회를 받아 들고 주변 벤치에 모여서 시식하고 있다. 자영업자들이 참 어려운 시기를 보내고 있구나, 하고 안쓰러운 마음이 앞선다. 여하튼 공짜 회를 바라지도 않지만, 타지에서 여행객으로서 맞닥뜨리는 바가지는 몸서리치게 싫다.

예전 서해랑길을 돌 때 느꼈던 소래습지생태공원과 그 가을의 호젓한 분위기가 생각났다. 늦게라도 찾아가 볼까 했으나 길

이 갈려서 포기했다. 옛 기억이 작고한 가수의 노래처럼 달라붙는다. 가수는 떠나도 노래는 남는다. 아니다, 그들은 떠나지 않는다. 음악을 남기고, 오래된 레코드로 남기 때문이다. 1970년에 나온 박인수의 레코드, 오아시스 라이선스 디자인으로 출시된 에릭 카멘의 레코드를 아직도 고이 지니고 있다. 레스트 인 피스(R.I.P. 고이 잠드소서), 나의 에릭 카멘.

〈올드 레코즈 네버 다이Old records never die〉라는 노래가 있다. 고소영, 임창정 주연의 영화 〈해가 서쪽에서 뜬다면(1988)〉에도 삽입되었다. 대가의 풍모를 가진 이안 헌터Ian Hunter가 부른 노래 가사 속 주인공은 존 레넌John Lennon을 가리킨다. 청년기 나의 우상은 에릭 카멘이었다.

 ▶ Ian Hunter - Old records never die

"오래된 음반은 절대 사라지지 않아요. 당신은 노래를 통해 힐링이 되고 있어요. 매사가 꼬여가는 때에 밤을 새워 음악을 틀어봐요. 아침이 당신에게 빛을 가져다줄 때까지."

2

연꽃은 갯골 끝에서
피어나는가

서해랑길 85코스와 경기둘레길 44코스는 평택국제대교 건너 군문교 사거리와 평택호 예술공원에서 만난다. 그러다 소래포구에서 갈린다. 서해랑길은 북북서로 방향을 틀어 인천광역시를 관통하고, 경기둘레길은 북북동으로 방향을 틀어 시흥시와 부천시를 관통한다.

서해안은 1970년대 매립과 간척사업으로 토지를 늘려 식량 증산, 농수 이용 등 개발을 거듭해 왔다. 반면에 이로 인해 필연적으로 생태계가 파괴됐다. 그럼에도 인천광역시와 시흥시 경계에 소래습지생태공원, 시흥갯골생태공원 그리고 연꽃테마파크 등 주목할 만한 생태공원이 많다. 습지와 갯골의 자연생태를 활용한 공간이다. '공원'이라고 부르니 각 지자체의 손길이 닿은 셈인데, '공원'에 대한 인천시와 시흥시의 시선 차이를 느낄 수 있다.

일제강점기 동안 염전이었던 소래포구는 1997년까지 소금을 생산했던 곳이다. 이곳에는 폐염전 부지와 갯골을 중심으로 염생 습지가 대규모로 형성됐다. 서해안과 인천의 개발 바람이 이곳까지 미치지 않은 탓이다. 민물과 바닷물이 만나는 곳엔 저서底棲생물 생태계가 형성됐다.

인천시는 해안을 따라 드리운 습지를 소래습지생태공원으로 지정하고 생태교육 장소로 적절하게 잘 이용하고 있다. 인위적 손길을 적게 가하면서도, 탐방객이 갯버들과 억새를 따라 걷고, 염전을 탐방할 수 있도록 동선을 잘 배려해 놓았다.

남파랑길과 서해랑길의 바닷가에서 가장 많이 본 게는 집게가 크고 빨간 도둑게인데, 이곳에선 농게, 방게, 칠게, 도둑게, 쇠스랑게 등 다양한 게를 관찰할 수 있다. 갯벌에선 망둥어, 갯지렁이, 민달팽이 등 다양한 생물도 볼 수 있다. 딱새, 청딱따구리, 방울새 등 텃새와 저어새, 개개비, 물떼새 등 철새 탐조도 가능하다. 갈대 군락과 풍차가 잘 어울린다.

오늘의 주된 여정은 소래포구에서 관곡지 인근 연꽃테마파크까지다. 재작년 가을 걸었던 서해랑길도 좋았지만, 이 길도 참 좋다. 소래포구 위로 펼쳐진 영동고속도로를 바라보며 소래대교를 지난다. 더 가면 갯버들과 억새가 펼쳐진 구간을 지날 수 있다. 포장도로가 아닌 흙길이어서 좋다. 길게 펼쳐진 해안 습지를 따라 흙을 밟으며 걸을 수 있으니, 트레킹하기에 딱 좋은 구간이다.

시흥시청 진입 전 시흥시 하중동으로 아내가 차를 가지고 왔다. 함께 식사하고 아내를 재촉해 바로 일어섰다. 시흥갯골생태 공원 내부를 보고 싶어서였다. 유리창 너머로 내리는 비를 바라보는 일과 밖에 나가 비를 맞는 일은 다르다. 아주아주 다르다.

시흥갯골생태공원은 기본적으로 3km 이상의 트레킹이 가능하다. 갯골과 작은 호수를 바라보며 걸을 수 있으니 공원으로도 좋고, 걷기 장소로도 훌륭하다. 멋진 경관과 함께 생태답사와 다양한 체험 서비스를 제공하고 있다. 굽이진 갯벌을 보며 옛 염전의 정취를 느낄 수 있어 매우 정겨웠다. 함초, 칠면초, 해홍나물, 나문재, 개미자리 등 염수에 서식하는 염생식물도 관찰할 수 있다. 익히 보아온 함초뿐 아니라 다양한 염생식물을 살펴볼 수 있어서 좋았다.

갯골은 넓게 퍼져 있고, 장수천과 바닷물이 서로 만나 이뤄진 염천이 굽이져 있다. 가장 빈번하게 볼 수 있는 새는 오리들이다. 황오리, 비오리, 쇠오리, 청둥오리, 원앙, 고장오리, 검둥오리 등. 그러고 보니 오리 종류가 제법 상당하다. 익숙한 청둥오리와 원앙뿐 아니라 다양한 오리 종류가 반갑다.

흔들전망대에서 바라보는 전망도 아주 좋다. 해설사와 함께 전기차 탐방, 오리 보트 타기, 염전체험, 해수체험 등 제법 많은 체험활동을 할 수 있다. 다양한 생태체험 서비스와 더불어 시흥시가 주관하는 운영의 창의성이 돋보인다. 생태 공간 활용에 대한 여러 생각이 든다. 생태 공간 안에서 인간이 서야 하는 위치는 어디일까, 지속 가능한 개발이란 누구를 위한 개발이어야 하는가, 여러 생각이 꼬리에 꼬리를 문다.

관곡지 주변에 위치한 연꽃테마파크는 다소 고적하다. 아직 연꽃 완상 시기가 아닌 탓이다. 갯골 끝에 연꽃이 피긴 했으나, 연꽃 철은 역시 여름이다. 여기저기 먹이활동으로 움직이는 새들이 많다. 탐조가들과 사진작가들이 큰 카메라에 기다란 렌즈를 장착하고 새의 움직임을 따라다니느라 손길이 분주하다. 찰나도 놓치지 않으려는 자세와 손길이 매섭다. 무슨 새를 찍으려는지 묻고 싶었으나 혹여 방해될까 싶어 조심스레 자리를 피했다.

인근 카페 '연'에선 망원경을 설치해 탐조가 가능하도록 배려하고 있었다. 오늘 두 곳을 들렀고 내일 다시 소래습지생태공원을 방문하면, 인근 세 곳의 생태공원을 모두 가게 된다. 바람 부는 날이지만 날씨는 제법 싱그러웠다. 곧 4월이 된다. 사이먼 앤 가펑클Simon&Garfunkel의 〈4월에 그녀는 올 거야April come she will〉는 이 시기에 어울리는 노래다. 가사에는 4월뿐 아니라 다

음 계절도 이어진다. 이른바 미국판 〈동동動動〉으로 일종의 '월령
가月令歌'라 할 수 있다. 요즘 젊은 세대야 장범준의 〈벚꽃 엔딩〉
을 듣겠지만 말이다.

 ▶ Simon&Garfunkel - April come she will

"4월에 그녀는 올 거야, 시냇물이 흐르고 비로 넘실거릴 때. 5월
에 그녀는 머무를 거야, 다시 내 품에 안겨. 6월에 그녀는 선율
을 바꿀 거예요. 그녀는 정신없는 발걸음으로 밤을 떠돌겠죠. 7
월에 그녀는 멀리 날아갈 거예요. 그 어떤 이별의 짐작도 남기
지 않은 채"

여우고개를 지나며
맨발로 걷다

시흥 관곡지에서 출발해 은계호수공원을 지난다. 보통천 물길 따라 호조벌을 걷는다. 발길은 숲길로 이어지며 봉매산 산길을 오른다.

얼마 전 종로에서 이틀간 북토크 행사를 치렀다. MBC 사장을 지낸 박성제 사장이 운영하는 북카페 '오티움'에서였다. 이곳은 오디오가 잘 갖춰져 있고, 내 책은 음악 QR이 들어가 있는지라 굳이 '오디오 북토크'임을 강조했다. 둘째 날 토크 중 박 사장은 우리집에서 같이 음악을 듣던 시기를 회상했다. 나도 즐겁게 그 상황을 언급하다가 무심결에 평생의 고통인 '주의력 결핍/과잉행동 장애ADHD' 증상을 고백했다.

나의 글과 강연에서 '치유'를 화두로 내세우는지라, 내밀한 프라이버시가 노출되는 건 피할 수 없다. 뭐, 이게 대수겠는가. 그러나 아내가 이를 거북해한다. 그리고 인터넷, 특히 유튜브에 나오는 시니어를 위한 조언들 중 하나가 '늙을수록 내 단점을 남에게 알리지 말라'는 언급이다. 이 점에서 나는 못난 시니어 인 듯하다. 할 수 없다.

내 육신의 큰 약점은 두 가지이다. 하나는 뇌경색. EBS에서 집필팀을 이끌던 중 어지럼증이 그치지 않아 병원에 가서 MRI 검사를 받았다. '흔적'이긴 하나 언제든 뇌경색이 재발 가능하다 고 했다. 그로 인해 항혈전제인 플라빅스Plavix를 먹고 있다. 다 른 하나는 수면무호흡증. 의사는 나의 수면무호흡 지수 43은 중 증 상태라고 진단했다. 선친께서도 앓으신 증상이다. 아침마다 지독한 두통이 찾아왔는데 지금은 양압기陽壓機 처방으로 완전 히 다른 삶을 살고 있다. 양압기 덕분에 수면무호흡 증상을 걸 어냈기 때문이다. 주변 사람들에게 '코골이'가 아니라 수면무호 흡이라고 해도 다들 그게 그거라며 코골이를 고쳐서 다행이라 고 말한다. 그들은 자신의 방식대로 알아듣는다.

그리고 주변 사람들에게 끝내 밝히지 않았던 병명이 있다. 주의력결핍/과잉행동장애라 불리는 ADHD 증상은 흔히 산만 함과 충동적 경향성으로 요약된다. 하지만 양상이 간단하지 않 다. 내 경우, 전반적으로 자기조절에 집중하다 보니 외부세계를 의식하지 못하고, 적절한 대응을 하지 못하는 경향을 보인다. 상황에 따라 도덕적 비난을 넘어 이기적이라는 평판까지 붙을 수 있으니 분명 심리적·정서적 질환이다.

맹자가 말하기를 '행유부득자行有不得者 개반구저기皆反求諸己'라 했다. '행해서 구하지 못하면 모두 돌이켜 자신에게서 구해야 한다'는 뜻이다. 이는 도덕적 자아성찰에 대한 언급이다. 내 경우엔 '도덕적 성찰'이 아닌 '자기조절'에 문제가 생긴 것이긴 하다. 나는 일단 정리정돈을 잘하지 못하는데, 어떨 땐 지나치게 정리정돈에 집착하기도 한다. 질서와 순서를 중시하다가도 중간에 샛길로 빠져 엉뚱한 일에 집중하니 결과를 못 낸다. 문제가 생기면 수정 보완을 하기보다 처음부터 다시 시작하려는 경향이 있다. 드물게 초기화하지 않고 끝까지 가면 창대한(?) 결과를 내기도 한다.

한편 숫자 계산에 약하며 충동적으로 지출한다. 돈 계산을 하다가 어영부영 큰 손해를 보거나, 어처구니없는 지출로 후유증이 생기기도 한다. 정서적 불안과 바닥 모를 우울감이 따라오는 것이다. 그리고 미루고 미루며 또 미루기 일쑤다. '미루다가 실행하는 모습'과 '미루며 나태한 모습'의 괴리가 크다. 당연히 일의 실행이 굼뜨고 늦되다. 미루고 미루다 대학에 갔고, 미루고 미루다 60대 중반이 되어서 글을 쓰고 있다.

혹독한 시기가 있었다. 위로가 필요한 시절이었다. '이렇게 사느니 차라리 죽는 게 훨씬 낫겠다'라고도 생각했다. 말없이 지켜보고 곁에 있어 준 가족들과 친구들 덕분에 다행히 버텨낸 것 같다. 그때마다 나는 마야 안젤루Maya Angelou의 시 〈나는 배웠다I've learned〉를 떠올리곤 했다.

나는 배웠다
어떤 일이 일어나도
그것이 오늘
아무리 안 좋아 보여도
삶은 계속된다는 것을
내일이면 더 나아진다는 것을
나는 배웠다
나에게 고통이 있을 때에도
내가 그 고통이
될 필요는 없다는 것을
나는 배웠다
날마다 손을 뻗어
누군가와 접촉해야 한다는 것을

여러 고통은 있었지만 나는 이겨냈다. 봉매산 넘고 여우고개 지나 소래산을 바라보며 걷는다. 오랜만에 나도 남들 따라 신발

을 벗고 맨발 걷기인 '어싱earthing'을 해본다. 느낌이 매우 좋다. 비 온 뒤라 후각으로 전해지는 공기 냄새와 맨발에 전달되는 흙의 촉감이 제법 근사하다. 홀리스Hollies가 부른 〈그는 무겁지 않습니다, 그는 내 형제니까요He ain't heavy, he is my brother〉란 곡이 있다. 병약한 어린 동생을 업은 화자는 고통받는 사람들에게 위로의 말을 건넨다.

▶ Hollies - He ain't heavy, he is my brother

"길고도 먼 길입니다. 그곳에서 다시 돌아올 수도 없습니다. 그길을 걸어가는 동안 같이 짐을 나누면 좋겠습니다. 그리고 그짐은 전혀 나를 짓누르지 않습니다. 그는 무겁지 않습니다, 그는 내 형제니까요, 내 형제니까요."

베르네천과 양계장집 아들

원미산 발원지에서 내려온 베르네 천변을 따라 걷는다. 원미산 자락에 산울림청소년센터가 있는데, 그곳에 있는 칠일약수터가 베르네천의 발원지다. 오정대공원을 지나 오정휴먼시아아파트를 끼고 돌면 베르네 다리가 나오고 베르네 천변이 이어진다. 베르네천은 동부간선수로에 합수한다. 벚꽃이 보기 좋아 사람들이 많이 찾는 곳이다.

천변에는 벚꽃이 지고, 찔레와 쥐똥나무꽃이 지천으로 피어 있다. 잠시 서서 메모하다가 눈을 들어보니 카페가 보인다. 커피 한잔하며 글을 마무리하려고 부지런히 발을 옮겼다. 걷는 중에 떠오른 착상은 제때 붙들지 않으면 순간 사라진다. 서둘러 걷다

가 카페 옆 상호를 보고 그 자리에 얼어붙었다. '양계장집 아들',
치킨과 닭강정을 파는 가게였다. 유소년기의 깊은 생채기와 함
께 무거운 회상에 잠겼다.

유년시절 나는 '양계장집 아들'로 통했다. 국민학교 3학년부
터 고등학교 1학년까지 대략 7년간 우리집은 동대문구 장안동
(당시는 성동구 능동)에서 4,000수 정도의 닭을 사육했다. 중학교 때
생물 선생님은 우리집이 양계장을 한다는 걸 아시고 수업 중에
나를 '병아리'라 부르셨다. 그때부터 학급 아이들이 벌떼처럼
'병아리'라며 날 놀려대기 시작했다. 하굣길 자전거를 타고 따라
오면서까지 놀려댄 아이도 있었다. 참으로 지긋지긋했다.

그러던 어느 날 다시 하굣길에 문제의 아이가 따라오며 나를
놀려댔다. 난 그 아이를 자전거에서 끌어내렸고 치고받는 진흙
탕 개싸움이 벌어졌다. 나의 아버님이 키가 크시고 기골이 장대

하신지라 나도 그 골격을 이어받았다. 결국 주먹싸움 끝에 근소한 차이로나마 이겼다. 이후 불안한 가운데에서도 그럭저럭 평화를 누릴 수 있었다. 한데 문제는 고등학교에 들어가서도 이런 난투극이 한두 번 더 있었다는 점이다.

이때 알았다. 폭력은 멀리해야 하지만, 때로는 강한 물리력을 이용한 자위 수단이 나를 지킬 수 있다는 사실을. 그 후 나는 어머니 고향인 전라북도 김제로 가서 책만 읽으며 아예 밖으로 나오지 않고 사라져버렸다. 필요할 경우 나중에 검정고시를 치르면 된다고 생각했다. 지긋지긋하고 암울한 시절이었다.

내가 무슨 일을 하든, 어떤 선택을 하든 아버지는 아무런 말씀이 없으셨다. 유복자인 아버지로서는 훈육 개념이 없으셨을 것이다(라고 난 이해한다). 북에 가정을 두고 온 월남 피난민으로, 전쟁 미망인이시던 어머니를 만나 가정을 꾸린 분이셨다. 50세에 날 낳으셨다. 강한 생활력을 지니신 분으로 자식에 대한 사랑과 부양 의지만큼은 상당히 컸다. 그리고 말씀이 없으셨다. 아니, 아예 아무런 말씀을 안 하셨다. 드물게 당신의 세계관을 독백처럼 말씀하셨을 뿐이다. '남에게 도움을 주지는 못할망정 피해를 주지 말거라.' 아버지는 눈빛으로, 행동으로 말씀하셨다.

공자가 말하기를 '선행기언先行其言 이후종지而後從之'라 했다. '먼저 행동하고 이후에 말하라'는 뜻이다. 짐작하건대 아버지는 행동으로 이렇게 말씀하신 것이다. '세상은 만만치 않아. 지혜롭게 행동해야 해. 먼저 말하기보다는 신중하게 생각하고, 슬기롭게 대처해야 해…. 모든 것은 네 안에 들어 있으니까. 잊지 말거라. 너에게서 나온 것은 너에게로 돌아간다는 것을. [출호이자出乎爾者, 반호이자야反乎爾者也, 〈맹자-양혜왕〉

고교 시절 가출한 적이 있었다. 아버지는 나를 찾으러 의왕의 부곡저수지(이름이 바뀌어 지금은 왕송호수)로 오셨다. 길이 엇갈려 부자간에 만나지는 못했다. 집으로 돌아온 내게 아버지는 부곡저수지의 초어 이야기를 꺼내셨다. "그래, 그 빨간 초어는 잡았니?"

아버지를 회상하면 추운 겨울 어두운 밤, 깊고 컴컴한 우물 속으로 줄을 내려 두레박질을 하는 것처럼 힘이 든다. 마삭麻索 줄을 쥔 어린 내 손, 그 언 손에 피가 묻어 있다. 오랜 세월이 흐른 지금 그 손을 아버지가 잡아주고 있다. 아버지는 눈빛만으로 말씀하신다. 캣 스티브스Cat Stevens가 부른 〈아버지와 아들 Father&Son〉의 가사처럼.

▶ Cat Stevens - Father&Son

"아직 변할 때가 아니야. 긴장을 풀고 진정해. 넌 아직 어려. 그건 네 결점이야. 네가 알아야 할 게 너무 많아. 날 봐, 난 늙었지. 그러나 난 행복해."

5

고귀한 영혼이 걸은
혐오와 모멸의 가시밭길
- 한하운 시인 길

계양천 건너 풍무동 신도시로 들어간다. 깔끔하게 정리된 도로와 도심 구간을 빠져나온다. 숲길 따라서 장릉 인근을 지난다. 장릉 정문에서 왼쪽으로 가면 '한하운 시인 길'이고, 오른쪽으로 직진하여 장릉을 둘러친 철망 옆 오솔길을 따라가면 승가대 가는 길로 이어진다. 어느 길로 가도 두 길은 서로 만난다.

잠시 둘레길 코스를 벗어나 산길로 100m 정도 오르면 장릉 공원묘지가 나오는데, 여기에 한하운의 유택幽宅[묘]이 있다. 1920년 함흥에서 태어난 그는 1948년 월남하여 1949년《신천지》에 13편의 시를 발표했다. 한센병에 걸린 그는 평생 나환자들과 불우한 어린이 곁에서 가족처럼 함께했던 시인이다. 〈소록도 가는 길〉, 〈보리피리〉 두 편이 묘비에 새겨져 있다. 내가 한하운이란 시인을 알게 된 것도 〈보리피리〉 때문이었다.

보리피리 불며/ 봄 언덕/ 고향 그리워/ 피-ㄹ 닐리리.

보리피리 불며/ 꽃 청산靑山/ 어린 때 그리워/ 피-ㄹ 닐리리.

보리피리 불며/ 인환人寰의 거리/ 인간사人間事 그리워/ 피-ㄹ 닐리리.

보리피리 불며/ 방랑의 기산하幾山河/ 눈물의 언덕을/ 피-ㄹ 닐리리.

중학교 1학년 때였는데 '인환'이란 시어와 '방랑의 기산하'라는 시행의 의미가 궁금했다. '인환'이란 '인간 세상'이란 걸 어림짐작했지만, '방랑의 기산하'는 '그 얼마나 산하를 방랑했는가'의 탈문법적인 시적 허용이라는 걸 나중에 알았다. 뭔지 정확히는 몰라도 이 시가 주는 슬픔과 그리움의 정서는 어린 마음에 큰 울림을 준 듯하다. 시는 비극적 삶에서 초래된 '고향에 대한 그리움'을 노래한다. 시 전면에 청색의 시각 이미지가 등장하는데, 이는 피리 소리의 청각 이미지와 어울린다. 색채 이미지, 음악적 리듬, 공간의 결합으로 비극적 정서의 아름다움을 드러낸다.

한하운 시인의 묘소 앞이다. 어제의 뙤약볕과 달리 오늘은 하늘이 흐려 서늘하다. 무덤가 뒤로 버드나무가 보이는데, 척박한 땅에서도 잘 자라는 나무다. 어떤 토질에서든 잘 적응하기에 무덤가에서 흔히 볼 수 있는 나무다. 경험이 풍부한 도굴꾼은 무덤 옆에 버드나무가 심겨 있으면 도굴하지 않는다. 매장품이나 부장품에 대한 기대가 없기 때문이다. 공원묘지엔 버드나무와 키 작은 관목 이외에 별스러운 나무가 보이지 않는다. 그러나 '한하운 시인 길'을 따로 만든 걸 보면 시청에서 관리는 하는 모양이다.

한하운은 《고고한 생명-나의 슬픈 반생기》에서 나병에 걸린 순간을 '인간 폐업령'이라고 회고했다. 지금은 한센병이라고 부르고 완치까지 되기에 사람들의 인식이 많이 바뀌었지만, 과거엔 피부가 괴사해 외형 변화가 생기기에 천형, '하늘이 주는 형벌'이라는 평판이 따랐다. 시인은 한센병에 걸린 후 혐오와 천대의 시선 속에서 숨죽여 살았고 50대 중반 김포에서 생을 마감했다. 애잔하다. 한하운의 비극적 삶은 그 무엇으로도 설명할 수 없는 처연함을 남긴다. 고향과 사람을 그리워했지만, 고향과 사람들로부터 버림받은 자이기 때문이다.

맹자가 말하기를 '부인필자모夫人必自侮 연후인모지然後人侮之'라고 했다. '무릇 사람은 반드시 스스로를 업신여긴 후 남이 업신여긴다'는 뜻이다. 스스로를 천시한 바 없었던 시인이 인환人寰으로부터 버림받고 천대받음은 무슨 아이러니인가.

나는 나는 죽어서 파랑새 되어

푸른 하늘 푸른 들 날아다니며

푸른 노래 푸른 울음 울어 예으리

나는 나는 죽어서 파랑새 되리

그의 시 〈파랑새〉. 삶과 죽음을 생각하다가 산티아고 카미노의 순례길 도중 어느 공동묘지에서 본 문구를 떠올린다. '지금의 내가 당신의 미래입니다Yo soy el futuro de ti' 죽음에 대한 인식은 지금의 삶을 책임 있고 고결하게 만들어준다.

김포해솔학교로 부지런히 발걸음을 옮긴다. 금정산, 장릉산, 두 개의 산을 넘어야 한다. 하늘이 흐려져 간다. 차라리 시원하게 한줄기 빗방울이 떨어졌으면 싶다. 한하운은 그의 소원대로 파랑새가 되었을까? 로빈 트루워Robin Trower의 곡 〈파랑새 Bluebird〉가 귓가에 머물다가 날아오른다.

● Robin Trower - Bluebird

"혼자서 숲에 앉아 돌로 변한 은나무 위에 당신의 집과 깃털 침대를 만들어봐요. 머리 위에서 가지가 늘어납니다. 그의 마음을 알고 싶다면 파랑새의 노래를 들어보세요. 여름 와인 같은 그 멜로디를 들어보세요."

그러면 그대는 무엇을 먹고 어디서 잘 것인가

'동가식서가숙東家食西家宿'이란 말이 있다. '동쪽에서 먹고, 서쪽에서 잔다'는 뜻이다. 장거리 트레킹을 하면 숙식 문제에 부딪히게 마련이다. 걷기 강연이나 북토크에서도 먹고 자는 문제에 관한 질문이 쏟아진다.

《걷기의 역사A History of walking》의 저자 리베카 솔닛Rebecca Solnit은 이 책에서 트레킹의 역사를 아주 세밀하게 소개했다. 그러면서 트레킹 문학, 특히 장기 트레킹 문학이 잘 형성되지 않은 이유를 언급했다. 요컨대 '먹고 자고 걷기도 힘든데, 글 쓸 여력이 잘 생겨나지 않아서'라고 분석했다. 정확한 워딩은 다시 확인해야겠지만, 맥락은 그랬다.

나 역시 그의 분석을 절절하게 공감한다. 해파랑길, 남파랑길, 서해랑길 3개 코리아둘레길을 걸을 때, 지긋지긋할 정도로 먹고 자는 문제에 정력을 낭비했다. 걷고 먹고 자는 문제에 에너지를 다 쏟고 나니 현장에서 글 쓸 여력이 생겨나지 않았다. 참으로 허망하고도 허망했다. 맹자는 '약민즉무항산若民則無恆産 인무항심因無恆心'이라고 했다. 이는 '백성은 항산이 없으면 항심이 없다'라는 뜻이다. 길 위의 글쓰기도 마찬가지다. 물리적인 항산恆産(먹고 잘 곳)이 확보되지 못하면, 항심恆心(안정적 생각)이 생기지 않는다.

서해랑길 39코스에서였다. 영광지역 '로열호스텔'에서 3일간 무료 게스트로 묵는 흔치 않은 일이 생겼다. 전적으로 '종가집 굴비정식 설궁'을 운영하는 김가람 사장의 호의에 힘입은 것이었다. 당시 넓은 영광지역을 오가느라 비용이 적당한 숙소를 찾느라 몹시 애쓰고 있었다. 이 도움은 '항심'을 지니는 데 큰 격려가 됐다. 장거리 도보 여행의 경우, 국내 둘레길보다 해외 순례길이 비용이 덜 들기도 한다. 도보 여행객의 자는 문제, 곧 숙박비를 아낄 수 있기 때문이다.

경기둘레길과 DMZ평화의길을 걸으며 반드시 글다운 글을 남기리라 굳게 다짐했다. 개인 역량인 필력의 문제야 어쩌지 못해도, 이 두 길의 숙식 인프라만큼은 글 쓰는 데 제법 도움 되지 않을까 생각해서다. 적어도 수도권역인 경기둘레길은 먹을 곳,

잘 곳에 대한 걱정을 덜 수 있으리라.

경기둘레길 김포 1코스 시작점은 서해랑길과 길을 같이하고, 문수산성 종착점은 평화누리길과 방향을 같이한다. 김포와 강화도 사이 세찬 물길이 흐르는 좁은 바다가 강화해협이다. 해협 따라 이어지는 군인 순찰로가 이제 걷기 여행길로 사용된다.

강화만을 끼고 도니, 손돌목이 시야에 들어온다. 염화강변을 따라 철책선이 설치되어 있다. 숲길을 따라가는 코스가 많아 서늘하고 걷기에도 편하다. 길을 만들기까지 관청과 기관의 노력에 아낌없는 상찬을 보낸다. 군부대, 마을 그리고 사유림 소유자와 대화하고 설득한 끝에 이뤄낸 결과물일 것이다.

숲길을 따라 복원된 덕포진과 파수청을 유심히 살펴보았다. 신미양요와 병인양요, 두 전투의 현장이었던 덕포진과 포대청을 바라보며 깊은 회상에 젖는다. 국가가 힘이 없고 지도자에게 미래비전이 없다면, 민초는 그저 죽어나가기 마련이다. 포대 위 수풀에 바람이 불자 나뭇가지가 부딪히는 마찰음이 일어난다.

덕포진을 따라 걷다가 식당을 찾고 숙소를 정했다. 문득 오늘 김포로 오던 중 사소한 일에 분노했던 일을 떠올린다. 서울지하철 9호선 열차 내에서 장시간 큰 목소리로 통화하는 남자 때문에 몹시 분노했다. 김포 대명항으로 가는 8000번 버스에선 장시간 누군가와 통화하는 기사 때문에 매우 분개했다. 두 사람에게 뭐라고 할까 하다가 그만두었다. 거대 담론에는 끼지 못하고 그저 사소한 일상에만 분노하는 나 자신의 소시민성이 자꾸 툭툭 불거진다. 그러곤 경기둘레길에서 '먹고 잘 문제'에 골몰한다. 김수영은 〈어느 날 고궁을 나서면서〉라는 시에서 이렇게 말했다.

왜 나는 조그마한 일에만 분개하는가.
저 왕궁 대신에 왕궁의 음탕 대신에
오십 원짜리 갈비가 기름 덩어리만 나왔다고 분개하고
옹졸하게 분개하고 설렁탕집 돼지 같은 주인 년한테 욕을 하고
옹졸하게 욕을 하고

《한겨레신문》에서 현역 시인들에게 설문한 결과, 이 시가 '현대시 역사 100년 가장 좋아하는 시' 4위로 뽑혔다. 김수영의 시가 이상적인 시민보다 욕망을 가진 존재로서의 현실적인 시민상을 처음으로 보여주었다는 선정 평은 되새길 만하다. 먹고사는 문제를 이야기한 노래, 마크 알몬드Mark-Almond의 〈나는 무엇을 위해 사는 걸까What am I living for〉를 떠올린다.

▶ Mark-Almond - What am I living for

"그래요, 난 내 친한 친구에게 말했어요, 넌 내가 얼마나 엉망인 상태인지 모르니? 나는 무엇을 위해 사는 걸까? 내가 왜 살고 있는지, 왜 내 인생을 다 바치고 있는지. 가족, 자녀, 아내를 돌보기 위해선가요? 친구여 내게 말해봐요. 그대는 그런 적이 없노라 말해볼래요?"

7

곡조대로 흘러갔으나
뭔가 비틀릴 때

강화도로 건너가는 길목에 해발 376m 높이의 문수산이 있다. 산을 넘으니 강화해협의 장쾌한 풍광이 산자락과 어우러진다. 산 중턱에 조성된 4.5km에 달하는 문수산성 남문은 병인양요의 흔적을 지니고 있다. 시에서는 산성의 큰 출입문인 문루와 작은 출입문인 아문 그리고 각종 군사시설 및 병영터를 복원하여 역사적 교훈으로 삼고 있다.

서구 열강을 접한 구한말, 유교적 엄숙주의가 국익에 별 도움이 되지 못했다. 급박하게 변하던 세상, 그 시대 지도자들이 세상을 바라보는 안목을 갖췄더라면 어떻게 되었을까? 일본은 19세기 중반 근대화에 성공했고, '소중화小中華'라는 프레임에 갇혀 있던 우리는 일본에 의해 강점당하고 말았다.

문수산은 높이가 낮은데도 제법 힘이 든다. 일 년에 서너 번 지리산을 종주하던 기개는 어디로 달아났는지, 암팡진 오르막을 바라보면 한숨이 난다. 아래를 내려다보며 카멜Camel의 〈정주형 여행자Stationary Traveller〉를 떠올린다.

'정주형 여행자'는 정처 없이 떠도는 방랑자인 베가본드Vagabond나 정착지 없는 노마드Nomade와는 다르다. 난 마치 이 노래처럼 삶을 산 것 같다. 평생 여행자로 떠돌았지만, 현실에 발을 딛고 있었다. 그러면서 일 년에 수개월씩 목표를 정해 국내외로 떠돌았다. 그래야만 했다. 그럴 때마다 내면에 맺힌 삶의 응어리가 조금씩 풀려나갔으니까.

문수산성을 따라 문수산을 넘어 고막리 방향으로 내려오니 전원주택 단지가 보인다. 아침도 거른지라 식당을 찾아야 하는데, 지도를 봐도 자꾸 방향이 헛갈린다. 새로 조성된 전원주택 단지에 들어서면 공간감각이 실종되어 난 곧잘 이런 혼란에 빠진다. 빨리 빠져나가려고 덤벙대다가 남의 주택 입구에서 허둥거린다.

눈부시게 아름다운 5월에

모든 꽃봉오리 벌어질 때

나의 마음속에서도

사랑의 꽃이 피었어라.

눈부시게 아름다운 5월에

모든 새들 노래할 때

나의 불타는 마음을

사랑하는 이에게 고백했어라.

어느새 오월의 한가운데를 지나고 있다. 하이네H. Heine는 〈눈부시게 아름다운 5월에Im wunderschonen Monat Mai〉에서 사랑을 고백했다. 담 둘레에 마취목과 큰금계국이 지천이고 황금낮달맞이, 샤스타데이지가 눈에 띈다. 미로찾기를 하다가 초목 동정하는 내 정신이라니! 헤매다 '문수산성'이란 대형 고깃집에 간신히 도달했다. 메뉴에 갈비탕이 없으니 혼자라도 삼겹살 2인분을 시키고 한숨을 돌렸다.

지금까지 20km 가까이 걸었으나 더 걸어야 하리라. 경기둘레길 3코스 종점인 전류리 포구까지 가려니 땡볕이 몹시 신경 쓰였다. 지름길인 도로를 따라 걷기로 했는데, 그게 패착이었다. '장고長考 끝에 악수惡手'라더니! 나무 그늘도 없는 땡볕 아래 차량이 일으키는 먼지를 마시며 더 먼 거리를 걷고 말았다.

따지자면 이 정도는 별일 아니다. 남파랑길 농로 위로 내리
쬐던 땡볕이 생각난다. 그 고된 길이 나를 강하게 단련시켰다.
표박漂迫의 몸 훈련, 고독이라는 마음 훈련을 지독하게 했다. 그
런데도 오늘은 체력적으로 지친다. 불현듯 나 홀로 걷는 이 길
은 도대체 무엇인가 하는 생각에 미친다. 트레킹인가? 답사인
가? 답사라면 통시적인 유물 답사인가, 숲해설 답사인가? 아니
면 휴식 여행인가? 볼거리 관광인가? 단지 글쓰기를 위한 강행
군인가? 그도 저도 아니면 이 모두인가? 아니면 그저 '땡볕 아
래의 괜한 고행'인가?

▶ Camel - Stationary Traveller

영국 출신의 프로그레시브 그룹으로 1984년 발매한 10번째 동
명 앨범에 실린 인스투르멘탈 연주곡이다. 리더인 앤디 레이티
머Andy Latimer는 그룹에서 작곡과 작사, 악기 연주와 보컬까
지 담당하고 있다. 아름다운 멜로디, 뚜렷한 기승전결, 플루트
의 서정적 음색이 특징인 곡으로, 클라이맥스와 엔딩에서 오싹
한 전율이 일어난다.

7

열탕과 냉탕의 대혼돈을 겪다
깔따구 떼를 만나다

고양 구간을 마치고 잠시 귀가하여 주말을 보내고, 파주 구간을 걷기 위해 다시 집을 나섰다. 3100번 광역버스 뒷자리에 앉아서 기사의 졸음운전을 목격하며 마음을 졸여야 했다. 앞자리로 가서 기사에게 말이라도 붙여야 하나, 고민했다. 아니나 다를까, 탑차와 거의 충돌할 뻔했다. 허겁지겁 버스에서 내린 후 가슴을 쓸어내렸다. 동패지하차도까지 접근하는 데 뙤약볕이 내리쬔다.

고양 4구간에서 찾았던 고양생태공원은 제법 이색적이었다. 일반 공원보다는 자연 그대로의 모습을 갖추고 있었다. 공원 규모가 1만 8,000평으로 생태 공간으로는 비교적 작은 편이나 공원 전체가 생태숲을 이루고 있었다. 자생식물 보존에 힘쓰고 생물 다양성을 통해 여러 생물들에게 서식처를 제공하는 등 생태복원을 위해 조성한 공간임을 표방하고 있다. 도심 근교에서 접근 편의성이 매우 높아, 가족 단위로 생태 학습을 하고 서식하는 생물들을 관찰하기에 적절한 장소였다. 식재되어 있는 메타세쿼이아 공간도 퍽 이색적이었다.

이제 막 6월로 접어들었을 뿐인데, 이른 더위를 견디며 심학산 기슭을 향해 말없이 걸었다. 산기슭에서 바라보는 풍광이 장쾌하고, 푸른 숲길이 서늘하여 좋다. 산길을 내려서면 파주출판단지가 나온다. 하산하는 등산로에 음식점과 카페가 즐비하다. 조금 이른 시간에 점심을 먹으려고 음식점에 자리를 잡으니 머리 위로 냉기가 쏟아진다. 천장형에어컨 탓에 얼음통을 뒤집어쓰고 있는 듯 정신이 아득해진다. 생수 한잔 먹고 슬그머니 음식점을 빠져나왔다. 인근 카페로 자리를 옮겼는데 냉기가 음식점보다 더하다. 다시 밖으로 나왔다. 숲길은 서늘해도 편하지만 냉방이 지나치게 센 공간은 머무르기가 어려울 만큼 고통이 크다. 평생 에어컨 바람 쐬기를 꺼려온 까닭이다.

어쩔 수 없이 다시 걸었다. 어디선가 날아온 깔따구 떼의 습격을 받았다. 지리산둘레길에서도 깔따구에게 몹시 시달린 적이 있었다. 내가 내뱉는 이산화탄소나 땀 냄새 때문인가, 하고

동영상03.
생태숲을 표방한
고양생태공원의
메타세쿼이아 길

생각했다. 그러나 아니었다. 기준점을 두고 모이는 습성 때문이
란다. 깔따구는 군집하여 몰려다닌다. 그러다 행인이 나타나면
그가 기준점이 되어 깔따구가 모여드는 것이다. 더위에 앞서 깔
따구 떼 때문에 질식할 지경이다. 주변에 다른 행인이 없으니,
내가 깔따구 떼의 기준점이 되었나 보다.

　헤이리 방향으로 가면서 자전거와 길을 나눠 써야 했다. '평
화누리 자전거길'이다. 땡볕이나 깔따구를 만나는 것도 고행이
지만 달려오는 자전거를 피하는 것도 그에 못지않은 고행이다.
나 같은 뚜벅이는 '차가 오는 방향'을 보며 걷고, 자전거는 '차가
가는 방향'으로 같이 달린다. 그러니 뚜벅이와 자전거의 방향이

엇갈린다. 그래서 뚜벅이와 자전거가 같은 길을 쓰기 힘들다. 하소연해도 바꿀 도리가 없다.

대략 15km를 걸었다. 하루 걷기로는 긴 거리가 아니다. 길가의 수풀과 나무와 이야기를 나누며 걷기에 적당한 거리이다. 집에서 소파에 앉아 있을 때의 생각이란 그저 망상과 잡념에 불과하다. 하지만 땡볕 아래일지라도 길을 걷다 보면 다양한 사색과 성찰로 이어진다. 걷기의 효용이란 참 신기하면서도 발칙하다.

건너편으로 신세계 아울렛과 입점한 스타벅스가 보인다. 거대한 건물 내 서늘한 스타벅스는 나 같은 장거리 도보여행자에게 오아시스라 할 수 있을까? 아울렛 곁을 지나며 내려다보니 길 곳곳에 개망초가 흐드러지게 피어 있다. 로빈 트루워Robin Trower의 〈데이드림Daydream〉의 멜로디가 개망초 위로 내려앉는다.

● Robin Trower - Daydream

"너무 오랫동안 혼자서 밖에 있었던 것 같아요. 단출하게 여행하는 나는 항상 혼자랍니다. 아무래도 나는 여행에 적합한 뼈대를 갖고 태어난 것 같네요. 나는 온 세계를 여행하며 나의 노래를 부르고 있어요. 가야겠어요, 주님, 오래 머물 수는 없거든요."

제3장

이야기 시간 1

가야 하네, 저 외로운 골짜기를, 걸어가야 하네,
혼자 걸어가야 하네, 누가 대신 걸어주지 않네,
오, 혼자 걸어가야 하네
- 흑인 가스펠

가을 | DMZ평화의길

고성, 인제, 양구, 파주, 김포, 강화

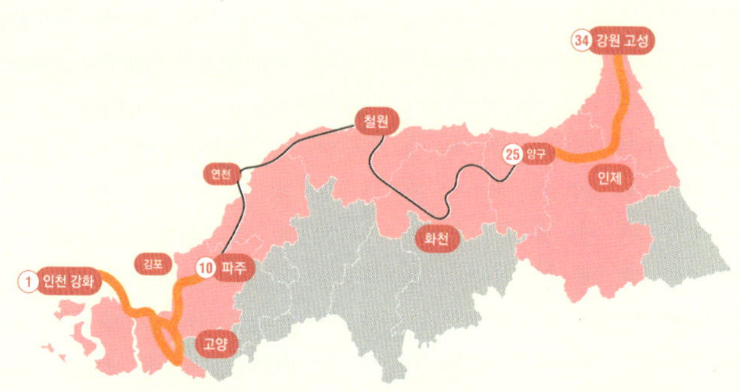

자전거에 야단맞고
소똥령마을을 향해 가다

속초행 고속버스가 인제양양터널을 지난다. 국내 최장 길이 11km가량의 터널을 빠져나오자 갑자기 비가 세차게 내린다. 남해안에서 시작되어 북상한 가을 폭우다. 엊저녁엔 열대야였는데 밤사이 19도로 기온이 내려왔다. 하루 사이 기온이 10도 이상 오르내린다.

드디어 강원도 고성이다. 나는 마지막으로 이어진 코리아둘레길 DMZ평화의길 개통 기념 걷기 행사에 참여하기 위해 이곳에 왔다. 이번 걷기 행사는 '한국의길과문화'[이하 한길문]에서 회원을 대상으로 23박 24일의 걷기 과정을 지원하는 것이다. 접경 지역 특성상 곳곳에 군부대가 있고, 대중교통 접근성이 떨

어지는 곳이다. 때문에 차량 지원을 해주는 이번 걷기 행사에 대한 회원들의 기대감이 크다.

한길문 회원과 함께 고성통일전망대에서 '코리아둘레길 전 구간 개통식'에 참여했다. 200여 명이 참석한 행사였다. 민간기 관, 봉사 지킴이, 걷기 관련 단체 등 많은 이들이 참여했다. 행사 주관인 중앙부처의 성과 보고와 자치단체의 행정 홍보도 있었 다. 통일전망대에서 명파리를 거쳐 통일안보공원까지 고성 34 코스 11km를 함께 걸었다. 군부대의 협조와 차량 지원이 있었 기에 가능한 행사였다. 비록 차로를 따라 걸었지만, 내겐 여름 의 푹푹 찌는 무더위를 견뎌낸 이후 컨디션을 조절하는 시간이 었다.

걷기 행사에 참여한 한길문의 회원 8명은 체력이나 스타일이 제각각이었다. 저녁식사 후 하루 도보량에 대해 논의했다. 속도가 느린 나는 선처를 바라는 딱한 처지가 됐다. 반면 70대를 넘긴 3명의 노익장은 하루 평균 40km를 걸을 거라며 기염을 토했다. 속도를 이야기하는 자리라면 난 불안해진다. 빨리 걷는 게 능사는 아니라지만, 어쨌든 뒤로 처지는 건 슬픈 일이다. 그러기에 여태껏 혼자 걷지 않았던가.

어느 정도 같이 걸어본 후 재논의하기로 했다. 하나 문제가 해결될 가능성은 없어 보인다. 사실 걷는 건 고독한 과정이다. 고독이란 함께 나눌 수 있는 것이 아니다. 통상 네 명 이상 모이면 집단이동, 집단행군이 된다. 집단을 이루면 목소리가 높아지고, 잡담이 전체적인 정서를 지배하게 된다. 고독은 멀찍이 달아난다. 그러니 제대로 걸으려면 혼자여야 한다.

어쨌든 걷는 동안이라도 혼자 걷고자 애쓴다. 몸은 규칙적으로 천천히 앞으로 나아간다. 왼발에 이어 오른발이 나아가 땅에 얹힌다. 그때마다 허벅지와 종아리 근육이 긴장한다. 발바닥은 땅의 기운을 받아들인다. 엄지발가락이 땅바닥을 밀어낼 때마다 내 육신은 미묘하게 균형을 잡는다.

통일안보공원에서 시작되는 33-1구간은 군부대로 인한 우회로이다. 동해 해파랑길과 코스를 같이하며 오른쪽으로 화진포 호수, 왼쪽으로 화진포항을 끼고 도는 코스이다. 김일성별장을 지나 응봉으로 향하는 길은 울창한 해풍림으로, 특히 전망이 좋다. 화진포 호수를 바라보며 예이츠W.B. Yeats의 〈이니스프리의 호수The Lake Isle of Innisfree〉를 떠올린다.

나 일어나 이제 가리, 이니스프리로 가리라.

그곳에서 흙과 나뭇가지로 만든 작은 오두막 짓고,

아홉 이랑 콩밭과 꿀벌통 하나

벌들이 윙윙대는 숲 빈터에 나 혼자 살리라.

(중략)

나 일어나 이제 가리라, 밤이나 낮이나

호숫가에 철썩이는 낮은 물결 소리 들리나니

한길 위에 서 있을 때나 잿빛 보도 위에 서 있을 때면

내 마음 깊은 곳에서 물결 소리를 듣네.

32구간이 통제되어 우회로인 32-1구간으로 이어 걷는다. 거진항에서 전문 커피숍인 '박인태커피'를 만났다. 싱글 오리진으로 시킨 하와이안 코나와 케냐의 맛이 좋다. 그러나 내 입맛에는 뭔가 허전하다. 서비스로 준 콜드브루cold-brew의 맛은 향과 풍미가 기막히게 좋다. 지금껏 먹어온 콜드브루 중 최강이다. 크게 장식한 사진이 있어서 보았더니 뮤지컬 배우 박은태다. 그가 자신의 동생이란다.

다시 일행과 발걸음을 맞추기 위해 부지런히 길을 재촉했다. 단체로 움직이기 때문에 시간을 활용하기가 다소 어려웠다. 반암항을 지나 소나무 숲길로 들어서면서 평화누리 자전거 길이 시작된다. 보행로와 자전거 길이 나뉘지 않고, 같이 사용하는 구간이다.

어느새 내 육신은 평온함을 되찾고 있다. 두 다리는 자동적인 움직임을 반복한다. 비로소 의식적인 움직임에서 해방되고 유쾌한 상상과 입체적이고 다양한 사색들 그리고 풍부한 상상력이 격동한다. 그러한 변화는 두 다리를 지나 차츰 상체로 올라온다. 움직임이 심장을 격발하고, 이어서 머리로 올라온다. 그리곤 시냅스synapse로 회로화되어 자리를 잡는다. 평소와 다른 내밀한 내적 상태에 이르는 것이다.

이 평온 상태를 깨트린 것은 자전거였다. 자전거가 쏜살같이 달려와 뒤에 바싹 붙더니 브레이크를 밟는다. 그러더니 큰소리로 "아, 조심하고 다녀요!" 짜증이 잔뜩 묻은 소리를 지른다. 기분이 언짢아진다. 자전거와 사람이 같이 사용하는 길이면 사람의 안전이 우선 아닌가. "서로 주의해야지."라고 가볍게 응수하고 자전거를 앞으로 보냈다. 둘레길에선 나의 발걸음과 자전거의 바퀴가 어긋나곤 한다.

종착점인 소똥령마을에 도착했다. 소똥령은 옛날 강원도 간성에서 한양으로 가기 위한 고갯길이었다. 장사치들이 한양으로 물건을 사러 가거나 선비들이 봇짐 메고 과거를 보러 가던 길, 산세가 험해서 산적이 자주 출몰했다고 한다. 어느새 단풍이 마을까지 내려와 있고, 잎이 떨어진다. 이상은의 노래 〈가을 수채화〉 같다.

▶ 이상은 - 가을 수채화

"깊어간다고 가을이 깊어간다고. 높아지고 높아지는 물빛 파란 하늘. 하얀 은하수 전구들. 이어진 골목 옆 작은 무대 리코더를 연주하는 어린 너. 바라보는 어른이 된 나. 깊어간다고 가을이 깊어 간다고. 짙어지고 짙어지는 붉은 나무들."

2

앞서거나 따라가거나
혹은 뒤떨어지거나

소똥령마을에서 나와 소똥령 유아숲체험원을 지난다. '소똥령'은 옛날 주민들이 원통 장날에 소를 팔기 위해 고개를 넘다가 쉬던 주막에서 소가 똥을 하도 많이 눠서 붙은 이름이란다. 오랜 세월 주민들이 고개를 넘는 사이 봉우리가 패였고, 그 모양이 소똥을 닮았다 하여 붙은 이름이란 설도 있다. 중요한 것은 소똥령 숲길이다. 그동안 외지인에게 개방되지 않았던 덕에 수목이 잘 보전되어 있으며, 300~400년은 됨직한 웅장한 소나무를 볼 수 있다.

걷다 보니 홀리 임도가 시작된다. '임도'라는 명칭은 임산물을 나르거나 삼림 관리를 위해 만든 도로를 뜻하지만, 그곳에는

'차량 출입불가' 팻말이 붙은 데다 땅을 파서 철제 바리케이드까지 심어놓았다. 아프리카돼지열병ASF 탓이리라. '두루누비' 앱을 보며 30-1코스 우회로인 소똥령 숲길을 따라 오랫동안 걸었다.

홀리마을로 들어섰다. 폐가가 된 스키 대여점이 산재해 있다. 코로나 여파도 컸겠지만, 시대변화에 적응하지 못한 결과이기도 하다. 스키장이 수도권 인근으로 이동, 스키에서 보드, 대여에서 구입으로 바뀐 소비 유형이 변화를 이끌었다. 또한 실내 암벽등반 등 젊은층의 겨울 레저 유형도 바뀌었다. 물론 코로나의 내습과 서울-양양 고속도로의 개통이 변화의 정점을 찍는

陳富庵

역할을 했다. 인제양양터널은 진부령 지역 변화의 기폭제가 됐다. 진부령을 넘는 46번 국도의 역할은 축소되었고, 진부령 고개 인근 상권은 급속히 쇠퇴했다.

진부령 정상에 도달했다. 진부령은 옛날 보부상이 드나들던 오솔길로서 백두대간을 중심으로 영동과 영서, 동서를 잇는 유일한 교통로였다. 그러다 1631년 간성 현감이던 택당 이식李植이 우마차가 다닐 수 있도록 개설했다고 한다. 그가 선정을 편 덕분인지 1633년 1월 택당이 한양으로 승차承差[영전]되어 가던 길엔 많은 군민이 그를 뒤따르며 배웅했다고 한다. 추운 겨울 진부령까지 따라온 군민의 인정에 택당은 시를 지어 작별의 아쉬움을 달랬는데, 바로 〈진부령유별시陳富嶺留別詩〉다.

한양으로 가는 길 북풍이 불 때에,
눈 덮이고 음산한 영마루, 새도 힘겹게 넘노라
이제 인정에 마음 아픈 이별을 하노니,
그대들 배 주리며 따라왔는데, 나는 이별시나 남긴다네

한편 진부령엔 잊어선 안 되는 진중한 역사도 있다. 향로봉 전적이다. 진부령 정상에 향로봉 대대가 있었다는 건 향로봉 지구 전적비를 보고 처음 알았다. 내용은 다음과 같다.

맹호 수도사단의 용사들은 1951년 5월 7일부터 6월 9일까지 양양과 간성을 탈환하기 위해 설악산으로 진격전을 개시했다. 패주하던 북한군은 중동부 요충지인 인제를 방비하기 위해 설악산과 향로봉 일대에 견고한 진지를 구축했다. 이후 북한군은 제5군단 예하 제11, 12, 13사단을 증원하여 한국군 수도사단 및 제11사단에 89회에 걸친 반격에 나섰다. 수도사단 병사들은 그 반격을 격퇴하고 설악산 및 향로봉을 확보하는 데 성공했다. 이는 오늘날 광범위한 중동부 일대를 수복하는 데 혁혁한 공훈이 된 전투 전적이다. 휴전선의 동부전선 국경선이 위로 올라간 것이 수도사단 등의 희생 끝에 쟁취된 것임을 알려준다.

인근에 진부령미술관이 있다. 진부령 정상 해발 526m에 자리하니, 우리나라에서 가장 높은 곳에 위치한 미술관이다. 진부령미술관은 고성군에서 운영하는 것으로 매년 기획 전시회를 개최하고, 이중섭 상설 전시실에선 다양한 자료와 황소를 그린 대형 작품도 볼 수 있다. 물론 복제품이다.

다시 30-2코스를 걷기 시작했다. 한길문에선 위험 구간이니 차량으로 통과하라고 권고한다. 그러나 회원들은 차례차례 46번 국도를 따라 걸어서 내려간다. 나는 진부령 정상에서 본 노래비를 생각하며 걷는다. 조미미의 〈진부령 아가씨〉 그 덕분에

나는 '산'과 '아가씨'가 등장하는 유팡키A. Yupanqui의 1932년 데
뷔작 〈원주민의 길Camino del Indio〉을 떠올린다.

산 깊숙이 그늘이 드리워지기 전
오랜 나의 선조들이 남에서 북으로 걸어간 길
산에서 노래하고 냇물에서 울고
원주민의 고뇌는 밤에 더 깊어 가네.
길은 알고 있다. 아가씨의 이름을
산에 피어오르는 가슴 아픈 산의 노랫소리를
길은 탄식한다. 사람과 사람을 멀리 떼어놓는 죄의 습성을
산에서 노래하고 냇물에서 울고
길마다 지친 사람들에게 작은 그늘이라도 주고 싶다네.

시인 유팡키는 구도자적인 자세로 우리가 걸어야 할 길에 대
해 들려주지만, 나는 그저 길 위에서 커피나 한잔 마시려 탐심
부리는 자에 지나지 않는다. 걷다 보니 '하늘빛풍차'라는 카페가
보인다. 콜롬비아산 산추아리오 원두 맛이 참 일품이다. 산미가
강하면서 위로 뜨는 과일 향과 버번 느낌의 풍미가 특히 좋다.
지난번 고성에 위치한 카페 '박인태커피'에서도 느꼈지만, 지방
의 실력 있는 커피전문점을 만나면 기쁨이 더욱 커진다.

다릿골삼거리까지 약 26km를 걸었다. 내 기준으로는 이만하

면 정말 차고 넘치게 걸었다. 진부령 주변 산과 설악산을 바라
보며 걸었고, 걷는 내내 김두수의 노래 〈산〉이 생각났다.

▶ 김두수 – 산

"산아, 너를 잊을 수 없네. 가람 지워진 들판, 그 메마른 땅 홀로
그 언저리에 흙바람 일어 가는 발길 터벅이고. 저 이름 없는 길
을 따라 끝없이 걸어갈 내 머리 위엔 차디찬 집념 저 산은 변함
이 없는데…."

안개 속에 산화한 군인들, 그리고 인제 사람 박인환

이 길을 걷는 한길문 팀원은 총 8명으로 앞서가는 사람, 따라가는 사람 그리고 뒤떨어진 사람, 그렇게 2강 5중 1약으로 형성된다. 1약이 바로 '나'다.

오늘 전체 팀원 중 세 명이 일정과 속도가 맞지 않는다며 먼저 떠나고 말았다. 앞서 떠난 세 명은 다들 70대이다. 앞으로 5년 후 70대를 맞이할 내 모습은 어떠할까? 육신이 건강하다 해도 '미래의 나'는 관계에 대한 수용성과 복잡한 사태를 해결하는 지혜가 남아 있기를 바라본다.

안개 속을 거니는 이상함이여,

덩굴과 돌들 모두 외롭고,

이 나무는 저 나무를 보지 못하니

모두가 다 혼자로구나!

나의 삶이 밝았던 때에는

세상엔 친구들로 가득했건만

이제 여기 자욱한 안개 내리니

아무도 더는 볼 수 없어라.

안개 속을 거니는 이상함이여,

산다는 것은 외로운 것,

누구도 다른 사람 알지 못하고

모두는 다 혼자인 것을!

국립DMZ자생식물원 인근에 있는 도솔산, 대우산, 그리고 저 멀리 대암산까지 주변 산은 온갖 연무로 가득 차 있다. 헤세 H. Hesse의 시 〈안개 속에서Im Nebel〉가 떠오른다. 그래, 나는 오늘 자욱한 안개 속을 외롭게 걷고 있다.

오유리로 들어서는 길목에 온갖 채소밭이 보인다. 양상추밭, 무밭 그리고 사과밭. 사과 재배 경계선이 이곳까지 올라온 건 지구 온난화 탓이기는 하지만 참 놀랍다. 그리고 보다 인상적인 건 앙상하게 비틀어진 통배추의 모습이다. "처참해, 배추 농사

지은 사람들. 아마 수억씩 손해 봤을 거야. 배추가 34도가 이어지는 날씨를 견딜 수 없었던 게야. 게다가 비도 억수로 쏟아지고 뿌리부터 다 썩어 하나도 건질 게 없어.” 75세 김상범 어르신이 고랭지 밭을 보며 한탄했다.

양구통일관으로 들어섰다. 유영호 조각가가 설치한 ‘그리팅맨’이 고개를 숙이고 맞이했다. 양구 해안면 일대는 완연한 분지 형태로 이루어져 있다. 한국전쟁 당시 전략적 요충지로서 최대 격전이 벌어졌던 곳이다. 9대 격전지(도솔산, 대우산, 피의능선, 백석산, 펀치볼, 가칠봉, 단장의능선, 949고지, 크리스마스 고지) 중 하나로서 당시엔 ‘펀치볼’로 불리며 피에 피를 부르는 전투가 벌어졌다. 전사자 이름이 적힌 비석 옆에 빈 비석이 있다. 이 비석은 실명 전사자 1,100명의 세 배에 이르는 무명용사들을 기린 것이다. 유엔군 전사자의 실명도 보인다. 역사를 잊으면 비극이 반복된다.

양구통일관부터 대암산 바깥 자락을 따라 만대리까지 산길을 따라가야 한다. 철조망 따라 지뢰를 표시한 삼각 표지가 섬뜩하게 다가온다. 비가 오기 시작하자 산길을 걷기가 부담스럽다. 그래서 신북천 천변과 나란히 이어지는 456번 국도를 따라 걸었다. 서화면으로 들어와 늦은 점심을 먹고 잠시 생각에 빠졌다.

인제군으로 나갈 것인가, 말 것인가. 인제에서 '박인환문학축제'가 열린다. 사실 길 위의 이야기는 내가 걷는 길 바로 위에 있어야 한다(고 생각한다). 그런데 박인환문학축제라니! 비록 DMZ 평화의길 구간에 들어 있지는 않지만 박인환의 시 〈인제〉를 떠올리며 가봐야겠다고 마음먹었다.

봄이면 진달래가 피었고

설악산 눈이 녹으면

천렵 가던 시절도

이젠 추억.

아무도 모르는 산간벽촌에

나는 자라서

고향을 생각하며 지금 시를 쓰는 사나이.

나의 기묘한 꿈이라 할까 부질없구나.

그곳은 전란으로 폐허가 된 도읍

인간의 이름이 남지 않은 토지

하늘엔 구름도 없고.

박인환문학관 인근엔 문학축제 준비로 한창이었다. 사흘간 문학축제가 이어진단다. 시 화분, 엽서 보내기, 다이어리 나누기, 책 나눔 등 특색 있는 행사 공간이 광장에 마련되어 있었다. 지자체에서 3일 동안 이런 문학축제를 열 수 있다니 대단하다! 박인환의 멋스러운 모습과 시적 명망이 숱한 세월에도 바래지 않는 까닭이다.

박인환문학관 자체는 소박하지만 공간을 잘 활용하여 박인환의 행적을 시대에 맞춰 배치해 놓았다. 마리서사, 유명옥, 봉선화다방, 모나리자, 동방싸롱, 포엠, 은성 등등의 소품이 '명동백작' 박인환의 멋스러움을 그대로 보여준다. 2층 강의실에선 아이들 대상으로 동화책 구연이 이루어지고 있었다. 손자 생각에 강의실로 들어가고 싶은 생각을 꾹 눌러 참아야 했다.

오늘 안개 속을 오래 걸은 탓일까, 정훈희의 노래 〈안개〉가 생각난다. 1967년에 발표한 원곡도 좋지만, 박찬욱의 영화 〈헤어질 결심〉(2022) OST로 흐르던 정훈희와 송창식의 콜라보레이션은 '영화를 살려낼 만큼' 그 독특함이 특출하다.

▶ **정훈희&송창식 - 안개/헤어질 결심 OST**

"나 홀로 걸어가는 안개만이 자욱한 이 거리. 그 언젠가 다정했던 그대의 그림자 하나. 생각하면 무엇 하나 지나간 추억 그래도 애타게 그리는 마음. 아아 그 사람은 어디에 갔을까. 안개 속에 외로이 하염없이 나는 간다."

헛걸음의 연속,
어쩌랴 그것이 삶의 진짜 모습인 것을

DMZ 북방계 지역의 식물자원을 수집·보전하는 국립DMZ자생식물원에서 피의능선 전투 전적비로 이어지는 길을 걷는다.

야생의 생태와 함께 한국전쟁 9대 격전지의 전투 흔적을 엿볼 수 있는 구간이기에 나름 기대했다. 그러나 시작점인 국립DMZ자생식물원부터 아쉬움을 꾹꾹 눌러 삼켜야 했다. 아침 8시에는 관람할 수 없었기 때문이다. 식물원 앞에서 입장 시간까지 기다려볼까 생각도 해보았지만, 단체 이동의 특성상 내 관심사를 돌보는 데는 제약이 있었다. 게다가 오늘 걸어갈 길이 멀다.

천천히 12.34km에 이르는 옛 돌산령 고갯길을 구불구불 지난다. 이곳은 인제-양구 구간의 청정 자연환경을 만날 수 있는 코스이다. DMZ 인근 야생에 대한 관심이 최우선이나, 전적지에도 관심이 크다. 한국전쟁 당시 해안면 분지를 둘러싼 고지에선 상상을 초월한 전투가 벌어졌다. 고지마다 전투에서 희생된 장병을 추모하기 위한 추모비가 있다. 오늘 걷는 코스에도 피의 능선 전투비, 도솔산 전적비, 펀치볼 지구 전적비가 포함되어 있다.

갓길이 없는 왕복 2차선 산간도로를 걷는다. 차량 통행이 잦지는 않으나 걷는 동안 주의가 필요하다. 151번 도로를 따라 걷는다. 자욱한 안개를 헤치고 한참 걷고 있는데 부슬부슬 가을비가 내리고 만다. 일교차가 크고 기온이 수시로 떨어지는 고지라서 감기에 유의해야 한다. 고어 재킷을 꺼내 입고 우산도 썼다. 여름비야 맞아도 문제가 생길 염려가 적은데, 산길에서 가을비를 맞으면 문제가 생길 수 있다.

날은 차갑고 캄캄하고 쓸쓸도 하다.
비가 내리고 바람은 쉬지도 않는다.
내 생각은 무너지는 옛날을
놓치지 않으려고 붙잡아보지만
강풍 속에서 젊은 시절의 희망은 우수수 떨어지고

롱펠로우H.W. Longfellow의 시 〈비 오는 날The Rainy Day〉에서 건넨 조언대로 나는 '입을 다물고' 쓸쓸한 마음을 고쳐먹은 후 전적비를 찾았다. 도솔산 전적비는 도로에서 200m가량 떨어진 곳에 있었다. 바리케이드가 처져 있고 철조망 두른 곳에 표지판이 눈에 띈다. CCTV가 있으니 출입 시 반드시 행정보급관이나 중대장에게 연락하라는 전화번호도 보인다. 전화를 걸었다. 중대장은 난감한 목소리로 출입 불가임을 통보한다. '그냥 갔다 올 걸 그랬나?' 후회가 인다. 내 신분을 밝히고, 갔다가 바로 돌아오겠노라고 사정했다. 그가 잠시 침묵 끝에 최근 관광객 관련 이슈가 있었다고 답했다. 설득해서 될 일이 아니겠구나.

펀치볼 전적지 일대는 안보관 형태로 운영되는데 하필 휴관이란다. 오늘은 토요일 아닌가? 아니, 이전의 휴관 기간이 현재 연장 중이란다. 이번 DMZ평화의길 트레킹은 DMZ를 따라 걷는 터라 군부대의 통제와 부딪힐 수밖에 없다. 게다가 숙소에서

©writer

구간 시작점으로 가는 교통편도 마땅치 않다. 때론 정식 코스가
아닌 우회 코스를 찾아야 하고, 통과 신고 절차 등이 필요한 경
우도 있다.

　한길문에서 이러한 모든 경우에 대비해 차량과 일정 및 신고
를 대행해 준다. 코리아둘레길 3개 길(해파랑길, 남파랑길, 서해랑길)을
완보한 우리 팀에게 부여한 특혜였다. 일정이 맞지 않는다고 앞
서 떠난 세 사람은 만만치 않은 장애물들을 만나 헤매고 있는가
보다. 그들에게서 전화를 받고 알게 된 사실이다. 단순한 절차
문제를 떠나, 단체에서 벗어난 후 코스 이탈이나 무리한 걷기로

인해 안전사고가 날까 염려된다. 나이가 들수록 다른 이의 말을 잘 듣지 않는다. 내 몸, 내 관심, 내 생각이 최우선이다. 다들 그렇게 늙어가는 걸까.

대암산 용늪으로 발길을 돌렸다. 용늪 인근에 온 건 거의 십수 년 만이다. 당시엔 학술조사원에게만 일부 개방을 허용했다. 지금은 일반인에게도 개방한다기에 부푼 마음으로 다시 찾았다. 그런데 양구수목원 홈페이지에서 20일 전 미리 신청해야만 방문이 허용된단다.

일행과 거리를 두고 걷는 중이라서 다시 453번 국도를 가로질러 운악리로 향했다. 비로소 양구로 넘어왔다. 그리고 피의능선 전적비 앞에 섰다. 1951년 8월 18일부터 20일간 전투가 벌어진 장소다. 참가부대는 국군 5사단 35·36연대, 미군 2사단 그리고 북한군 6사단, 12사단, 27사단이다. 북한군 사단까지 적시한 점이 특이했다.

피의능선 전투는 휴전회담을 진척시키는 동시에 휴전에 대비하여 중요 요충지를 확보하려는 목적으로 한국군이 행한 공격 작전이다. 땅을 뺏고 뺏기는 접전이 치열하게 벌어졌다. 유해 발굴사업은 거의 50년이 지난 2000년부터 2015년까지 진행됐다. 미처 수습하지 못했던 684구의 유해를 발굴해 국립현충원에 옮겼다.

맹자는 '지사불망재구학志士不忘在溝壑 용사불망상기원勇士不忘

喪其元'이라 말했다. '뜻있는 선비는 자기의 시체가 도랑에서 굴러다닐 것을 잊지 않으며, 용감한 선비는 자기 머리를 잃을 것을 잊지 않는다'는 뜻이다. 그들의 시체와 머리를 찾아 숭고한 뜻을 기려야만 나라가 바로 설 것이다. 전적비 앞에 누가 가져다 놓았는지 알 수 없는 국화 바구니가 속절없이 시들어가고 있었다.

월운 일대에 부슬부슬 가을비가 내린다. 최헌의 노래 〈가을비 우산 속에〉를 흥얼거려 본다. 그의 목소리는 무엇과도 바꿀 수 없는 삶의 상념을 담고 있다. 삶의 무게감을 견뎌내는 처연함이 묻어난다.

▶ 최헌 - 가을비 우산 속에

"그리움이 눈처럼 쌓인 거리를 나 혼자서 걸었네. 미련 때문에. 흐르는 세월 따라 잊혀진 그 얼굴이 왜 이다지 속눈썹에 또다시 떠오르나. 정다웠던 그 눈길 목소리 어딜 갔나. 아픈 가슴 달래며 찾아 헤매는 가을비 우산 속에 이슬 맺힌다."

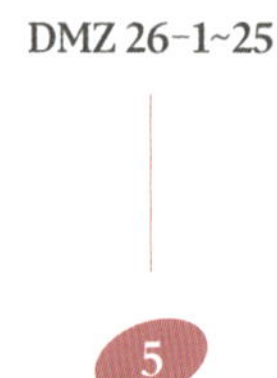

편의점 커피 한잔의 묵상

양구 임당2리에 위치한 GS25 편의점에서 커피와 미니쌀약과를 구입했다. 편의점 커피와 미니쌀약과는 천상의 조합이다. 어느 때보다도 이 순간이 좋다. 숱한 길 위의 시간 중 가장 소중히 여기는 시간이기도 하다.

커피와 약과를 먹으며 잠깐 휴식을 취한 뒤 양구 25코스를 걷는다. 백석산 지구 전투 전적비에 들렀다. 백석산 지구 전투는 1951년 8월 중순부터 10월 하순까지 백석산을 두고 벌어진 혈투였다. 정상을 탈취하기 위해 국군 7사단과 8사단이 북한군 12사단 및 32사단과 싸운 고지전이었다.

국군 7사단은 북한군과 공방전을 벌이다 국군 8사단에게 공

격 임무를 인계하여 마침내 백석산 확보에 성공했다. 휴전회담 재개로 전투는 종료되었고 백석산을 경계로 군사분계선이 확정됐다. 치열한 공방전이 벌어진 결과 국군과 북한군 그리고 중공군 모두에 수천의 사상자가 발생했다.

학부 재학 시절 졸업여행에 동행한 지도교수는 한국전쟁의 성격을 '대리전쟁', '이념전쟁'으로 규정하며 한국전 전적비가 없어져야 할 유산이라고 했다. 하지만 한국전쟁 이후 북한에 의해 통일이 됐다고 상상해 보자. 오늘날 우리가 당연하게 누리는 자유는 거저 얻어진 것이 아니다. 언제나 전쟁을 일으키는 사람은 늙은이들이고, 전쟁터에서 죽어가는 사람은 젊은이들이다.

네루다P. Neruda의 스승이기도 했던 가브리엘라 미스트랄 Gabriela Mistral의 시 〈아들의 죽음을 애도하며Sonetos de la Muerte〉의 일부분이다. 죽은 아들에 대한 어머니의 기억을 통해 참혹한 폭력과 절절한 아픔이 극적으로 전해진다.

방산면사무소 근처에 양구백자박물관이 자리한다. 우리는 경기도 광주·이천·여주의 백자를 먼저 기억하나, 사실 조선백자의 시원지는 양구이다. 양구에서 출토되는 백토白土가 조선백자의 원재료였기 때문이다. 백자박물관의 학예실장은 내게 양구 백토가 지닌 특성과 양구 백자와 다른 지역 백자와의 차이

등 흥미로운 이야기를 들려주었다.

양구는 고려시대부터 백자와 백토를 생산해 왔으며, 조선 후기 왕실 백자의 주요 원료인 백토의 산지로서 중요한 역할을 해왔다. 이 같은 양구는 조선 후기 분원 백자와의 상호 관계가 높다. 양구에서 발굴된 칠전리 가마터에서는 1884년 이후에도 질 높은 백자가 생산되었음을 입증하는 유물들이 출토됐다. 양구 지역은 한국전쟁 이전까지도 도자기업이 계속되어 한국 근대 도자 산업의 실상을 파악할 수 있는 곳이다.

양구백자박물관 내에 있는 '백자 카페'에 앉아서 묵상에 잠긴다. 맹자가 말하기를 '인유계견방즉지구지人有鷄犬放則知求之 유방

심이부지구^{有放心而不知求} 학문지도무타^{學問之道無他} 구기방심이이
의^{求其放心而已矣}'라 했다. 즉 '사람이 닭이나 개를 잃어버리면 찾
을 줄을 알면서 마음을 잃어버리고는 찾을 줄을 모른다. 학문을
하는 길은 다른 것이 없다. 그 잃어버린 마음을 찾는 것일 뿐이
니라'는 뜻이다.

그간의 내 삶이 그러하지 않았던가. 지난날이 참으로 아스라
하다. 학문도 하다 말고, 마음도 찾다 만 삶이 아니었는지 두렵
다. 끝없이 이어지는 길 위의 길이다. 이제 본원을 찾아 길을 떠
나야 하리라. 그 길이 나의 귀로가 되리라. 정미조의 노래 〈귀로〉
처럼.

▶ 정미조 - 귀로

"어린 꿈이 놀던 들판을 지나 아지랑이 피던 동산을 넘어 나 그
리운 곳으로 돌아가네. 멀리 돌고 돌아 그곳에 담벼락에 기대
울던 작은 아이 어느 시간 속에 숨어버렸는지. 나 그곳에 조용
히 돌아가 그 어린 꿈을 만나려나."

6

통일, 그 멀어져 가는 나날들

율곡습지공원에서 마롱리로 올라가는 길에 '마롱리 면사무소 카페'가 자리한다. 이곳은 예전 면사무소를 개조한 카페이다. 인테리어를 따로 하지 않고 기존 구조물을 잘 활용한 게 돋보인다. 테이블도 몰려 있지 않고, 야외 공간도 넓어 가족 나들이에 들러 봐도 좋을 듯싶다. 밤파이 빵도 커피도 맛있었다.

박석고개 산길은 서늘하고, '밤골'을 한자어로 바꾼 '율곡리栗谷里'라는 명칭대로 곳곳에 밤송이가 익어 떨어져 있다. 임진강 적벽을 따라 걷는 길은 강가의 우거진 나무숲이 그늘을 막아준다. 파주와 문산의 임진강변 '서울-개성 길'은 이야깃거리가 가장 많은 지역일 듯싶다. 길을 걷는 크나큰 즐거움을 누린다.

임진강 벼랑에 화석정花石亭이 자리한다. 율곡이 기존의 정자를 중수하여 짬이 날 때마다 찾았고, 관직에서 물러난 후에는 제자들과 시와 학문을 논하며 여생을 보낸 곳이기도 하다. 율곡은 왜구의 침공에 대비해 '10만 양병설'을 주장했다. 하지만 율곡의 상소를 받아들이지 않았던 선조가 임진왜란 때 피난을 가다가 한밤중에 임진강을 건너가야 했는데, 폭풍우가 심해 한 치 앞을 볼 수 없었다. 선조의 피난길을 따르던 이항복이 율곡의 유언대로 밀봉한 편지를 열었다. "화석정에 불을 지르라"고 적혀 있었다. 생전의 율곡이 제자와 함께 이 정자에 기름을 발라 닦아놓았던 것이다. 기름을 잘 먹은 화석정에 불길이 올라 나루 근처가 대낮같이 밝아져 선조 일행이 무사히 강을 건넜다고 한다.

화석정은 한국전쟁 때도 소실됐다. 현재의 정자는 경기도 파주시 유림이 복원하고, 1973년 정부 주도로 단청을 하고 주변도 정리됐다. 화석정 옆엔 560년 된 느티나무와 230년 된 향나무가 있다. 정자와 고목이 있는 풍경을 완성시킨 것은 정자 옆에 있는 비석이다. 율곡이 8살 때 지었다는 시 〈화석정〉이 이 비석에 새겨져 있다. 세종을 탄복하게 했던 어린 김시습의 시재가 회자되지만, 어린 율곡의 시정도 참으로 남다름을 새삼 깨닫는다.

문산읍 외곽에 자리한 한정식집 '들메'에서 점심식사를 했다. 메뉴가 한정식 세트 위주라 1인분이 가능할지 염려됐다. 아니나 다를까, 1인분으로는 수제 돈가스 말고는 안 된단다. 망연한 내 모습을 보더니 주인이 앉으라 한다. 그리곤 한정식 세트를 한 상 잘 차려 내준다. 맛깔스럽게 차린 버섯요리가 나오고, 간이 세지 않은 반찬들이 함께 나왔다. 오랜만에 호사스러운 식사를 했다.

임진강역 근처에는 납북자기념관이 있어 꼭 가서 보려고 했으나 휴관이다. 어쩔 수 없다. 이런 경우가 다반사라 그러거니 한다. 앞서 말했듯이 아버지는 북에 가정을 둔 실향민, 어머니는 한국전쟁 미망인이셨다. 전쟁 이후 두 분이 만나 가정을 꾸리셨으니, 기구한 만남이었다.

　독일은 통일된 지 35년이 됐다. 그간 구동독에는 레반트Levant지역과 북아프리카에서 난민들이 집중적으로 유입됐다. 자신들의 일자리를 난민들에게 뺏기고 있다며 구동독 주민들의 불만이 들끓고 있다. 최근 나온 설문조사에 따르면 구동독 80%가 동서독 간 지역차별과 소득격차가 사회통합을 해치는 가장 큰 문제점으로 나타났다. 그러나 통일 직후 서독의 삼분의 일 수준이었던 동독의 1인당 GDP가 69% 수준으로 오른 걸 보면 실보다 득이 많은 게 독일 통일이 아닌가 싶다.

　우리나라는 통일은커녕 분단된 지 70년이 넘었다. 남북통일이 되려면 앞으로 얼마나 더 시간이 걸릴까. 100년 후에나 가능할까. 답답하다. 나처럼 수면 무호흡증이 있었던 아버지는 막혔

던 숨을 토해낼 때마다 '오마니'를 나직이 불렀다. 가수 강산에
는 이산가족의 한과 슬픔이 절절히 배어 있는 〈라구요〉를 2018
년 평양 남북 합동공연에서 불렀더랬다. 그는 어떤 심경으로 이
노래를 불렀을까. 마음 한구석이 저려온다.

▶ **강산에 – 라구요**

"두만강 푸른 물에 노 젓는 뱃사공을 볼 수는 없었지만 그 노래
만은 너무 잘 아는 건 내 아버지 레퍼토리 그 중에 십팔 번이기
때문에 십팔 번이기 때문에 고향 생각나실 때면 소주가 필요하
다 하시고 눈물로 지새우시던 내 아버지 이렇게 얘기했죠. 죽기
전에 꼭 한 번만이라도 가봤으면 좋겠구나 라구요."

7

가을 벌판에서
비를 맞으며 내내 걷다

경기도 전류리 포구에 위치한 무인텔에서 묵었다. 아침에 일어나니, 옅게 가을비가 내리고 있다.

무인텔은 차 한 대 주차에 방 하나로 이루어진 구조이며, 주차에서 결제까지 무인으로 이루어진다. 숙소에 이런 방식이 도입된 건 오래됐다. 교외에 이런 무인텔이 늘어나는 것이 건강한 징조는 아니리라. 난 뚜벅이 투숙객인지라 '흑묘 백묘'를 가릴 일은 아니다. 그런데 전류리 포구에 있는 무인텔은 가격도 적당하고, 시설과 침구가 깨끗하게 잘 관리됐다. 강원도의 DMZ 평화의길을 걸으며 남자 셋이서 펜션 방을 나눠 쓴 경우가 많았다. 이제 경기도로 넘어와 혼자 방을 쓸 수 있으니 편하고 좋

았다.

　한데 입실할 때 주인과 대면해서 주차장 셔터를 열고 들어와야 했다. 주인은 차 없이 걸어온 내가 신기해 보였는지, 차 없이 오셨냐는 질문을 연거푸 했다. 숙소에서 나와 북서 방향으로 길게 늘어선 강가를 향해 걸었다. 옅은 비인지라 온몸으로 맞으며 기분 좋게 걸었다.

내를 건너서 숲으로

고개를 넘어서 마을로

어제도 가고 오늘도 갈

나의 길 새로운 길

민들레가 피고 까치가 날고

윤동주 시인의 〈새로운 길〉이다. 한강 하구를 바라보고 계속 걸으며 풀꽃을 동정하자니, 눈에 얹히는 풍광이 자못 비슷하다. 전류리에서 그 안쪽 마을인 석탄리, 양택리, 가금리 방향으로 가로질러 들어갔다. 잘한 것 같다. 좀더 다양한 모습을 볼 수 있어 좋았으니까.

내와 숲, 그리고 고개를 지나 마을로 향한다. 윤동주의 시에 나오는 마을의 아가씨를 만날 수는 없었다. 대신 석탄리 마을 어귀에서 아주머니를 만나 황금배추, 무, 그리고 쪽파 농사가 잘되었노라는 덕담을 건넸다. 길 가는 사람의 인사를 받아본 지 오래인 듯 아주머니는 어색해한다.

2코스 역방향에 있는 애기봉 입구의 숲길이 참 호젓하고 좋다. 지척에 있는 애기봉생태공원 그리고 요즘 인기 높다는 스타벅스 애기봉생태공원점에도 가보고 싶었다. 굴뚝같은 마음을 꾹꾹 눌러 참았다. 1코스를 끝으로 DMZ평화의길 일정을 마무리하려면 더 이상 시간을 지체해서는 안 되기 때문이다.

비에 젖어 걷는 사이 땀이 난 옷에서 큼큼한 냄새가 올라온
다. 오늘 묵을 숙소에선 세탁이 가능하다니 빨래를 해야겠다.
길 위에 선 시니어, 깔끔하기라도 해야 하지 않겠는가. 이소라
의 노래 〈바람이 분다〉가 생각나 가사를 낮게 읊조려본다.

▶ 이소라 - 바람이 분다

"바람이 분다. 서러운 마음에 텅 빈 풍경이 불어온다. 머리를 자
르고 돌아오는 길에 내내 글썽이던 눈물을 쏟는다. 하늘이 젖는
다. 어두운 거리에 찬 빗방울이 떨어진다. 무리를 지으며 따라
오는 비는 내게서 먼 것 같아. 이미 그친 것 같아."

8

코리아둘레길 전 구간 4,520km를 완보하고 깊은 상념에 빠지다

강화에서 쿵쿵, 서브우퍼로 울리는 것 같은 폭발음을 들었다. 경의선 남북 연결도로를 북측에서 폭파한다더니, 여기서도 들리는가 싶다. DMZ평화의길을 속히 완성해야 하겠다고 생각했다. 북쪽을 곁에 두고 걷는 발걸음이 바빠진다.

DMZ평화의길 중 강화 1코스만 걸으면 코리아둘레길의 전 구간 완보가 완성된다. 해파랑길, 남파랑길, 서해랑길 그리고 DMZ평화의길, 총 4개 길 연장 4,520km를 완성하는 것이다.

돌아보니 참 아스라한 세월이다. 지난 3년여 기간 중 170일을 길 위에 있었다. 제법 긴 세월이 녹아 들어갔다. 나의 의지와 상관없이 지나는 '크로노스Chronos의 시간'은 3년여이고, 내 전

존재의 시야가 바뀐 '카이로스Kairos의 시간'은 170일이다.

해파랑길을 시작으로 남파랑길과 서해랑길에 이어 제주올레길, 지리산둘레길, 서울둘레길도 완보했다. 경기둘레길도 곧 완보한다. 산티아고 카미노 순례길도 다녀왔다. 많은 이들이 묻곤 한다. 당신은 왜 그토록 줄곧 걷느냐고. 나도 잘 모르겠지만, 분명 이유는 있다. 걷다 보면 날 찾을 수 있을 것 같아서이고, 일부 찾기도 했다. 글 쓰는 자아. 글을 써야만 했던 자아, 난 자신을 찾아 여전히 길 위에 있다.

마지막 남은 강화 1코스 일부는 도보로 걷기 어렵다는 소식이 들린다. 보안 때문에 연미정 초소부터 평화전망대까지는 차량으로만 통과할 수 있단다. 아니나 다를까, 연미정 초소에서 초병에게 제지당했다. CCTV에 불상자로 찍힌다고 했다. 다행히 월곶리 마을로 우회하는 길이 있었다. 지체없이 월곶리 마을로 방향을 틀었다. 끝까지 온전히 걸을 수 있어서 다행이었다.

강화만을 향해 걷는다. 10여km 철책선을 바라보며 걸었다. 강 건너 개성 땅이 보이고, 우측으로 휴전선 건너 전좌산, 백마산을 바라보며 나아갔다. 북한 땅에서는 확성기 소음이 끊임없이 들려온다. 우리 측 대북 확성기 방송에 대응하는 내용이 아닌 그냥 방해음이다. 귀신 소리, 신음 소리, 마찰 소리 등 날카로운 고주파 소음 공격이다. 접경지역 마을 사람들은 고주파 소음에 무방비로 노출된다. 그들이 겪는 고통이 이만저만 아닐 것이다. 이 무슨 소모적인 행태란 말인가.

나의 아버지 고향은 저 강 너머 동쪽으로 조금 방향을 튼 평안남도 강동江東이다. 그곳에서 지주였던 아버지는 어머니와 아내, 자식을 두고 혈혈단신으로 남쪽으로 내려오셨다. 몇 달만 지나면 고향에 돌아갈 수 있으리라 믿었단다. 실향민이던 아버지에게 북쪽의 고향이란 무엇이었을까. 아버지는 고향 생각에 어린 내 앞에서도 자주 눈물을 훔치시곤 했다. 많은 실향민이 그러했듯 아버지에게도 고향은 슬프고 처연하고 그리운 대상이었으리라.

눈앞에 큰기러기bean goose 떼가 하늘을 뒤덮고 있다. 일반 기러기보다 짙은 갈색을 띠고, 검정색 부리 끝에 등황색 띠가 있으며 다리가 주황색이다. 큰기러기는 무리 지어 북한 땅을 향해 날아가고 있다. 나의 아버지가 저 큰기러기 떼를 보시면 무슨 생각을 하실까.

동영상05.
휴전선 이북으로
떼 지어 날아가는
큰기러기

당나라 시인 두보杜甫 역시 전란 탓에 고향을 떠나왔다. 그에게 북쪽 고향은 돌아가야 하지만 돌아가지 못하는 슬픔의 장소였다. 안녹산의 난으로 고향을 등지고 만 리 밖 타향을 유랑하

던 그는 피난지인 남쪽 성도成都에서 고독과 향수와 시국에 대해
한탄했다. 그 심경을 북쪽으로 날아가는 기러기에 의탁하면서.
고향 잃은 실향민의 애절한 신세와 북쪽으로 돌아가는 기러기
가 〈귀안歸雁〉에서 시적 대칭을 이룬다.

고려천도공원과 6·25참전기념공원을 살피며 지났다. 고려
천도공원은 몽골 침입으로 인해 강화도로 천도한 것을 기념하
여 세운 공원이다. 여몽전쟁과 한국전쟁은 약 700년여의 간극
이 존재한다. 그런데 6·25참전기념공원은 돌보지 않은 모습이
역력하고, 고려천도공원은 많은 비용을 써서 상징물과 기념물
을 세우고 깨끗하게 잘 관리되어 있다. 그럼에도 고려천도공원
은 공간 활용에 문제가 있어 보인다. 돈이 더 들더라도 기념관
을 세우고 편의시설을 보완했으면 한다.

드디어 DMZ평화의길 완보를 끝냈다. 포천 일동으로 가기
위해 강화터미널로 돌아왔다. 경기둘레길을 이어 완보하기 위
해서이다. 강화에서 서울로, 동서울터미널에서 포천 일동으로,

긴 시간 동안 버스를 타야 했다. 차창으로 흐르는 풍경을 바라보며 심연과 같은 짙은 상념에 젖었다.

나는 고등학교 때 가출하여 1년여를 보냈다. 졸업하고도 남들은 대학입시에 목숨을 걸 때 난 남도를 오래오래 떠돌았다. 내 자아가 유일한 친구였다. 일전 한 지인이 내게 '친구의 의미'에 대해 물었다. 그 질문이 오래도록 내면에 크게 울린다. 시니어가 되어 친구가 별로 없어도 외롭지 않을 나를 만들고자 하는 게 나름의 목표이다. 그리되어 가고 있다.

참 오래 멀리도 떠나왔나 보다. 차창 밖으로 수많은 인연이 주마등처럼 스쳐 지나간다. 유익종의 〈차창에 흐르는 이별〉 멜로디와 가사가 귓가에 아롱지며 울리고 또 울린다.

▶ 유익종 - 차창에 흐르는 이별

"그때 나를 바라보던 그대의 두 눈에 맺힌 눈물을 애써 뒤돌아 웃으며 외면했던 이유는 가슴속에 간직해 놓은 사랑이란 이름은 이별 앞엔 진정 너무도 초라했기 때문에 지금 흐린 차창 위에 내리는 서글픈 비를 보면서 이젠 잊혀진 이별의 슬픔에 젖어 봅니다."

제4장

이야기 시간 2

자, 모자여, 외투여,
두 주먹을 호주머니에 집어넣고 나가자.
자, 길을 떠나자! 자, 가자!

— 아르튀르 랭보

여름, 가을 | 경기둘레길
파주, 연천, 포천, 가평

여정 전반 요약

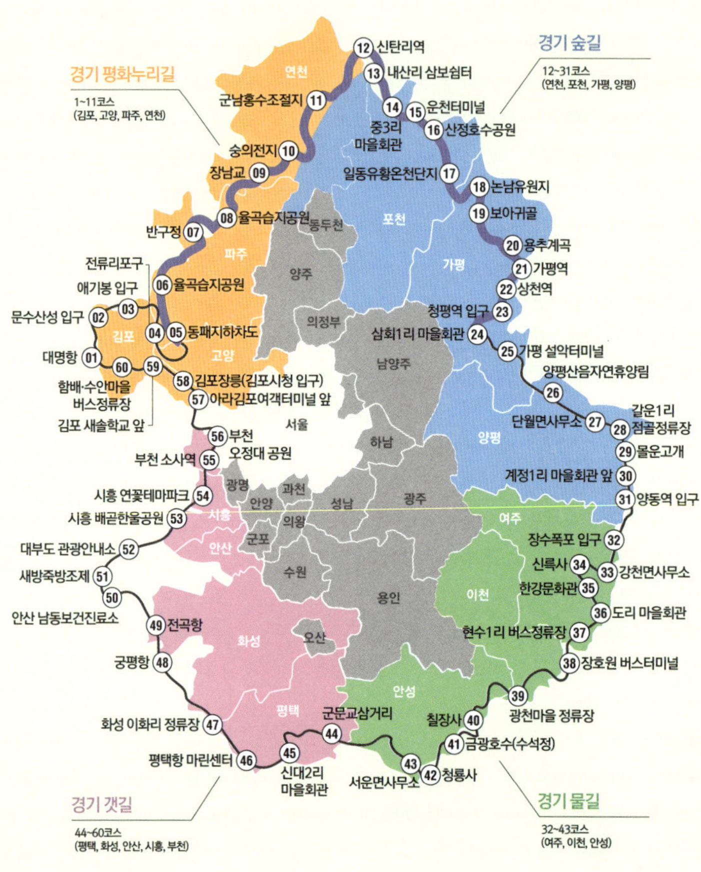

1

우리는 언제 태양에게서
믿음을 배웠을까

따가운 땡볕이 나를 맞이했다. 파주 날씨는 오전에 30도를 넘더니 결국 31도를 넘어섰다. 자유로 옆 국도를 따라 걸어간다. 마을 앞 강변으로 자유로가 시원하게 뻗어 있다. 문제는 열기다. 바닥에서 뜨거운 열기가 거침없이 올라오니 걸을 때 느끼는 체감온도는 더 높은 듯하다. 태양을 피할 숲도 없다. 아니, 숲은 있되 나무 그늘이 내 앞길까지 덮어주진 않는다.

멕시코 시인 옥타비오 파스Octavio Paz의 산문시 〈태양의 돌 Piedra De Sol〉이 생각난다. '태양의 돌'은 고대 아즈텍Aztecs 문명의 역법과 세계관이 새겨진 부조浮彫이다. 여기서 모티브를 얻은 시인은 태양이 환기하는 죽음과 절망을 이야기한다.

초석礎石과 돌멩이의 오후

눈에 보이지 않는 칼들로 무장한 오후를 마주 보며

해독할 수 없는 붉은 문자 하나가

나의 피부에 글을 쓰고 그 상처들은

하나의 불꽃 옷처럼 나를 덮는다.

나는 자신을 소멸함이 없이 불탄다, 나는 물을 찾는다.

이제 네 눈망울에는 물이 없다, 돌이 있다.

이제 날을 세운 네 단어들이 내 가슴을

파내고 나를 황폐하게 하고 텅 비게 한다.

하나씩 하나씩 너는 내게서 기억들을 뽑아낸다.

나는 내 이름을 잊었다, 내 친구들은

돼지들 사이에서 꿀꿀대거나 벼랑에 걸친

태양에 잡아먹혀 썩어간다

한 커다란 순간에 우리는 무너진다. 그리고 우리는

우리의 뭉친 힘이 허물어지고 있는 것을 겨우 알아낸다.

인간이란 결국 올 데 갈 데가 없다, 인간이란 결국 행복하다.

함께 빵을 나누고, 태양을 나누고, 죽음을 나누고,

살아 있다는 것을 잊고 살았던 우리의 삶에 대한 경악.

태양에게서 믿음을 배울 수 있을까? 분명한 건 오늘처럼 강한 땡볕 아래 트레킹을 하다 보니 정신이 번쩍 든다는 점이다. 코리아둘레길과 산티아고 카미노에서 선글라스도 없이, 선크림도 안 바르고 걸었다. 무모하기 이를 데 없는 짓이었다. 오늘은 특별히 선글라스도 끼고 알로에 젤도 발랐다. 도대체 왜 이런 고행을 자초하는지 그 이유는 잘 모르겠다. 다만 땡볕에도 불구하고 뚜벅뚜벅 걷노라면 성찰과 사색, 그리고 음악과 고전 이야기가 뇌리 밖으로 튀어나온다. 태양을 나누고, 삶에 대한 경악을 느낀 결과인 듯싶다.

얼마 전에 코리아둘레길과 경기둘레길을 관장하는 '한국의 길과문화'의 홍성운 이사장을 만났다. 그는 한국의 둘레길에는 이야기가 많다고 했다. 나는 동의하지만, 그럼에도 한국의 둘레길에 스토리가 담기려면 좀더 시간이 필요하다고 답했다. 둘레길을 트레킹하는 사람이 답사를 동시에 하진 못한다. 주변 마을이나 지역의 이야기가 둘레길 이야기에 자연스레 얹히려면 시간이 필요하다. 길과 연관된 다양한 스토리가 발굴되고, 해설을 곁들여 잘 정리되어 있어야 한다. 매력적인 둘레길이 되려면 '길'과 숙식에 관한 '인프라'와 더불어 반드시 '스토리'가 갖춰져야 한다. 그래야 길이 의미를 부여받는다. 이 세 가지 조건이 결합하는 데는 시간이 필요한 것이다.

파주 5코스와 6코스에는 '장준하 선생'과 '황희 정승' 이야기

가 깃들어 있다. 장준하가 '우리 시대의 지조'를 상징한다면, 황희는 '조선시대의 실리'를 상징한다. 파주에는 장준하와 황희 두 분의 유택과 사당이 있다.

어제 찾은 탄현면의 장준하공원은 공원이라 부르기에도 어색할 만큼 단출했다. 기념 조형물 하나가 전부였다. 쉴 벤치도 없었고 볕을 피할 조림수도 없었으며, 조경을 담을 여유 공간도 없었다. 언덕에 올라서니 40m 거리에 장준하 선생의 묘소가 자리 잡고 있었다. 선생의 묘는 돌베개를 형상화했는데, 이는 그의 자서전 제목과 관련 있다. 젊은 저항 정신을 상징하는 것이다. 선비의 상징 소나무, 그리고 상수리나무가 묘소를 내려다본다.

다행스럽게도 그곳에서 장준하 선생의 맏며느님을 만나게 됐다. 가끔 선생의 묘소를 관리하러 나오시나 보다. 문재인 전 대통령이 이곳을 방문했을 때 '장준하 의문사 진상규명'을 약속했단다. 이후 기약 없는 세월만 흘러갈 뿐. 며느님은 장준하추

모관을 염원하고 있었다. 마땅히 그래야 하리라.

난 고2 때 《사상계》를 읽으며 장준하란 이름을 알게 됐다. 엄혹한 시절, 함석헌과 더불어 행동하는 한국 지성의 상징이었다. 그는 포천 약사봉에서 의문의 추락사를 했다. 장준하와 박정희는 1960년대~1970년대 완전히 반대의 삶을 살았다. 같은 시대 결코 동거할 수 없던 인물이었다. 세월이 흐른 지금 과연 누가 선이고, 누가 악이라 평가받는가. 장준하는 지성과 민주화의 상징이 되고, 박정희는 경제성장과 독재의 상징이 됐다. 공과의 문제가 있는 것을 차치하고서라도 우리 삶의 상반되는 모습이다. 결국 그 모두가 우리였다(고 난 생각한다).

꽤 무더운 날씨이다. 아침 일찍 선선할 때 많이 걸어야겠다. 더운 한낮, 나는 이야기를 찾아 방랑하며 길을 걷고 있다. 당연하겠지만 가족들은 이런 나를 걱정한다. 1973년 발표한 이글스 Eagles의 명곡 〈데스페라도Desperado〉에서 화자는 방랑하는 상대를 타이른다. '데스페라도'는 무법자 혹은 떠돌이라는 뜻인데, 여기서는 방랑자로 해석하는 게 적절해 보인다.

▶ Eagles - Desperado

"방랑자여, 왜 정신을 차리지 못하는가? 그대는 너무 오래 결정을 내리지 못하는군. 아, 그대는 힘든 사람이네. 그대도 나름대로 이유가 있었겠지만. 그대를 기쁘게 하는 것들은 왜인지 다른 이들에겐 상처를 주는 것 같네."

2

그러면 우리는 어떻게 살 것인가

파주 통일동산은 탄현면의 성동리, 법흥리 일원으로, 170만 평의 거대 규모로 조성됐다. 2019년 접경지역 최초로 관광특구로 지정됐는데, 이는 남북통일에 대한 바람으로 일종의 평화시, 평화특구를 만들어보자는 취지였다. 하지만 남북관계가 경색되자 부동산 개발 열풍이 잦아들면서 짓다가 방치된 건물이 생겨나고, 경기는 급속히 침체의 늪에 빠져들었다. 파주 통일동산 부근에 있는 프로방스 마을로 갔다.

'여기는 테마형 마을을 표방한다. 각각의 컨셉트를 갖고 운영되는 상점들, 곧 각종 식음매장, 생활용품 및 소품숍,

그 마을의 장소 설명인데, 비문이 많아 나름대로 고쳐보았다. 어쨌든 프로방스 마을은 참 아기자기한 공간이다. 한데 문제는 이곳이 과연 설명에 걸맞은 장소인가? 먼저 프로방스와 이곳이 어떤 관련이 있는지 의문이 든다. 남해의 '독일마을', '미국마을'은 일반인이라도 그 의미를 쉽게 이해할 수 있는 테마형 마을이다.

수년 전 이곳에 처음 왔을 때도 같은 의문을 품었다. 아직 그 의문은 해소되지 않는다. 《빨간 머리 앤》, 《이상한 나라의 앨리스》, 《황금알을 낳는 거위》 같은 동화 속 소품이 있는 이유도 도무지 모르겠다. 장소 설명에 나온 '유기적'이라는 말에도 동의하지 못하겠다. 다시금 혼란에 빠졌다. 그랬다가 파주 국립민속박물관에서 그 의문을 어느 정도 해소할 수 있었다.

파주 국립민속박물관 입구에 놓인 배너 간판에 안내문이 있었다. 사진을 찍고 필수 해시태그를 달아 인스타그램에 업로드하면 선물을 준단다. 선물이 뭔가 하고 보았더니, 1층 출구에 마련된 기기에서 게시 사진을 무료로 인화해 추억을 가져갈 수 있

마늘빵
Since 1907

게 해놓았다. 여기서 나름의 실마리를 찾았다. 지금은 인스타그램에 올리는 사진들처럼 '이미지의 감각적 소비'가 이루어지는 시대다. 대중이 감각적 이미지를 소비하는 시대인 것이다. 프로방스 마을은 이런 감각적 이미지를 소비하기에 적합한 장소로 만든 것이다. SNS, 특히 인스타그램을 사용하지 않은 채 프로방스 마을에 대해서 논리적으로만 이해하려는 내게 문제가 있었던 셈이다.

파주 국립민속박물관에서 우리 민속문화의 과학적 관리와 아카이브archive를 가시적으로 확인할 수 있었다. 민속품 전시와 관리가 '유기적'으로 이루어지고 있었다. 게다가 민속놀이 등 여러 자료를 활용한 어린이 체험공간이 운영되고 있었다. 평일은 도슨트가 나오는 날이 아니라 아쉬웠다.

파주 6코스의 종착지인 반구정에 이르렀다. 이곳은 황희黃喜 정승이 말년을 보낸 장소다. '반구정'이나 '압구정'이나 '갈매기와 벗하여 희롱하며 논다'는 뜻이다. 물론 두 정자는 각각 다른 인물이 노닌 곳이다. 황희는 여말선초 입법·사법·행정 일을 두루 거치며 영화를 누린 인물이다. 불세출의 능력으로 세상에 크게 쓰였고, 명분에 얽매이지 않고 실용과 실리를 추구했다.

게다가 황희는 효자였다. 유교 경전인 《효경孝經》에서 '입신행도立身行道 양명어후세揚名於後世 이현부모以顯父母 효지종야孝之終也'라 했다. '자기 자신을 바로 세워서 도를 행하여 이름을 후세

에까지 떨쳐 부모를 드러냄이 효도의 마침'이라는 뜻이다. 황희는 틀림없는 희대의 효자였다.

그는 조선 초 정권 안정에 크게 기여했고, 87세에 파주 탄현으로 내려와 3년을 보내고 90세에 세상을 떴다. 그와 달리 고려 말, 개성 두문동의 선비들은 두문불출杜門不出했다. 대표적 인물로 길재吉再를 들 수 있다. 황희가 세상으로 나가 능력을 마음껏 발휘했다면, 길재는 능력을 감추고 벼슬도 거부하며 초야로 숨었다.

오늘의 땡볕을 잘 이겨냈다. 그러기에 중도에 브런치 카페 '문지리535'를 발견할 수 있었다. 카페 내부에 식물원을 품고 있으며, 규모가 워낙 커서 공기 순환이 잘된다. 에어컨에 평생 적응하지 못하는데, 이 넓은 카페에선 에어컨 바람을 잘 느낄 수 없을 정도라서 쾌적하니 매우 좋았다.

민물게장집 '임진강수라상'에서 참게 게장을 먹었다. 땀으로 빠져나간 염분을 섭취하니, 일찍 소진된 기력을 보충할 수 있었다. 일기예보에서 내일은 더 덥다고 한다. 영상 30도가 넘는 기온, 이런 날씨에 60대 시니어가 20여 km 이상을 걷고 이렇게 앉아 긴 글까지 쓰고 있으니, 좀 이상하다는 생각이 든다. 그러나 어쩌랴, 그게 나인 것을.

경기둘레길을 걷기로 하면서 숙식 편의성에 대한 기대가 컸다. 먹고 자는 부담에서 벗어나면 집중하여 글을 쓸 수 있으리라 생각했던 것이다. 아침과 낮엔 집중적으로 걷고, 밤엔 적당한 숙소에 머물며 글 쓰는 일을 반복하고 있다. 기대하고 계획했던 대로 잘 수행하고 있는 셈이다.

어둠이 짙어져 간다. 숙소 바깥으로 '휘이익' 바람이 불어 지나가고 있다. 어둠 사이로 불어오는 바람이 대낮의 열기를 차분하게 가라앉혀주고 있었다. 실즈 앤 크로프츠Seals&Crofts의 노래 〈여름 바람Summer Breeze〉가 생각나는 시간이다.

▶ Seals&Crofts - Summer Breeze

"창문에 걸려 있는 커튼을 보세요. 금요일 밤 저녁에 창문을 통해 반짝이는 작은 빛, 모든 것이 괜찮다는 것을 알려주네요. 여름 바람이 불면 기분이 좋아집니다. 내 마음속의 재스민 꽃 사이로 불어오네요."

3

장단콩두부와 애플파이

땡볕이 작열한다. 기온은 30도를 넘긴 듯하다. 이런 날은 일찍 나서 길을 걷다가 낮에는 카페에서 쉬고, 오후 늦게 다시 걷는 게 낫다. 그래도 어제보다는 걷기가 수월하다. 임진마을 인근 박석고개 산길은 제법 서늘했고, 임진강 적벽을 따라 걸을 때는 우거진 나무숲이 그늘을 드리워 좋았다.

커뮤니티 멤버를 비롯해 임치환 원장 등 몇몇 지인들에게서 안부 전화가 왔다. 땡볕에 걷고 있으니 염려하는 마음이 커서이다. 임 원장은 동물병원 원장이다. 걷다 만난 길 친구이나 그 누구보다 친근한 사이가 되었다. 걷기에 미친 나지만, 그들의 염려대로 지나친 땡볕은 좀 피하는 게 현명하리라.

그대가 갈 길을 표시해 놓은 사람은

아무도 없다.

저 미지의 세계에

멀리 떨어진 곳에

이것은 그대의 길

오직 그대만이

그 길을 갈 것이고

되돌아오는 것은 불가능하다.

그리고 그대 또한

그대가 걸어온 길을 표시해 놓지 않는다.

황량한 언덕 위 그대가 걸어온 길을

바람이 지워버린다.

노르웨이의 국민 시인 울라브 하우게Olav H. Hauge의 시 〈그대의 길Din veg〉이다. 다행히 '나의 길'에는 방향을 알리는 리본 표시도 있고, 많은 이야깃거리도 있다. 특히 경기둘레길 '위'에는 많은 이야깃거리가 담겨 있다. 앞에서 말했듯 트레커가 걷는 길 '위'를 벗어나 이야기 장소를 찾는 것은 트레킹 본연의 일이라 할 수 없다. 이쯤 되면 '트레킹'이 아닌 '답사'가 돼버린다. 말하자면 '나의 경기도 문화유산답사기' 같은 아류가 되고 말 것이다. 요즘 걷는 파주 문산의 임진강변 서울-개성 길은 스토리

가 많다. 장거리 트레커인 나는 이야기다운 이야기를 길과 나누며 걷는 큰 즐거움을 누리고 있다.

파주에 왔으니 장단콩을 먹어야 하리. 장파리 '장단콩두부집'의 새우두부찌개가 별미다. 앞서 나온 콩비지와 끝에 나온 콩국물까지 큰 호사를 누렸다. 삼각 구조물의 특이한 형상을 한, 카페 '애플트리'에서 보낸 시간은 또 어떠한가. 나의 오아시스! 신선한 커피가 큰 머그잔에 양껏 나왔다. 디저트로 나온 애플파이는 혼자 먹기 미안할 정도로 환상의 맛이다.

적성면사무소 인근 숙소로 일찍 들어와 샤워한 뒤 침대에 누워서 조는 둥 마는 둥 멍때렸다. 해 저물 무렵 한국전쟁 때의 학살위령비를 찾아가고자 숙소에서 다시 나왔다. 그 위령비 바로 옆에는 율곡수목원이 있다. 이곳도 들르고 싶었으나 입장 시간이 훌쩍 넘어버렸다. 도로 위로 신형 에이브러햄스 탱크가 대오를 이뤄 이동 중이라서 조심스레 길을 건넜다.

한국전쟁 당시 학살로 인한 유해 매장 지번은 경기도 파주시 파평면 두포리 산39이다. 1950년 10월 1일 북한 인민군이 포로와 마을 주민에게 무차별 총격을 가해 수백 명이 희생되었던 장소이다. '인간은 왜 폭력적인가'에 대한 연구는 오늘날에도 여전히 이어지고 있다. 한 동네 이웃이 각자의 이념에 사로잡혀 진영으로 나뉘고, 서로를 학살했던 날. 참으로 스산하기 이를 데 없다.

사방이 어두워 온다. 돌아갈 길을 살핀다. 낯선 곳에서 어두운 밤길을 걷는 건 무리일 것 같아 택시 회사에 전화했더니 2만 5,000원을 달라고 한다. 그래서 파주 통합콜을 요청해서 8,000원에 적성면 숙소로 이동했다. 진정한 트래커라면, 걷다 죽을지언정 바가지 쓰면서까지 택시를 타려고 하지는 않으리라(고 혼자 생각한다).

전화가 왔다. 아내가 내게 "어디로 가냐?"고 묻는다. 이제 비로소 임진강 건너 연천으로 들어간다고 대답했다. 아내의 질문 덕분에 파피 패밀리The Poppy Family의 〈어디로 가나요, 빌리Which Way You Goin' Billy〉가 떠오른다. 물론 나는 빌리처럼 무책임하지도, 아내는 노랫말 화자처럼 소극적이지도 않다. 다만 이 노래가 생각났을 뿐이다.

▶ The Poppy Family - Which Way You Goin' Billy

"난 할 게 아무것도 없을 텐데, 만약 당신이 떠나야 한다면. 그대는 내 전부예요. 내 마음과 영혼, 난 할 게 아무것도 없을 텐데, 만약 당신이 가야 한다면. 어디로 가나요, 빌리? 내가 물어볼 필요나 있을까요?"

임진강변 적벽의
세월 따라 이야기 따라

새벽 5시 30분에 길을 나섰다. 날이 지독하게 더워지기 전에 길을 걷자고 맘먹어서다. 적성에서 92번 첫차를 타고 나와 백학에서 버스를 갈아타고 아미리로 왔다. 연천 10코스는 아미리에 있는 숭의전崇義殿에서 시작한다. 숭의전은 고려 왕과 공신의 위패를 모시고 제사를 지내기 위해 건립한 사당이다. 너무 이르게 움직인 탓인지 문화해설사가 출근 전이라 해설을 들을 기회가 없었다.

오백 살 먹은 느티나무 앞에 잠시 머문다. 세월이 억겁을 뛰어넘는 사념이 되어 휘몰려온다. 숭의전 내 이안청移安廳으로 발길을 옮긴다. 여기는 정전을 청소하거나 공사를 할 때 잠시 위

패를 옮겨 모시던 곳이다. 내벽에 1789년 마전 군수 한문홍韓文
洪이 지은 〈중작숭의전重作崇義殿〉(숭의전을 새로 짓고)를 새겨놓았다.

숭의전을 고쳐 짓는 중책을 맡은 군수의 부담감이 세월을 넘
어 온몸으로 느껴진다. 시에 나오는 '징파澄波'가 바로 임진강이
다. 옛 왕조의 영화와 쇠락에 담긴 무상함을 담아 잠두봉 절벽
에도 새겼다 한다. 산기슭을 돌아 잠두봉에 새겨진 시도 확인하
고 싶었다. 그러나 내리쬐는 땡볕이 심상치 않아서 아쉽게 동이
리 UN군 화장장으로 발길을 돌렸다. 비껴서 지나치는 당포성
에 세월을 이겨낸 나무가 외로이 서 있었다.

1952년 연천 지역은 밀고 밀리는 치열한 전장이었다. 백마고
지 전투, 철의 삼각지 등 고지 쟁탈전이 치열하여 유엔군 희생

자들이 속출했다. 16개 전투부대 파견국이 모두 연천에서 싸웠다. 쏟아져 나오는 유엔군 시신을 처리해야 할 화장장을 별도로 건립해야 했다. 그럴 정도로 서부 전선에서 격전을 벌였다.

동이리 화장장은 한국전쟁 중 전사한 유엔군 전사자를 처리하기 위해 건립한 시설이다. 당시의 화장장으로는 유일하게 남아 있는 주요한 유적으로, 유엔군 참전 상황에 대한 실증 자료이자 생생한 현장이다. 화장장은 휴전 후에도 잠깐 사용하다가 폐기됐다. 현재 큰 건물 한 채와 화장시설, 그리고 굴뚝이 남아 있다.

광주 재향군인회에서 온 베테랑들이 대형버스 2대에서 줄지어 내린다. 동이리 화장장을 이미 둘러본 터라 그들이 올라가는 모습을 한참 쳐다보았다. 가슴 아픈 역사일수록 잘 보존하고 잊지 말아야 한다. 산기슭엔 상수리나무, 단풍나무, 신갈나무가 무성했다. 황량한 터엔 누군가 올려놓은 꽃이 형편없이 시들어 가고 있었다. 두 장면이 이글대는 태양과 함께 대비됐다.

37번 국도를 따라 걸었다. 능소화, 루드베키아 그리고 자귀나무꽃이 흐드러지게 피어 있다. 임진강과 한탄강에 걸친 주상절리는 유네스코 등록 지질공원으로도 널리 알려진 장소다. 그러나 인근에서 벌어진 치열한 전투에 대해 기억하는 이는 드물다. 1951년 4월 주상절리와 마주 보는 금굴산(196고지)에서도 벨기에, 룩셈부르크 대대가 중공군과 혈전을 벌였다. 그들이 목숨

걸고 중공군의 돌파를 저지한 덕분에 미 제1군단의 주력부대가 후방으로 안전하게 철수할 수 있었다. 오늘의 대한민국은 우방국의 피와 땀에 크게 빚지고 있다. 우리는 채무 의식을 갖고 이를 갚아야 할 필요가 있다.

임진강변으로 내려서니 주상절리와 적벽이 나를 맞는다. 임진강 주상절리 길에는 수풀이 우거진 곳도 있었지만, 대부분 땡볕을 그대로 받아내야 했다. 일기예보로는 36도까지 오른다고 했으니, 더워도 너무 더웠다. 염천을 이기는 '이열치열'의 걷기라 생각도 해보지만, 오늘은 이러다 이기기는커녕 죽을 수도 있겠다 싶은 그런 날씨이다.

아니나 다를까, 임치환 원장이 걷기를 중지하라고 전화로 강력하게 말한다. 맹자는 '사역아소오死亦我所惡 소오유심어사자所惡有甚於死者 고환유소불피야故患有所不辟也'라 했다. '죽음 또한 내가 싫어하는 것이지만 죽음보다 더 심하게 싫어하는 것은 환란에도 피하지 않는 것이다'라는 뜻이다. 지금의 더위는 분명 환란이다!

소우물다리[우정교牛井橋]에서 코스를 벗어나 우정리로 발길을 돌렸다. 길을 지나는 사람의 자취를 찾기 어렵다. 그러다 발견한 카페 '코밀'. 진정 사막의 오아시스가 이곳이 아닌가 싶다. 마침 이곳에 에티오피아 아바야Abaya 게이샤 원두가 있다. 오늘 나는 혹서를 피해 여기 머무르겠노라. 여름 무더위가 너무 일찍

찾아왔다. 나이트Night의 노래 〈무더운 여름밤Hot summer nights〉
이 있다. 예전에 이 노래를 들으면 이글거리는 땡볕으로 튀어
나가고 싶었다. 음반 표지만 떠올려도 흥분되어 가슴이 마구 뛰
었다.

▶ Night – Hot summer nights

"그때 우리가 입장할 때가 왔답니다. 저희가 4인조 밴드를 시작
했어요. 그리고 그 열기는 마치 스포트라이트처럼 느껴졌습니
다. 뜨거운 여름밤의 한복판에서. 그래요, 무더운 여름밤 무더
운 여름밤"

5

빗방울은 천변 언덕에서
무슨 노래를 부르는가

연천 11코스 차탄천 언덕을 따라 걷는다. 길 떠나는 아침, 부슬비가 제법 내린다. 고어 재킷을 꺼내 입을까 하다가 그냥 비를 맞고 걸었다. 장마 기간이니 비가 내리는 건 당연한 이치. 대광리에서 신탄리까지 비를 맞으며 걸으니, 몸이 젖는 것은 차치하고 배낭이 젖는 건 문제겠다 싶어 배낭에 레인커버를 씌울까 하다가 그냥 둔다. 주인이 비에 젖는데 행장이 멀쩡하면 쓰겠는가. 마을 외곽을 지나가는데 우산을 쓴 주민들이 날 유심히 쳐다본다. 오늘은 이대로 비를 맞자.

산티아고 길을 걷던 75일 동안 거의 비를 맞고 다녔다. 너무하다 싶으면 고어 재킷으로 비를 가리긴 했다. 풍토상 갈리시아

©writer

Galicia 지방에는 비가 자주 내린다. 비가 너무 많이 오면 카페에 들어가 멍하니 비를 보며 그치기를 기다렸다. 하염없이 비를 맞고 걸으면 몸이 젖고, 배낭이 젖고, 그리고 신발이 젖는다. 이를 알면서도 비를 맞고 돌아다니니 문제다.

숲해설가 교육 동기 한 분이 나에 대해 '소년의 감성을 잃지 않은 사람'이라고 평했던 적이 있다. 몹시 감사했다. 하지만 소년이고, 성인이고를 떠나 고쳐지지 않는 습관 중 하나가 비 맞고 돌아다니는 일이다. 유년 시절 그리고 학창 시절 몹시 힘들 때마다 걷고 또 걸었다. 비 오는 날은 비를 맞고 걸었다. 그렇게 살아온 삶이다. 누구는 내가 귀공자처럼 곱게 살아온 줄 안다. 그렇게 보이니 다행인가도 싶다. 내가 잘 웃고, 포커페이스를 그럴싸하게 연기한 까닭이다. 난 창가를 때리는 비를 바라보며 산 게 아니었다. 쏟아지는 비를 온몸으로 맞고 살아왔다. 특히 소년기, 청년기가 그랬다.

마을 외곽과 이어진 비닐하우스 농가를 지나가는 중이다. 빗방울이 땅 위에 떨어지며 노래를 부른다. 쫑긋 귀 기울이다 문득 앞을 보니 바라크baraque 건물이 있다. 안을 들여다보니 마을 주민 셋이 라면을 끓이고 있었다. 나를 보더니 깜짝 놀라며 들어와서 라면 좀 먹고 가란다. 그러나 안에 앉을 자리가 없다. 빈말이 아니라는 것은 표정으로 알 수 있다. 뭐 하시냐 물으니 비닐하우스 시설물을 관리하신단다. 더 이야기를 나누고 싶었지만 내 젖은 몰골이 신경 쓰였다. 아침 든든하게 먹었다고 밝게 인사하고 자리를 떴다.

신탄리로 들어섰다. 2019년 4월 신탄리와 타지를 연결해 주던 통근 열차 운행이 중단됐다. 유일한 통로가 끊긴 이래 신탄리는 단절되고 고립된 마을이 되고 말았다. 마을을 흐르던 차탄천도 함께 멈췄다. 사실 이 지역이 활력을 잃은 건 그 이전부터다. 남북관계가 경색되면서 개성과 금강산 관광이 중지되었기 때문이다. 마을로 들어서자 언제 그랬냐는 듯 비가 멎었다. 냉탕과 온탕을 오가는 날씨 때문에 몹시 곤혹스럽다. 단순히 비가 그친 게 아니라 쨍쨍한 햇볕이 따갑게 내리쬐기 시작한다.

타클라마칸 사막을 걷는 낙타들은 쉴 그늘이 없을 때 오히려 얼굴을 햇빛 쪽으로 향한다. 반면 타조는 위험에 처하면 땅에 얼굴을 파묻는다. 나는 낙타형 인간인가, 타조형 인간인가?

신탄리역 부근에 있는 찻집 '원다방'에 들어갔다. 내부가 몹시 어두컴컴했다. 내가 들어서자 파리채로 연신 파리를 때려잡던 마담이 흠칫 놀란다. 60대 중·후반이나 되었을까. 한데 놀랄 사람은 마담이 아니라 나였다. 다방 입구의 낡은 공중전화, 옛날식 소파들이 들어찬 공간, 선풍기 2대, 그나마 1대는 고장이 나 있었다. 탁자 위 팔각 성냥갑과 양은 재떨이, 여기저기 쌓아 놓은 집기들. 너무 어질러져 있었다.

연천군청 블로그에는 이곳을 '레트로 여행지'로 소개해 놓았

다. 레트로 여행지가 아니라 1970년대에 멈춰 있어 그 후 아무도 관리를 안 한 듯한 다방이었다. 옛날식 다방이 영업하고 있다는 것이 처음에는 신기했다. 하나 이렇게 영업해도 가능하다는 것이 더 놀라웠다. 커피 한잔 달라고 했더니 가스레인지에 양은 주전자를 올려 물을 끓인다. 설탕, 크림의 양을 묻기에 그냥 달라고 했더니 맥심커피 분말을 타서 건네준다.

지난 50년의 시간이 퀴퀴한 곰팡내를 풍기며 멈춰 서 있다. 근래 이런 장소를 본 적이 없다. 21세기 대한민국에선 도저히 보기 힘든 광경이 눈앞에 펼쳐져 있다. 예전의 신탄리는 늘 사람들로 북적였던 곳이다. 근방에 부대가 있어 신병과 제대하는 병사들, 휴가를 마치고 복귀하는 병사들, 그리고 면회를 오는 가족 등 사람들의 왕래가 끊이질 않았다. 그때가 원다방의 최전성기였으리라. 그러다 동두천에 전철이 들어오고 경원선 통근 열차도 끊기고 말았다. 발길이 뜸해지고 사람 구경하기도 힘든 마을이 된 것이다. 조지훈은 시 〈봉황수鳳凰愁〉에서 '사라진 것에 대한 애수'를 "벌레 먹은 두리기둥 빛 낡은 단청, 풍경소리 날러 간 추녀 끝에는 산새도 비둘기도 둥주리를 마구 쳤다"라고 표현했다.

마담과 대화할 엄두가 나지 않았다. 표정과 태도가 너무 처참해서다. 겨우 입을 열어 물었다. "손님이 오나요?" 없단다. 아예 없단다. 빈 가게를 지키다 어두워지면 문을 닫고, 다음날이면 다시 문을 연다. 종일 혼자 앉아 있다가 문을 닫고, 다음날이면 또 문을 연단다. 실내에 불을 안 켠 이유를 알겠다. 내가 잘하는 말이지만 '광휘의 순간은 잠깐이나, 모멸의 시간은 지루하게 이어진다.' 그녀는 시간을 죽이고 자신의 영혼을 죽이고 있었다. 어딘가에서 이 지독한 사슬을 끊어내야 한다. 그녀는 과연 자신의 힘으로 이 모멸을 끊어낼 수 있겠는가.

《중용中庸》의 유명한 경구로 '성자천지도야誠者天之道也 성지자인지도야誠之者人之道也'라는 말이 있다. '정성이라는 것은 하늘의 도이고, 정성스럽게 하는 것은 사람의 도이다'라는 뜻이다. 가슴 아픈 일이지만, 이곳 어디에서도 정성스러움을 찾을 수 없다.

군청도, 다방도, 마담도.

　대화를 더 하고 싶어도 엄두가 나지 않았다. 계산하려 하자, 카드는 안 된단다. 계좌번호 알려주시면 바로 이체해 드리겠다고 하니 그냥 가란다. 방에 들어가 통장을 찾는 게 귀찮단다. 희망은 어디에 있는가. 그녀는 희망의 불씨를 살릴 수 있겠는가. 비에 젖었던 몸은 말랐다. 하지만 스산한 마음은 그 무엇으로도 말릴 수 없었다. 얼얼하고도 얼얼한 순간이었다. 그녀는 과연 희망을 되살릴 수 있을까. 어둡고 스산한 원다방을 나오며 클라투Klaatu의 〈호프Hope〉를 떠올린다.

▶ Klaatu - Hope

"희망을 잃고 인생은 눈이 먼 것처럼 검게 보입니다. 믿음이 두려움에 자리를 내줄 때, 삶의 의미가 사라졌을 때. 희망을 버리면 모든 것이 사라진답니다. 희망을 버리면 모든 것이 사라진다구요."

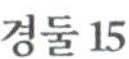

내 고독의 본향을 찾아서
- 산정호수로 가는 길

아침 6시, 운천 숙소에서 깨어나니 베갯머리에 땀이 흥건하다. 운천雲川은 물이 하도 맑아 '하늘을 흐르는 구름이 물에 잠긴 듯 비쳐 보인다'는 마을이다. 포천 15코스를 걸어 산정호수까지 올라가야 한다. 벌써 가슴이 저리며 먹먹한 고통이 밀려온다. 더위를 말하려는 게 아니다. 산정호수는 내 젊은 시절 처절한 고독과 피 흘리던 고통이 담겨 있는 장소이기 때문이다. 그러기에 의도적으로 찾아가기를 피했던 곳이기도 하다.

더위를 피해 일찍 나섰지만, 아침 햇살을 이렇게 뜨겁게 느껴본 적은 처음인 것 같다. 산정호수로 흐르는 부소천을 따라서 걷다가 오르막을 오른다. 매미 울음소리가 점점 커지고, 오전임에도 불구하고 뙤약볕이 길을 뜨겁게 달구고 있다.

> 견디는 것은
> 혼자만이 아니리
> 불벼락 뙤약볕 속에
> 눈도 깜짝 않는 고요가 깃들거니
> 외로운 것은
> 혼자만이 아니리
> 저토록 황홀하고 당당한 유록도
> 밤 되면 고개 숙여
> 어둔 물이 들거니

허영자 시인의 시 〈여름 소묘〉에서 '유록柳綠'은 버드나무의 녹음을 가리킨다. 뙤약볕 속 나무들은 눈도 깜짝 않는다. 저토록 황홀하고 당당한 유록 빛 잎사귀도 밤이 되면 고개를 숙이고 어두운 물이 든다. 무더위를 마주하며 얻어낸 삶의 지혜만이 더위를 이겨 마침내 통쾌함을 줄 것이다. 태양도 땀을 흘리고 있다. 견디는 것은 혼자만이 아니다.

산정호수 주차장을 지나 공원을 향해 나아갔다. 직장에서 이곳에 연수를 온 적이 있었는데, 그때는 없었던 데크가 산정호수를 따라 길게 깔려 있다. 난 물가의 데크를 마주할 때마다 답답

한 마음을 이루 표현할 길이 없다. 나무 데크라고 하지만, 나무 재료가 아니다. 화학제품을 나무 형태로 만들어놓았을 뿐이다. 행정상 예산 낭비일 뿐 아니라, 비가 오면 강이나 호수로 화학물질이 쓸려 들어간다. 환경오염을 일으키는 전형적인 사례다. 호수 따라 조성된 데크를 망연자실 쳐다본다.

내 마음속에 큰 고통이 남는다. 데크뿐 아니라 젊은 날의 기억이 남아 있어서 그렇다. 1970년대 말, 난 이곳에 텐트를 치고 홀로 생활하고 있었다. 아무것도 이룬 것이 없었다. 입시에도 실패하고, 가족관계도 파탄이 나고, 사랑에도 실패한 완벽한 루저. 호숫가에 머물면서 일없이 헛된 낚시에 전념하고, 말 그대로 세월을 낚고(아니 허비하고) 있었다. 그러면서 핑크 플로이드Pink Floyd의 〈Wish you were here〉나 시시알C.C.R의 〈Born on the bayou〉를 들었다. 완벽한 고독을 찾아왔으면서도, 한편으로는 위로해 줄 친구를 그리워하던 불안정한 내적 상태.

몸서리치며 진저리 나는 시리디시린 감정이었다. 무엇을 할지, 어떻게 살아야 할지 모르는 백치였다. 사람 노릇 해야 할 이유조차 몰랐다. 그렇게 나는 세상으로부터 버림받았다(고 생각했다). 아니, 어쩌면 세상에 합류하기를 내가 거부했는지도 모른다. 다만 핑크 플로이드의 노래 가사처럼 누군가 곁에 있어 주면 좋겠다는 외로움이 있었다. 이때 호수의 완벽한 바닥을 볼 수 있었다. 나는 바닥을 치고 서서히 수면으로 올라왔다.

맹자는 '천장강대임어시인야天將降大任於是人也 필선고기심지
必先苦其心志 노기근골아기체부勞其筋骨餓其體膚 공핍기신행空乏其身行
불란기소위拂亂其所爲'라 했다. '하늘이 장차 큰일을 맡기려고 하
면, 그 심지를 괴롭히며 근골을 수고롭게 하고, 그 몸을 굶주리
게 하고 궁핍하게 하며, 나아가 그 하고자 하는 바를 어긋나게
한다'라는 뜻이다. 내가 큰일을 할 만한 위인이겠는가, 다만 그
시기가 있었기에 타인의 아픔을 이해하는 공감의 폭이 넓어졌
고, 그 경험이 내 삶의 뿌리가 된 것만은 분명한 사실이다.

누구나 그런 시절이 있을 것이다. 자학이나 절망조차 사치스
럽게 여겨질 정도로 완벽하게 무력한 시간. 나도 그 시절을 지
나왔다, 눈부시도록 새파란 젊은 날에. 삶과 사랑에 실패한 인
생 루저의 완벽한 고독을 이야기하는 노래가 있다. 블랙 사바스
Black Sabbath의 〈솔리튜드Solitude〉.

▶ Black Sabbath - Solitude

"내게 이름이란 아무 의미도 없고, 내가 가진 재산은 거의 없어
요. 나의 미래는 어두운 황야에 가려져 있답니다. 햇빛은 멀리
있고 구름만이 남아 있지요. 내가 가지고 있던 모든 것들이, 이
제, 그것들은 사라졌습니다. 그것들은 없어졌지요. 그것들은 없
어졌답니다."

느리고 어질어질하고
미친 듯한 여름날

폭염 때문에 거의 죽을 뻔했다. 내 인생 최고의 더위를 경험한, 잊지 못할 날이다.

포천 16코스는 산정호수공원에서 운담교차로까지, 북남 방향으로 길게 이어지는 구간이다. 대략 14km 정도 된다. 하루 걷기에 적당한 거리지만, 문제는 387번 국도 아스팔트 길을 따라가야 한다는 점이다. 한낮 더위로 이글거리는 아스팔트 국도라니!

길은 낭유狼踰고개까지 조금씩 고도를 높인다. '이리너미고개'라고도 불렀는데 이리떼가 많아서 붙은 이름이다. 관음산과 사향산을 종주하는 사람들이 들고 나며 이 길을 이용한다. 고도와 함께 차츰 오르는 온도가 심상치 않아 살폈다. 포천의 외부 기온은 37도이고 체감온도는 42도에 달한다. 아무리 내가 더위를 잘 견디는 편이라고는 해도, 이 정도면 온열질환을 조심해야 한다(고는 생각했다). 워낙 땀을 잘 흘리지 않는 체질이었다. 한데 어느 순간 보니, 난 땀범벅이 되어서 걸어가고 있었다. 이러다 잘못하면 사고가 날 수도 있겠다는 생각이 퍼뜩 들었다.

폭염 가운데 트레킹을 강행한 적이 여러 번 있다. 남파랑길 하동에서 광양으로 가던 구간은 참 괴로웠다. 더위를 잔뜩 먹은 탓에 광양에 살던 친동생을 만나서도 제대로 저녁을 먹지 못했다. 평생 식욕 부진이란 말을 이해하지 못했는데, 처음으로 알았다. 남파랑길 고흥-강진 구간을 6월의 뙤약볕 아래 걷는 일도 고통스러웠다. 가장 심하게 더위를 먹은 건 서해랑길 해남 1코스 구간이었다. 8월의 불볕 아래 해롱거리는 나를 발견한 농부가 트럭에 태워 주변 음식점에 데려다주었다. 마침 그곳을 지나가던 길이었다니 민폐까지는 아니었다(고 난 생각하고 있다).

어디선가 깔따구 떼가 나타났다. 한데 반쯤 지나가니 그 많던 깔따구 떼가 거짓말처럼 사라지고 없었다. 미친 듯 울어대던 매미 소리도 순간 그치고 들리지 않았다. 깔따구의 비행음도 매미의 울음소리도 없다. 완전한 정적. 조금 어지럽다.

막바지 뙤약볕 속

한창 매미 울음은

한여름 무더위를 그 절정까지 올려놓고는

이렇게 다시 조용할 수 있는가

사랑도 어쩌면

그와 같은 것인가

소나기처럼 숨이 차게

정수리부터 목물로 들이붓더니

얼마 후에는

그것이 아무 일도 없었던 양

맑은 구름만 눈이 부시게

하늘 위에 펼치기만 하노니.

박재삼의 시 〈매미 울음 끝에〉다. 매미는 왕벚나무 가지에 몸을 찰싹 붙이고 청승맞게 울어댄다. 평균 7년을 땅속에서 살다가 고작 2주 정도 세상에 나와 목 놓아 울며 사랑을 갈구하는 소리이다. 인간의 사랑도 그런가 싶다. "소나기처럼 숨이 차게 정수리부터 목물로 들이붓더니"라고 했다. 숨이 차오르던 사랑의 감정도 매미 울음소리처럼 참으로 부질없이 어느 순간 그쳐버린다. 다들 경험해 보았으리라. 매미 소리 그친 하늘, 사랑이 지나간 자국, 맑은 구름. 갑자기 현자가 되는 순간.

　그건 그렇고 더워도 너무 덥다. 정말 미친 듯 덥다. 땀을 비오듯 흘리다 보니 어지럽고 메스껍기까지 하다. 걷는 사람은 아무도 없다. 주변에 컨트리클럽이 있는지 외제 차량만이 드물게 지나갈 뿐이다. 2km만 더 가면 목표 지점이다. 겨우겨우 걷다 보니 '반다랑 사람들'이란 장애인복지시설이 보인다. 안쪽에

'자연과 사람' 커피숍이 있기에 정문을 지나 건물 안으로 들어 갔다. 한데 문이 닫혀 있다. 때마침 마당에서 봉고차를 살피는 사람이 있었다. 주변 식당을 물었더니 이 지역에서 유명하다는 '금강산 매운 갈비찜' 식당으로 데려다주겠다고 했다. 호의를 넘 어 '선한 사마리안'의 도움이었다.

식당은 훌륭했다. 갈비찜 1인분이 뚝배기에 잔뜩 담겨 있다. 샐러드도 나오고 소면도 무한 제공이다. 가격도 착하다. 맹자가 말하기를 '기자이위식飢者易爲食 갈자이위음渴者易爲飮'이라 했다. '굶주린 자는 밥을 먹이기 쉽고 목마른 자는 물을 먹이기 쉽다' 라는 뜻이다. 난 심하게 주리고 목마른 '육에 속한 가련한 자'이 다. 갈비찜 1인분과 작은 플라스틱 물통 2개를 비우며 음식점에 서 2시간여를 보냈다. 그렇게 보내고 싶었던 게 아니라 힘이 없 어서 일어나질 못한 탓이다. 이제야 내 몸 안의 지독한 열기가 점차 식어가는 듯하다. 그럼에도 여전히 심하게 더위를 먹은 상 태이다.

온몸에 힘이 하나도 남아 있지 않았다. 식욕을 잃지 않은 건 그나마 다행이었다. 고통이 커갈수록 극한까지 밀어붙여야 속 이 시원한 나의 마조히즘적 기질은 점점 극대화된다. 과연 언제 이 위태로운 줄타기가 고쳐질는지. 여하튼 트레커는 '걷다 하직 하는 게[Walking to death] 영광'이라지만, 잘못하면 진짜 한 방 에 갈 수도 있겠다 싶다.

예약한 숙소에 와서 씻고 잠시 침대에 앉아 있다가 혼절하고 말았다. 깨어보니 자정이 지나 있었다. 양압기를 주섬주섬 머리에 쓰고 코에 끼고 혼곤하게 잠에 빠져들었다. 다시 깨어보니 아침 7시이다. 총 12시간 동안 정신 잃고 잔 셈이다. 덕분에 치명적인 열사병의 위험에서 벗어날 수 있었던 것 같다.

1963년 발표한 냇킹콜Nat King Cole의 〈느리고 어질어질하고 미친 듯한 여름날Those lazy hazy crazy days of summer〉이라는 곡이 있다. 냇킹콜이 초기 재즈 보컬로 활동할 때의 노래다. 오늘의 내 몰골은 노래의 로맨틱한 분위기와는 거리가 멀지만, 단지 오늘이 '느리고 어질어질하고 미친 듯한 여름날'인 것은 맞다. 그리고, 하나 더. 냇킹콜 노래는 언제나 좋다.

 ▶ Nat King Cole – Those lazy hazy crazy days of summer
"느리고 어질어질하고 미친 듯한 여름날을 보내세요. 탄산음료와 프레첼과 맥주가 있던 시절. 느리고 어질어질하고 미친 듯한 여름날을 보내세요. 해와 달의 먼지를 털어내고 환호를 불러요."

8

우리는 왜 같은 실수를 반복하는가

아침에 일어나 포천의 일동유황온천단지에서 강씨봉 올라가는 등산로 입구로 향했다. 강씨봉 고개까지 가는 길은 예상보다 험하다. 강씨봉 능선 꼭대기는 포천시와 가평군을 나누는 곳이다. 오뚜기고개라고도 부르는데, 육군 오뚜기부대가 길을 닦은 까닭이란다. 계속 나아가니 적목리 논남마을에 가평 '강영천 효자문'이 있다. 내용은 이렇다.

조선 숙종 때 강영천은 3세에 아버지를 여의고 홀어머니와 살았는데 7세에 어머니마저 병들어 누웠다. 어머니의 병이 악화되어 어머니가 정신을 잃자, 어린 강영천은 자신의 효자·효녀·효부들이 병든 부모를 위해 손가락에 피를 내고, 살을 베는 행위는 한국적 효행의 클리셰cliché다. 효가 당대의 시대정신이었다고 해도 참 뭐라 할 말이 없다. 1970년대 유신정권 시절 유난히 충과 효를 강조했던 일도 새삼 떠오른다.

잘 가꿔진 강씨봉자연휴양림을 지나, 경기둘레길 중 최대 난코스라 할 가평 18코스로 향했다. 한참 코스를 걷다가 GPS로 살펴보니 중간에 지름길이 있다. 작은 샛길 등산로인데 명지산 능선 어딘가에서 경기둘레길로 이어진다. 대략 1시간 정도 시간 절약이 가능할 듯했다.

1차 판단 실수였다. 평지는 괜찮지만, 산길에서 그러면 안 된다. GPS에 '맥놀이 현상'이 생기기 때문이다. 낙엽이 수북이 쌓여 있었다. 산악회에서 매어둔 리본도 보았다. 묵묵히 리본을 따라갔다. 한데 어느 순간 길이 사라졌다. 아무리 봐도 우거진 나무와 낙엽만 수북했다. GPS 신호도 끊겼다 이어졌다 하더니 아예 나가버렸다. 남파랑길 중 충무도서관을 지나 거제로 가는 이봉산 코스에서도 이런 적이 있었다. 이리저리 흔들리는

GPS 탓에 헤매다가 계곡에서 심하게 미끄러졌다. 하필 그때 집사람에게서 전화가 왔다. 무릎을 다쳤노라 말도 못 했던 쓰라린 추억.

결국 어림짐작으로 능선을 향해 나아갔다. 2차 판단 실수였다. GPS로 보면 능선과 둘레길 코스가 불과 얼마 떨어지지 않은 듯 보였다. (나중에 확인하니 능선과 둘레길 코스가 지나는 지점은 수직으로 높이 차이가 20여 m가량 됐다.) 길도 없는 숲을 지나 능선을 향해 불굴의 의지로 나아갔다. 썩은 나무 삭정이와 부드럽게 무너지는 흙더미로 인해 여러 번 미끄러져 손에 찰과상을 입었다. 입에선 단내가 나고, 몸에선 야릇한 후추 냄새가 흘렀다. 도파민의 향기인가?

인터넷 신호를 겨우 잡아 위치를 저장하고, 어디로 전화할지 잠시 고민했다. 119에 할까, 아내 혹은 친구에게 전화할까 잠시 고민하다가 50년 지기에게 위치를 알리는 문자를 넣고, 전화하니 안 받는다. 결자해지라. 결국 계곡으로 다시 돌아가기로 마음먹었다. 고생 끝에 원위치로 빠져나올 수 있었다. 몇 군데 찰과상을 제외하고는 몸이 멀쩡하니 천만다행이었다. 명지산이 제법 험하기도 했지만, 그보다 나의 어리석음이 컸다. 그간 내가 겪은 산행 중 가장 위험한 순간이었다.

중용에선 '혹생이지지或生而知之 혹학이지지或學而知之 혹곤이지지或困而知之 급기지지일야及其知之 一也'라 했다. '나면서 아는 사람이 있고, 배워서 아는 사람이 있고, 어려움을 겪어 아는 사람이 있지만, 알고 나면 다 같다'는 뜻이다. 그러나 나면서 아는 '생이지지'와 배워서 아는 '학이지지' 그리고 어려움을 겪어 아는 '곤이지지'는 아무리 봐도 급이 다르다. 우리는 종종 곤경에 처한 다음에 배운다. 확실히 나란 인간은 곤경에 처해야 자신의 수준과 처지를 깨닫는다. 아직 낮은 경지에 머물러 있다는 것을 확인한 시간이었다.

계곡 위 귀목고개에서 명지산 능선과 청계산 귀목봉 능선이 만난다. 내려가는 길은 울창한 숲길이고, 북한강 지류인 조종천이 시작되는 계곡이다. 숲길이 끝나면 보아귀골이다. 마침내 종점에 닿았다. 추적추적 내리던 비가 거세진다. 거의 장맛비 수준으로 퍼붓는다. 길 잃고 조난됐을 때 비가 내리지 않았던 건 참으로 다행이었다.

그럼에도 지금 세찬 비를 온몸으로 다 받아내려니 감당이 안 된다. 긴장감이 풀린 탓인지 다리도 후들거린다. 나는 왜 이러고 있고, 왜 이곳에 있는 것일까. 도대체 여긴 어디고, 나는 누구란 말인가. 카덱시스Cathexis가 초래하는 기초 질문을 자꾸만 되뇐다. 다음 연인산 코스를 한참 바라보다 상판리로 발길을 옮겼다. 정신 차리자. 오늘은 상판리에서 쉬어가야 하리라. 지금 비를 뚫고 연인산을 향해 올라가면 이는 자살 행위이다.

《서경書經》〈태갑편太甲篇〉에 '천작얼유가위天作孽猶可違 자작얼

불가활自作孽不可活’이라는 문장이 있다. ‘하늘이 내리는 재앙은 오히려 피할 수 있지만, 스스로 만든 재앙에선 살아날 수 없다’ 라는 뜻이다. 생각은 갈수록 또렷해지나 체력은 심하게 방전되어 있다. 배에선 계속 꼬르륵 소리가 난다. 슬픈 육체. 한데 아까부터 뇌리에 한 가지 리듬이 계속 반복되고 있다. ‘뚱^둥둥둥 둥 둥 뚱^둥둥둥 둥둥둥’, 이 리듬이 무슨 곡이더라? 그래, 그 노래, 버크만 터너Bachman Turner의 기타 리프. 캐나다 그룹인 버크만 터너 오버드라이브Bachman Tuner Overdrive[B.T.O]가 1972년에 발표한 앨범《NOT FRAGILE》의 동명 타이틀곡 〈깨지기 쉽지 않아요Not Fragile〉이다.

● Bachman Turner Overdrive - Not Fragile

“우리가 인생에서 여행하는 시간들은 우리를 강하게 만들고, 동기를 부여할 것입니다. 우리는 대부분의 시간 동안 멀어져 보일 수도 있습니다. 하지만 아직도 우리의 마음속에는 많은 생각들이 남아 있답니다. 그건 깨지기 쉽지 않아요.”

9

굴러온 돌이 박힌 돌을 빼내다

명지산에서 받은 충격을 가라앉히며 조종면 상판리에서 쉬었다.

돌아다니며 여기저기서 마을 사람들을 만났다. 대부분 부부가 함께 일하며, 객지에서 찾아온 나를 반갑게 맞아주었다. 그들은 내가 특별히 이야기를 끌어내려 애쓰지 않아도 자신의 이야기를 전해주고 싶어 했다.

'손맛식당' 주인 부부는 바빠 보였다. 백반을 차려주는 잠깐 시간에 토막 이야기를 나눴다. 남편 건강이 안 좋아 보였다. 말도 어눌하고 입술도 파랗다. 주변 일꾼을 상대로 식당을

동영상06.
'타샤의정원251' 카페
창밖으로 넘치게
내리는 가을비

운영하는데, 뭔가 어려움이 있는 듯하다. 비 오는 날엔 일꾼들도 쉬니까 식당 문을 닫고 현리로 장 보러 나갈 참이란다. 계산대에 수기 장부가 보인다. 부디 외상 수금이 잘 되고, 장사도 잘 되기를.

빗속을 뚫고 '타샤의정원251' 카페로 갔다. 가을비는 빗자루로도 피한다는 말이 있는데, 이 무슨 조화인가? 거의 폭우로 퍼붓는다. 부녀가 카페와 정원을 운영하고 있었다. 딸이 카페를, 아빠가 정원을 돌본다. 드넓은 정원에 몇 군데로 나뉜 카페 시설물이 있었다. 카페 안에서 통유리창 너머 억수로 내리는 비를 멍때리며 바라보았다. 가을비가 마치 장맛비처럼 들이붓는다.

지리산둘레길을 걷던 중 구례 용두리에 있는 '용호정龍湖亭' 정자에서의 시간이 생각난다. 용호정은 용두리 솔밭길을 지나 섬진강과 오산鼇山이 바라보이는 용두대에 자리하고 있다. 매천 황현 선생과 그의 제자들과 관련이 깊은 곳이다. 폭우가 쏟아지던 날, 용호정에 앉아 강과 산을 바라보며 멍하니 두세 시간 보낸 적이 있었다. 내면을 살찌우는 고독, 의미 있는 고립의 시간이었다.

숙소는 '꽃무지펜션'으로 정했다. 사장님 부부는 70대 초반으로 남편은 서울 갈현동 출신, 아내는 청평 출신이란다. 숙박업을 오래 한 사람들 같지 않게 참 순수하고 정이 많았다. 남편인 배상국 사장은 명지산에 얽힌 이야기를 들려주고, 감성 풍부한 아내는 고생하며 살아온 이야기를 들려주었다. 대학 운동권 출신 남편을 만나고, 중풍에 걸린 시부모 두 분을 간병했던 이야기. 개인사이지만 우리 삶의 보편적 역사에 맞닿아 있는 이야기다.

배 사장님은 10여 년 전과 2년 전, 명지산에서 등산객이 실종되었을 때 전 과정을 지켜보았단다. 수색 끝에 시체를 찾았는데 짐승에게 목덜미가 물어뜯겨 있었다고 한다. 해코지한 짐승의 종류는 밝혀지지 않았다. 그리고 매년 실종자가 나온다고 한다. 모골이 송연했다.

카페 '라운지374'에서 만난 사장님 부부가 전해주는 이야기는 더 심각했다. 민박을 운영할 때 실종 사건을 자주 접했다 한다. 둘이 왔다가 한 사람이 실종되었는데, 결국 시체로 발견됐다는 것이다. 그들이 자신의 민박집에 묵었다는 거다. 그러면서 전설의 고향 같은 이야기가 이어진다. 정리하면 한국전쟁 당시 명지산 인근에서 전투가 치열했는데, 죽은 영혼들이 등산객을 유인한다는 것이다. 특히 귀목고개 인근에서 길을 잃고 헤매다 보면 소복 입은 여인의 목소리가 이끌고 그로 인해 사달이 생긴다는 거다. 물론 난 길을 잃고도 무사히 명지산에서 살아 돌아왔다.

그들은 30여 년 전 이곳으로 들어와 민박을 운영하다 이제 카페만 운영한단다. 커피 맛이 괜찮다고 칭찬하니 매우 좋아

한다. 처음 여기로 왔을 때는 원주민 90%, 자신과 같은 외지인 10%였는데 그때 텃세에 너무 시달렸단다. 이제는 외지인 90%, 원주민 10%로 바뀌었단다. 굴러온 돌이 박힌 돌을 빼낸 셈이다. 그간의 수도권 개발 역사를 되짚어보면 마냥 웃을 일만은 아닌 듯싶다.

팬션 숙소에서 바람 소리를 듣는다. 연인산 방향으로 잣나무 군락이, 조종천 방향으로 소나무 군락이 자리한다. 바람에 소나무잎 쓸리는 소리가 쏴아 하고 난다. 난 이 소리가 너무도 좋다. 솔숲 사이로 강물이 흐르고, 소나무가 있는 자리, 메리와 찰리의 인연… 그리고 비극적인 죽음. 국내에서 번안되어 불리기도 한 조안 바에즈Joan Baez의 〈솔숲 사이로 강물은 흐르고The River in the Pine〉이 귓가에 내려앉는다.

● Joan Baez - The River in the Pine

"나무들이 이른 움을 트고 새들이 노래하기 시작한 어느 봄날에. 찰리는 연인 메리와 결혼을 했습니다. 하지만 초가을에 메리에게 말하죠. 포도주가 익을 때쯤이면 솔숲 사이 강에서 돌아올 거라고."

10

가을비에 잠긴 날,
꽃살로 슬픈 육체의 허기를 달래다

가을비가 과하게 내린다. 내일이 상강霜降이라는데, 지금 내리는 비는 과일이 익고 곡식이 여무는 데 방해만 되지 싶다.

오늘 코스는 호명산을 올라가야 완성된다. 명지산, 연인산과 비교하자면 어려운 코스가 아니나 우중 산행이라는 게 문제다. 가평엔 명지산, 연인산, 호명산 등 난도 높은 산이 많다. 그래서 가평 코스는 둘레길이 아니라 등산 장비가 필요한 산행길이다. 우선 경등산화와 스틱이 필요하고, 고어 재킷도 필수다.

동영상07.
가평 호명산
입구 잣나무숲에
내리는 가을비

고어 소재는 등산 문화에 혁신적 변화를 가져왔다. 방풍, 방수, 투습 효과로 활동성이 증가했기 때문이다. 문제는 우중이다.

호명산 입구부터 내리던 비가 본격적 산행이 시작되자 퍼붓기 시작한다. 고어 소재라 해도 얇은 여름용 재킷이라 금방 젖고 만다. 결국 삼단 우산까지 꺼내 썼는데 나뭇가지에 걸려 망가져 버렸다.

비보다 더 큰 문제는 짙은 안개이다. 연무로 인해 시계가 매우 짧아졌다. 산행 내내 어느 누구도 보이지 않는다. 내딛는 발길에 극도로 조심조심 집중하며 앞으로 나아갔다. 호명산虎鳴山은 이름에서 알 수 있듯이 호랑이들이 많이 출몰하고 호랑이 울음소리가 들려왔다는 데서 명명됐다. 산이 높지는 않으나 골이 제법 깊다. 호명산의 남쪽으론 청평호수가 있고, 서쪽으론 조종천이 굽이친다.

호명호수는 한국 최초의 양수식 발전소로 건설된 인공호수다. 양수식 발전이란 한밤엔 남는 전력을 사용해 저수지로 물을 퍼 올리고, 전력수요가 몰리는 한낮엔 물을 방류하여 발전하는 수력발전 방식을 말한다. 청평댐을 하부저수지로 이용하고, 호명산 정상(해발 535m)에 상부 저수지를 축조하여 유효 저수량 240만을 양수 저장했다가 낙차 발전함으로써 하루 240만kWh의 전력을 생산한다. 인근에 위령탑이 있어 들렀다. 순직한 한전 직원을 위한 것이라 새삼스러웠다. 한국전쟁 중에 발생한 희생자 위령탑인 줄 알았기 때문이다.

내리막길 경사가 급하다. 지인들은 왜 이 나이에 위태로운 일을 감행하는가, 묻곤 한다. 일단 난 나이 들었다는 생각이 별반 없다. 육신이 멀쩡하고, 나이를 의식 안 하니 챌린지 같은 행동을 하며 다니는가 싶다. 그리고 고통 수용성이 비교적 높은 편이다. 극도로 힘든 상황이 오면 오히려 정신이 더 맑아진다. 고통 수용성이 높다 보니 외부 자극에도 무디다. 그렇다곤 해도, 나이 들수록 지혜로워진다는데 나는 갈수록 더 무모해지는 듯싶다.

무사히 산에서 내려와 조종천 호명교 다리 위에 섰다. 뒤를 돌아본다. 희뿌연 연무 속에 호명산 나무들이 찬비를 맞고 있다.

그 나무 지금도 거기 있을까

그 나무 지금도 거기 서서

찬비 내리면 찬비 큰바람 불면 큰바람

그리 맞고 있을까

맞다가 제 잎 떨어내고 있을까

저녁이 어두워진다. 문득 길이 켜진다.

강은교의 시 〈그 나무에 부치는 노래〉가 켜졌다가 꺼지는 사이, 배에서 꼬르륵 소리가 진동한다. 이제 남은 코스에 난도 높

은 산행길이란 더 이상 없다. 온몸이 심하게 젖어 한기가 든다. 어디서 꽃살 먹고 이제는 꽃길만 걷자고 생각했다.

구 청평역 자리에 있는 고깃집을 찾아갔다. 식탁에 앉자 주위에 물이 홍건하게 튄다. 건너편에서 중년 부부가 고기를 굽고 있다가 흠뻑 젖은 내 모습을 보고 깜짝 놀란다. 주인도 놀라는 듯하나, 소갈비 꽃살 2인분을 주문하자 이내 반색한다.

숙소 '강변모텔'의 여주인의 말 한마디가 참 고마웠다. 보일러가 잘 가동되니 씻고 몸을 녹이라고 했다. 게다가 젖은 옷도 달라더니 세탁해 주었다. 오늘은 이른 아침부터 비가 내리기에 1966년 피터 폴 앤 메리Peter Paul&Mary가 발표한 〈얼리 모닝 레인Early Mornin' Rain〉을 웅얼거리며 길을 걸었다.

비 오는 아침, 고향 떠나 힘들게 사는 청년이 이 노래의 화자이다. 그는 추위에 떨며 여자친구를 배웅한다. 비를 맞으며 다시 정처 없이 떠나는 애절한 심정을 노랫말에 담았다. 지금의 내 경우와 같을 리야 있겠는가. 단지 이른 아침부터 비 맞은 남자의 심정이 아주 잘 이해가 된다.

▶ Peter Paul&Mary - Early Mornin' Rain

"이른 아침 비 내리고 내 손엔 1달러짜리 지폐 한 장뿐 마음이 너무 아파요. 주머니 속엔 모래만 가득하고 집에서 너무 멀리 떠나왔어요. 사랑하는 그 사람이 너무 그립네요. 이른 아침 비는 내리고 갈 데도 없어요."

제 5 장

생태
시간 1

사색하고 존재하고 나다워지는 때는 혼자서
걸을 때이다. 두 발로 걷는 일은 내 머리에
활기와 활력을 불어넣어 준다.
- 장 자크 루소

가을 | DMZ평화의길

양구, 화천, 철원, 연천, 파주

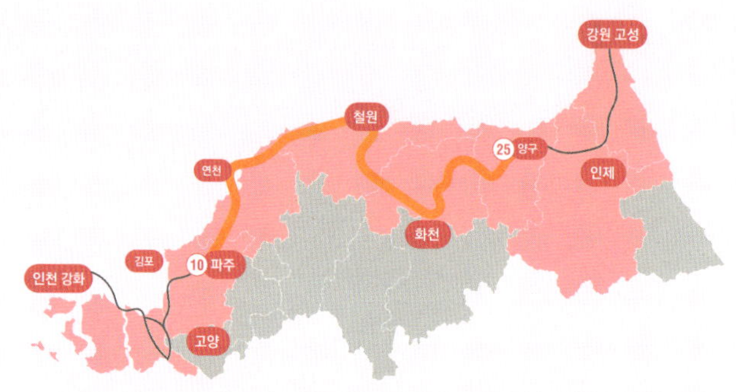

인북천, 내 감각의 창에 담긴
거시세계와 미시세계

원통리 원통중앙공원 시작점에 내려서니 가을비가 세차게 내리고 있다. 아침 7시경 치마 우의까지 두르고 길을 나섰다. 다행히 9시가 넘자 비가 그치고 날이 갠다. 오랜만에 보는 청명한 가을 하늘이다.

DMZ평화의길 30구간이 통제되어 우회로인 30-1구간을 걷는다. 원통중앙공원에서 시작해 서화면 설악금강 서화마을까지 대략 25km 거리다. 인북천을 따라 움직이는 코스로, 이 구간은 인제군에서 조성한 '인제천리길'에도 해당한다. '인북천금강산길'이라고도 부른다. 인북천의 시발점이 북쪽 금강산 일대이기 때문이다.

사단법인 인제천리길 김호진 이사장의 설명에 따르면, 인제군 북면 월학리에서 아침에 행장을 챙겨 떠나면 저녁에 금강산에 이르렀기에 인북천금강산길이라 했단다. 인제군 북면에서 서화면 방향으로 가다 보면 좌측이 용대암산[용늪] 산맥이고, 우측이 향로봉 산맥이다.

나는 우리나라의 천연보호구역 4개 중 3개를 걷고 있다. 인북천을 따라 걷는 동안 내게 의미 있게 다가온 건 살아 움직이는 풀벌레들의 미시세계이다. 인북천 천변에서 칡 잎사귀에 올라탄 '네발나비'와 '검은다리실베짱이'를 만났다. 나비는 위 잎사귀에, 베짱이는 아래 잎사귀에서 쉬고 있었다.

'네발나비'라 명명한 까닭은 곤충의 다리는 통상 세 쌍인데, 앞다리 한 쌍이 퇴화해 두 쌍만 있는 것처럼 보여서다. 이 여린 생명이 월동까지 한다. 어떤 기작機作으로 사람도 견디기 힘든 영하의 추위를 견뎌내는지 놀랍기만 하다.

동영상08.
칡잎 위아래에 앉아
쉬는 네발나비와
검은다리실베짱이

'검은다리실베짱이'는 몸길이 23~30mm 정도로 몸은 가늘며 녹색인데, 뒷다리 넓적 마디 끝부분부터 발톱까지 검은색을 띠고 있다. 날개엔 검은 점이 산재해 있다. 풀밭이나 숲길 가장자리에서 흔히 볼 수 있다.

《시경詩經》〈국풍國風〉'풀벌레[草蟲]'라는 글이 있는데, 여기에는 여러 풀벌레와 베짱이가 등장한다. '요요초충喓喓草蟲 적적부

종지지부공(螽趾趾阜蟲) 미견군자未見君子 우심충충憂心忡忡 역기견지亦旣見止 역기구지亦旣覯止 아심즉열我心則說'이라 했다. '풀벌레 울고 베짱이 뛰노는데, 임을 못 뵈니 애타는 내 마음, 만나게만 된다면 이 마음 놓이련만'이라는 뜻이다.

돌아보니 어느새 가을이구나. 이곳저곳에서 가을 분위기를 완연히 느낄 수 있다. 고추잠자리가 눈에 들어온다. 그 밑에서 고추잠자리를 노리던 사마귀가 느닷없는 카메라의 출현에 놀란다. '넓적배사마귀'가 눈을 흡뜨고 나를 노려본다. 어느 순간 사마귀는 고추잠자리를 낚아채 맛난 점심으로 냠냠 먹고 있다.

'사위질빵나무'도 보인다. '사위질빵'이란 이름을 왜 붙였을까? 사위가 무거운 짐을 지지 않도록 장모가 쉽게 끊어지는 이 식물로 지게의 '질빵'을 만들어주어 이러한 이름이 붙었다고 한다. 다만 정확한 유래를 알 수 있는 기록은 없다. 근거가 불명확한 민간 어원인 셈이다.

어원을 밝힐 때는 유의해야 한다. 팀원 가운데 한 사람이 여수의 '여자만'을 여성의 자궁과 모성을 들어 그 유래

를 말하기에 당황한 적이 있다. '여자만'이나 '여자도'의 '여자'는 '너 여汝', '스스로 자自'로 '너 절로'라는 뜻으로, 만과 섬의 형태와 연관된 지명이다.

풀꽃 사이로 흔히 흰나비라 불리는 '배추흰나비'가 보인다. 일반적으로 흰나비 하면 대부분 배추흰나비를 지칭한다. 배추, 무, 양배추, 케일, 콜라비 등을 키우는 농민이 가장 싫어하는 곤충이어서 흔히 해충으로 분류된다.

해충이라고 하는 이유는 배추를 갉아먹어 상품 가치를 떨어뜨리는 것도 있지만, 상당한 먹성으로 잎사귀를 사정없이 먹어버려 배추의 생육에도 지장을 주기 때문이다. 단, 이러한 특성은 애벌레일 때만 그렇고 성충 나비에는 해당하지 않는다. 여하튼 해충이냐 익충이냐 구분하는 것은 인간의 자의적 판단인 셈이다.

아롱진 구름 부드러이 스러지는 날을 꽃 피우고
그루터기 듬성한 밭 장밋빛으로 물들일 때
강가의 버드나무 사이 지고 이는 바람 따라
멀리 불려 올리어지고 또는 처져 내리며
하루살이 떼 서러운 합창으로 우나니.

천변을 내려다보니 영국 낭만파 시인 존 키츠John Keats의 시

<가을에 부쳐To Autumn>의 풍경처럼 하루살이 떼들이 날아다닌다. 춤추는 깔따구 떼도 보인다. 깔따구들이 집단으로 춤추는 이유를 살피자니 참으로 짠하다.

깔따구들은 흩어지면 천적에게 잡아먹히기 때문에 수컷들끼리 모여 집단으로 춤을 춘다. 그러다 보면 암컷이 군무에 이끌려 들어온다. 한 마리 수컷이야 교미에 성공하겠지만, 나머지 수컷은 그저 종족 유지를 위해 협조하는 신세이다. 유전자를 남기기 위한 희생적인 인해전술 전략인 셈이다.

사위질빵나무 사이로 흰나비가 많이 날아다닌다. 미국쑥부쟁이 위에 배추흰나비가 앉았다. 사진 찍느라 애먹었다. 흰나비는 눈치가 빠르고 예민하다. 나풀나풀 날아다녀서 느려 보이지만 사람보다 훨씬 빠른 속도로 날아다닌다. 예기치 않은 방향 전환, 특히 역방향 전환은 사람보다 빠르다. 내가 조금만 다가가도 휙 날아가 버린다. 김두수의 노래 <나비>의 한 소절처럼 내가 꽃이라면 달랐으려나.

 ▶ **김두수 - 나비**

"저물녘 바위 밭에 홀로 앉아 그윽이 피리를 불 때 어데선가 흰나비 한 마리 날아와 피리 끝에 앉았던 기억. 에헤라 내가 꽃인 줄 알았더냐. 내가 네 임인 줄 알았더냐. 너는 훨훨 하늘로 날아올라 다른 꽃을 찾아가거라."

2

평화의 댐 가는 길,
'훨훨 착 데굴데굴 냠냠~!!'

9월의 마지막 날, 화천 25코스와 24코스를 지난다. 기본적으로 전체 코스를 역방향으로 걷고 있다. 길을 건너는 도중에 '꽃향유'를 보았다. 흔한 보랏빛이 아닌, 자주 보기 힘든 흰색 꽃향유도 보인다.

DMZ평화의길을 시작하기 전 DMZ 지역의 생태환경에 대해 잠시 메모하여 파악해 두었다. 이 일원에는 멸종위기 야생생물 101종을 포함하여 곤충류 2,954종, 식물 1,926종, 조류 277종, 거미류 138종, 담수어류 136종, 포유류 47종, 양서 파충류 34종 등 5,929종의 다양한 야생생물이 사는 것으로 확인됐다.

저 멀리 산사나무가 눈에 들어온다. 9~10월경에 빨갛고 둥

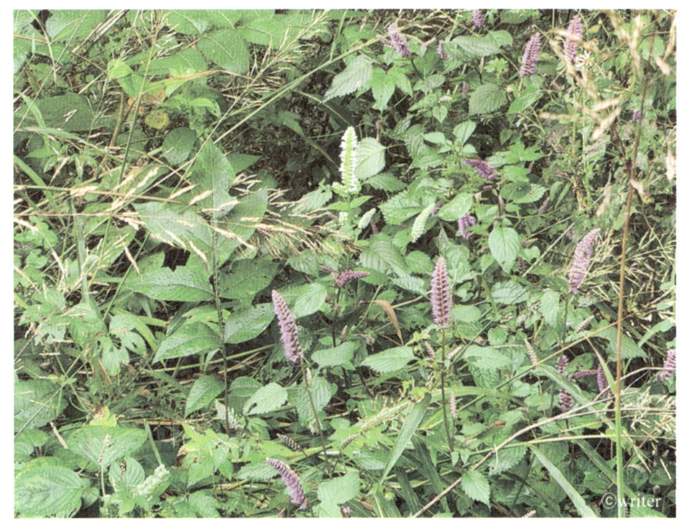

근 작은 열매가 열리는데, 이를 말려서 생약으로 쓴다. '산사춘'
이 바로 산사나무 열매로 발효시킨 술이다. 나무 자체는 전통
현악기인 비파와 해금의 복판을 만들 때 사용된다.

산사나무 열매를 바라보며 세상에 깃든 신비에 대해 묵상한
다. 세상은 참으로 신비한 생명으로 가득 차 있다. 나는 이 신비
에 대해 질문만 하기에도 바쁘다, 파블로 네루다Pablo Neruda의
시집 《에스트라바가리오Estravagario》에 수록된 시 〈우리는 질문
하다가 사라진다[원제:Por boca cerrada entran las mocas]〉처럼.

어디에서 도마뱀은

꼬리에 덧칠할 물감을 사는 것일까

어디에서 소금은

그 투명한 모습을 얻는 것일까

어디에서 석탄은 잠들었다가

검은 얼굴로 깨어나는가

오렌지는 언제

태양과 같은 믿음을 배웠을까

연기들은 언제 공중을 나는 법을 배웠을까.

지금의 내 심경을 그대로 반영한 시다. 네루다의 언어는 참으로 남다르다. 내 머릿속에선 어휘들이 빙글빙글 맴돌기만 했는데, 네루다는 너무나 생동감 있게 시적 언어로 표현한다.

점심때 막국숫집 바깥 식탁에서 음식을 먹는데 머리 위로 '포로롱' 하고 무언가 날아 지나간다. 보아하니 사마귀다. 밥을 먹다 말고 달려가 동영상을 찍으려니, 녀석이 앞발을 세우고 죽자고 달려든다. 당랑거철螳螂拒轍이라. 이 녀석은 초록색이 아닌 짙은 갈색을 띠고 있다. 탈피할 때 온도와 습도에 따라 몸이 초록색과 갈색 둘 중 하나로 결정된다. 그 중간 색깔로 변할 수도 있다. 따라서 인위적으로 환경을 조성해서 원하는 색깔의 사마귀로 만드는 것도 가능하다는 얘기다. 그건 그렇고 이 수컷 사마귀는 운이 나쁘면 짝짓기 중 암컷에 잡아먹힌다는 걸 알고 있을까.

평화의 댐과 접해 있는 세계평화의 종 공원에 들렀다. 이곳에는 전세계 분쟁 지역에서 나온 탄피와 총알을 녹여서 만든 종이 있다. 종을 때리는 당목撞木이 근사하다. 평화의 댐은 1986년도 과도한 대중 선동으로 건설됐다. 댐이야 필요한 기반 시설일 수도 있겠지만, 문제는 전문가의 조사와 의견 수렴 없이 정부가 제공하는 정보에만 기대어 건설된 것이다. 당시의 언론도 들러리로 한몫했다. 북한이 금강산댐을 방류해서 수공을 하면 여의도 63빌딩이 잠긴다며 공포감을 부추겼다.

맹자가 말하기를 '구위후의이선리苟為後義而先利 불탈불염不奪不饜'이라 했다. '의를 뒤로하고 이익을 앞세운다면, 빼앗지 않고는 만족하지 못할 것이다'라는 뜻이다. 어린 초등학교(당시는 국민학교) 학생들까지 평화의 댐 건설 성금을 바치느라 돼지 저금통을 털어야 했다. 평화의 댐에 발전 설비가 없다는 사실은 정권의 결정이 수자원 전문가의 판단보다 앞섰다는 증거이다. 지금 양구에선 수입천 댐 건설에 반대하는 군민 전체의 시위가 한창이다. 평화의 댐으로 집단 학습된 부정적 기억 때문이다.

화천 24코스가 시작된다. 산세가 험하고 차도를 지나는 구간이 많아 난도가 높은 코스이다. 혼자 걷기란 쉽지 않다. 접경지

특성상 신고 절차가 필요하고, 검문검색도 잦다. 차량으로만 통과할 수 있는 구간을 지난 다음에야 걸을 수 있었다.

화천읍까지 이어지는 도로 좌우에 군부대가 많다. 담장 아래에는 엉겅퀴와 서나물이 가득 자리 잡고 있었다. 가을바람에 그들의 씨앗이 훨훨 날아간다. '훨훨 착 데굴데굴 냠냠~!!' 이 말은 식물이 씨앗을 이동시키는 네 가지 방식을 내 나름대로 지은 신조어다. 식물은 저마다 씨앗을 멀리 보내는 방법이 다르다. 첫 번째가 '훨훨'이다.

엉겅퀴, 서나물, 민들레, 박주가리 등 국화과 식물은 주로 바람을 이용해 씨앗을 퍼뜨린다. 꽃받침이 변형된 깃이나 털을 씨앗에 달아서 바람을 잘 탈 수 있도록 한다. 씨앗 외 다른 부분이

프로펠러 형상을 한 것도 있다. 엉겅퀴는 스코틀랜드의 국화이기도 하다. 중세 스코틀랜드를 침공했던 노르웨이 군대가 밤에 기습하려다가 엉겅퀴에 찔려 소리를 내는 바람에 스코틀랜드 병사들이 잠에서 깨어 노르웨이군을 격퇴했다고 한다. 1768년 스코틀랜드에서 첫 출판된 브리태니커 백과사전은 엉겅퀴를 상징으로 삼아서 책 표지에 각인했다.

군부대 담장 밑으로 꽃향유와 미국쑥부쟁이가 피어 있고, 흰나비와 호랑나비가 흐드러지게 날아다니고 있다. 꽃향유에 앉은 호랑나비에 초점을 맞추고 사진을 찍는데, 초병이 허겁지겁 뛰어나와 검문한다. 군 시설물을 촬영하는 것으로 오인했던 모양이다. 미안했다. 자초지종을 말하고 양해를 구했다.

중무장하고 행군하는 군인 무리를 서너 번 만났다. 그들과 지나칠 때마다 천천히 고개를 끄덕이며 가볍게 손을 들어주었다. 참 뭐라 말하기 힘들지만 애틋한 마음이 들었다. 나는 딸만 둘이라 군 의무를 질 자식이 없다. 하지만 종종 식당에서 군인들을 보면 아들 같은 느낌에 밥도 사주곤 했다. 앞으로 세월이 조금 더 지나면 그들이 손자 같은 느낌이겠지.

황량한 가을 풍경을 배경으로 사랑과 꿈, 그리고 상실을 이야기하는 영화들이 떠오른다. 브래드 피트Brad Pitt의 젊은 시절을 볼 수 있는 영화 〈가을의 전설Legend of the Fall〉(1994)에선 쓸쓸함과 아름다움이 뒤섞인 가을의 감성이 극대화된다. 이별의 슬픔과 아련한 추억을 담아낸 영화 〈봄날은 간다〉(2001)의 후반부에선 흐릿한 가을 풍경과 서정적인 음악이 흐른다. 갈대 스치는 소리를 녹음하던 주인공이 했던 말, "사랑이 어떻게 변하니." 바람이 분다. 가을 바람이다. 바람 부는 길을 따라 걷는다. 송창식의 〈바람 부는 길〉을 부르며.

▶ 송창식 – 바람 부는 길

"흩어진 내 머리 어루만지며 무거운 걸음걸음마다 끝없이 퍼져가는 바람이 쌓이는 어두운 길을 돌아서 가며 길 건너 누군가 부르는 노래 소리에 라라라라라 라라라 라라라라라 라라라 귀 기울인다."

유혈목이는 어디에
독을 품고 있는가

화천 22~21코스를 향해 간다. 걷기 시작 전에 '화천 평화식당'에서 아침식사를 했다. 출입문 건너편에 심은 머루나무가 까맣게 타들어 죽어 있었다. 주인은 7년 된 머루나무에 처음 생긴 일이라 했다. 더위에 타 죽고 말았다는 것이다.

"신고배 심어놓은 건 물까치들이 다 쪼아 먹고 하나도 안 남았지. 추석 차례상에 올리지도 못했어. 이놈들이 자기네끼리 서로 신호로 알려. 나쁜 놈들 같으니라고. 저 앞 돌배는 맛이 없다고 입도 안 대었구먼. 머루하고 사과대추도 작황이 안 좋아. 더위에 수분이 다 빠져 퍼석해. 이 동네 배추도 다 녹아버렸어. 내가 심은 황금배추는 다행히 살아났어. 고마울 따름이지."

풍산마을에서 만난 김영임 씨에게 주변 과일나무 상태를 묻자 돌아온 대답이다. 그는 사과대추를 한 움큼 따서 내게 건네준다. 빨간 천일홍이 군집하여 흐드러진 자리를 지난다. 꺼먹다리를 왼쪽에 두고 가자니, 해병대 화천지구 전적비가 나온다.

대이리에 이르자 '하이 대이리' 카페가 보인다. 주인은 40대 중반의 여성분. 내부가 무척 청결하다. 개업한 지 1년 됐다는데 체력이 닿지 않아 고생하고 있단다. 소금빵과 아메리카노를 주문했다. 수제 소금빵은 과일청을 넣어 미묘한 맛이 난다. 아메리카노는 콜롬비아와 코스타리카 원두를 블렌딩 했다는데 약간의 산미와 고소한 부드러움이 우러난다. 양구와 원통에선 제대로 된 커피를 못 먹었는데, 여기서 그 아쉬움을 달랜다. 빵과 커피 맛을 칭찬하자 주인이 만감이 교차하는 표정을 지었다.

잠시 정해진 코스를 벗어나 살랑교를 건너 '숲으로다리'로 향했다. 소설가 김훈이 다리 이름을 지었단다. 부교인데 좀 혼란스럽다. 물 위에 떠 있는 형식의 문제가 아니라 다리 재질이 문제이다. 앞에서도 말했듯이 나무 대신에 화학 처리가 된 합성 재질을 사용한다. 이는 환경오염에 큰 문제가 된다.

산소길로 들어섰다. 장자는 '도행지이성道行之而成'이라 했다. '길은 사람이 다니다 보면 생기게 된다'라는 뜻이다. 삶이 먼저이고 길은 나중이다. 이 길에서 세 번이나 뱀과 마주쳤다. 그중 두 마리는 우리나라 4대 독사인 유혈목이였다. 일반적으로 독사는 송곳니에 독을 품는데, 유혈목이는 독을 어금니에 품고 있다. 그래서 물려도 독이 퍼지지 않는 경우가 많아서 독사가 아닌 줄 오인을 받곤 한다. 뱀이 서식한다는 건 환경이 청정하고 건강하다는 지표이긴 하다. 그럼에도 하루에 세 번이나 뱀을 만난 건 아무래도 심상찮다. 정신을 바짝 차리고 잰 발걸음으로 지나간다.

동영상09.
화천 산소길에서
만난 유혈목이

숲 곳곳에 무당거미와 다양한 거미집이 보인다. 비를 맞으면서도 먹이 활동이 한창이다. 국내에 서식하는 거미는 600여 종이 있는데, 그들은 저마다 다른 거미집을 짓는다. 3층 단독주택을 짓는 '무당거미'는 뛰어난 건축가이다. 나뭇가지 사이에 접시 모양으로 거미집을 짓는 '접시거미'와 깔때기 모양의 기상천외한 집을 짓는 '한국깔때기거미'는 설치미술가이다. '깡총거미'는 자기 집 없이 무전취식하는 방랑자이다.

지인이 거미에 대한 깊은 통찰을 담은 글을 보내주었다. 이를 통해 거미에 대해 생각해 본다. 거미와 거미줄에 대해 '알고 있는 것'과 '알게 된 것', 그리고 '알아낸 것'.

먼저 '알고 있는 것'을 꺼내보자. 파브르는 1912년 출간한 《거미의 삶La Vie des Araignées》에서 거미가 자기가 쳐놓은 거미줄에 걸리지 않는 이유에 대해 적었다. 입 속 분비샘에서 기름을 분비해 제 발에 바른 덕분이라는 것이다. 이는 수십 년 동안 정설로 받아들여졌다.

이제 '알게 된 것'이다. 1990년대에 와서 거미집의 세로줄과 가로줄에 대해 알게 됐다. 거미집 중앙에서 방사선으로 이어지는 세로줄은 끈적이지 않는다. 반면 가로줄은 끈적거리는 방울

이 수없이 달려 있어 실
질적인 먹이 포식 역할
을 한다. 이로써 사람들
은 거미가 세로줄을 따
라 요령껏 다닌다는 사
실을 알게 됐다.

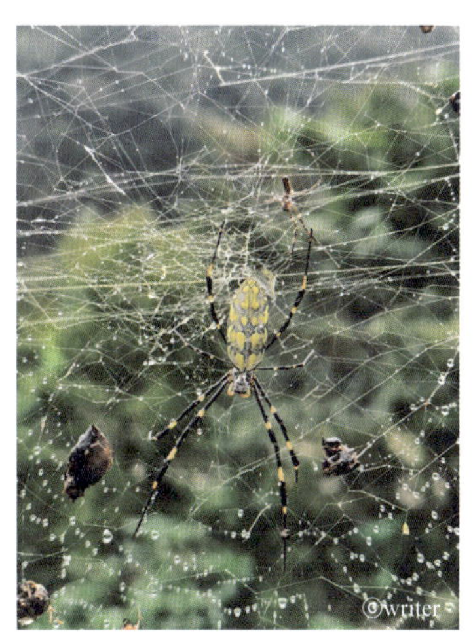

마지막으로 '알아낸
것'도 있다. 2012년 코
스타리카에 있는 '스미
소니언 열대연구소' 과학자들은 면밀한 관찰과 실험을 통해 알
아냈다. 그들은 거미 입에서 기름샘을 찾지 못했다. 정밀 촬영
하여 분석한 결과, 거미가 잡힌 먹이를 갈무리하고 새 거미집
을 치는 동안 가로줄도 1천 번 이상 딛는다는 걸 확인했다. 그런
데도 거미가 가로줄에 달라붙지 않는 이유가 있었다. 거미 발에
난 빳빳한 털이 점액과 접촉을 최소화해서이다. 게다가 빳빳한
털에서 가지 친 잔털들이 몸으로 점액이 흘러 들어가는 걸 막아
준다고 한다.

'알게 됨'은 인간의 추측과 주장이 영향을 미칠 수 있지만,
'알아냄'은 자연이 알려주는 걸 그대로 받아들이는 것이다. 거미
와 거미집을 통해 배우는 큰 교훈이다. 자신이 알고 있는 상식
을 함부로 확정해서 남에게 들이대지 말자. 상식이라며 남에게

함부로 강제하지도 말자. 때론 유보하는 겸손함이 필요한 이유
이다. 맹자는 '사양지심辭讓之心 예지단야禮之端也'라 했다. '겸손히
양보하는 태도가 예의 기초이다'라는 뜻이다.

> 풀 한 포기 없는 이 길을 걷는 것은
> 담 저쪽에 내가 남아 있는 까닭이고
> 내가 사는 것은, 다만
> 잃은 것을 찾는 까닭입니다.

시인 윤동주가 〈길〉에서 말한 대로 '길'이란 잃은 것을 찾는
장소이다. 숲에 들어가면 어김없이 보고, 듣고, 맡고, 만지고, 맛
보는 오감이 작동하기 시작한다. 숲은 우리의 오감을 최대한 자
극한다. 강한 끌림과 궁금증이 나를 숲길로 이끄는 동안 최백호
의 〈길 위에서〉가 발 위에 얹힌다.

▶ **최백호 – 길 위에서**

"긴 꿈이었을까 저 아득한 세월이 거친 바람 속을 참 오래도 걸
었네. 긴 꿈이었다면 덧없게도 잊힐까 대답 없는 길을 나 외롭
게 걸어왔네. 푸른 잎들 돋고 새들 노래를 하던 뜰에 오색 향기
어여쁜 시간은 지나고~"

산그늘은 어디로 사라지는가
- 만산령을 지나 철원으로

기온이 갑자기 내려갔다. 아침 기온이 6도. 이런 날은 일교차가 커서 감기를 조심해야 한다. 행로에 찾아오는 가장 큰 적은 외부의 짐승이 아닌 고뿔 손님이다. 오늘은 20코스와 19코스, 화천 구간을 지나 철원 구간으로 들어간다.

20코스는 백적산과 복주산 사이의 만산령을 넘어가는 임도이다. 주변의 여러 꽃을 동정하며 올라간다. 코스모스가 한들거리는 가운데 백일홍, 벌개미취, 꽃향유, 여뀌, 쑥부쟁이를 본다. 귀한 투구꽃도 한자리하고 있다. 벌개미취에는 노랑털기생파리가 열심히 꿀 채집 중이다.

둘레길 중도에 위치한 쉼터에서 잠시 머물렀다. 목공예가인

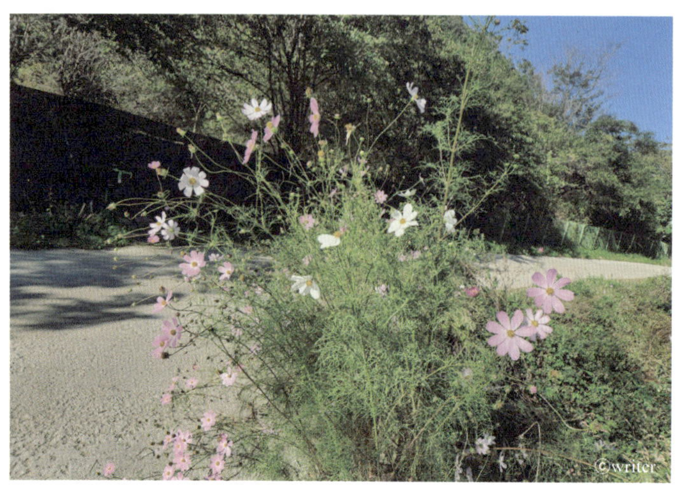

김치벽 씨가 주인인데 17년 전 인천에서 이곳으로 왔다고 한다. 솟대와 장승 그리고 남근을 주제로 작품을 만든단다. 한데 너무 어질러져 있는 데다 곳곳이 먼지로 뒤덮여 있어 보기에 제법 심란했다. DMZ평화의길이 정식 개통되었으니 앞으로 오가는 사람이 늘 것이다. 이에 대비해 이곳을 개보수하는 게 어떠냐고 물었다. 젊은이들이 색다른 감각을 느낄 수 있는 곳으로 탈바꿈하면 좋겠다고 제안했다. 말하다 말고 곧 후회했다. 쓸데없는 오지랖이다.

만산령을 지나 점심을 먹기 위해 사창리로 들어섰다. 화천은 군인들로 유지되던 도시였는데, 작년 1만 5,000명 규모의 1개 사단이 감축됐다. 지역 경제에 타격이 제법 클 듯하다. 사창리 인근 커피숍만 10여 군데인데, 이전의 흥성거리던 모습은 더이상 찾기 어려워 보인다. 산천어 축제나 빙어 축제를 기다려야 하는 건지. 그 숱한 자영업자들은 앞으로 다들 어찌 살 것인가.

19코스로 들어섰다. 이제 본격적으로 철원군으로 넘어간다. 코스 중간에 복주산휴양림이 자리한다. 오후 3시 시작하는 숲 해설을 신청했다. 숲 해설사 김민전 님과 같이 걸으며 털매미 이야기로 시작해서 단풍나무, 쪽동백나무, 생강나무, 붉나무, 황벽나무, 고로쇠나무, 당단풍나무, 굴참나무, 가래나무, 함박꽃나무 그리고 소나무를 살폈다.

팔만대장경 재료로 사용된 산벚나무, 중국 황실의 관으로 쓰였다는 가래나무 그리고 북한 국화가 된 함박꽃나무 이야기가 제법 흥미로웠다. 산벚나무 70%, 돌배나무 13%가 팔만대장경 재료로 사용됐다. 그밖에 층층나무, 거제수나무, 후박나무, 고로쇠나무, 잣나무, 단풍나무, 박달나무, 자작나무도 사용됐다고 한다.

대장경 경판을 만드는 과정은 이러하다. 먼저 산에서 벤 나무를 1년 이상 그 자리에 둔다. 이후 판자로 만들어 산 밑으로 가져와 소금물에 담갔다가 음지에서 천천히 말린다. 그다음 대패질하고 한지에 경전을 써서 거꾸로 붙인다. 풀이 마르면 기름 칠해서 글자를 보이게 한 후, 새기는 작업을 한다. 하루에 40자를 새긴다 해도 경판 한 장에 보름이 걸리는 작업이다. 그렇게 전체를 새기는 데 16년이 걸린다.

가래나무는 한자어로 '추자楸子'로 기록한다. 가래나무 역시 고소하고 맛있는 열매가 열리며 나무 재질이 좋다. 중국에선 황제의 관을 가래나무로 만들었기에, 가래나무 재梓 자를 써 '재궁梓宮'이라 한다.

소나무를 보다가 듣게 된 경북 예천 석송령 이야기는 흥미로웠다. 석송령石松靈은 수령이 약 700년에 달하는 반송 품종의 소나무이다. 줄기 둘레 4.2m, 높이 11m, 수관 폭이 30m에 이른다. 석송령은 자신의 이름으로 재산(땅)을 소유하고 세금까지 내는 나무로 유명하다. 마을에서는 이 나무의 재산으로 장학금을 조성하거나 마을 공공사업에 사용하고 있다.

복주산은 제법 험했다. 풀섶을 지나는데 '도꼬마리'인지 '주름조개풀'인지 그 씨앗이 바짓가랑이에 붙었다. 앞에서 씨앗의 이동과 관련하여 '훨훨 착 데굴데굴 냠냠~'에 대해 소개했는데, 이번엔 '착'에 대해 말해볼까.

'착'은 씨앗이 이동할 때 다른 동물의 몸에 착 붙어 이동하는 방식이다. 어떤 열매는 끈적거리는 물질이 있어 동물의 몸에 붙어서 이동한다. 도깨비바늘, 도꼬마리, 가막사리, 주름조개풀, 우엉 등이 이에 해당한다. 열매 끝부분이 가시나 바늘처럼 생겨서 동물의 털에 잘 달라붙는다. 심지어 새의 깃털에 붙어 수만 리씩 이동하기도 한다. '주름조개풀'의 경우 열매에서 끈적끈적

한 점성 물질이 분비되는데, 이 물질로 인해 동물의 털에 붙거나 사람의 옷에 붙어 이동한다.

어느새 산그늘이 지고 있다. 숙소로 서둘러 돌아왔다. 잠곡저수지 너머로 석양이 빨갛게 진다. 문득 가수 장현이 참 그립다. 그의 노래 〈석양〉이 떠오른다. 중저음의 우수 띤 목소리, '현이와 덕이'의 그 장현이다. 작곡 능력이 출중했던 동생 장덕은 요절하지 않았으면 한국 가요계를 이끌 거목이 되었을 것이다.

▶ 장현 – 석양

"가야 할 사람이기에 안녕 안녕이라고 말해야지. 돌아설 사람이기에 안녕 안녕이라고 말해야지. 울먹이는 마음일랑 나 혼자 삭이면서 웃으며 말해야지. 안녕 안녕 가야 할 사람이기에 안녕 안녕이라고 말해야지. 라라라라라라~"

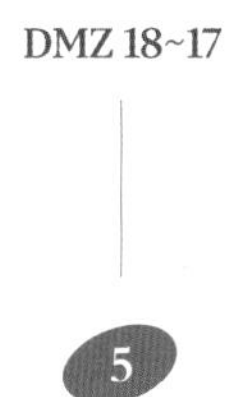

'데굴데굴', 화강花江에서의 전투

청명한 가을 날씨이다. 하늘에는 말간 뭉게구름이 둥실 떠가고 있다. 이런 가을날에 떠오르는 시가 있다. 많은 이들이 잘 아는 시, 릴케R.M. Rilke의 〈가을날Herbsttag〉이다.

주여, 때가 왔습니다. 지난여름은 참으로 위대했습니다,
당신의 그림자를 해시계 위에 얹으시고
들녘엔 바람을 풀어놓아 주소서.

마지막 과일들이 무르익도록 명해주소서.
이틀만 더 남국의 날을 베풀어주소서

철원 18코스를 걷는다. 상수리나무, 굴참나무, 떡갈나무 등 참나무류나 밤나무가 많이 보인다.

나무 동정을 시도하다가 《논어》의 한 구절이 생각난다. '자왈유지슬子曰由之瑟 해위어구지문奚爲於丘之門 문인불경자로門人不敬子路 자왈유야승당의子曰由也升堂矣 미입어실야未入於室也'라 했다. '공자가 말하기를 자로가 어찌해서 내 방에서 악기를 연주하고 있느냐 했다. 이 말을 들은 다른 제자들이 자로를 업신여겼다. 이에 공자께서 말씀하셨다. 자로는 승당의 경지에는 이르렀으나 다만 입실의 경지에 이르지 못했을 뿐이다'라는 뜻이다. '승당미입실升堂未入室', 곧 현관은 넘었지만, 방에는 들지 못했으니 중급은 되지만 고급은 멀었다는 의미이다.

예술 하는 사람의 경지는 '입문入門', '승당升堂', '입실入室'의 단계로 나뉜다. 입문[문에 듦]은 초급, 승당[현관을 넘음]은 중급, 입실[방에 듦]은 고급으로 보면 된다. 자로의 악기 다루는 솜씨가 중급 정도는 되었나 보다. 시인 서정주의 호 '미당未堂'도 여기서 나왔다. '아직 현관도 못 넘었다'는 겸사이다.

여하튼 공자의 방에서 악기를 연주한다는 것은 높은 수준의 곡을 연주한다는 뜻이다. 공자는 차근차근 과정을 밟지 않고 성급하게 건너뛴 자로를 나무라면서도, 기를 죽이지 않기 위해 세심하게 배려했다. 이렇게 《논어》의 한 대목을 떠올리며 나의 풀꽃 동정과 생태적 관심은 어느 정도 수준인가 의문이 든다. 이 거야 '입문入門'도 아닌 거의 '미문未門' 수준이다. 주변의 지인을 둘러보면 내 식견과 시야의 한계를 거듭 느끼기 때문이다.

씨앗의 이동 방법 중 '데굴데굴'에 대해서도 얘기해 볼까. 도토리나 밤 등 견과류를 좋아하는 동물은 조류보다 설치류나 포유류다. 참나무류나 밤나무류는 날 수 없는 동물들을 위해 친절하게도 열매를 바닥으로 떨어뜨려 놓는다. 그러면 설치류나 포유류 동물들은 '데굴데굴' 굴려 열매를 다른 장소로 옮긴다. 다람쥐나 어치는 먹고 남은 도토리나 밤을 겨울 식량으로 땅속에 저장한다. 문제는 이들이 열매를 숨겨둔 곳을 잊어버린다는 것이다. 이들의 건망증 덕택에 도토리나 밤은 이듬해 발아한다. 사람이 땅을 파고 씨앗을 심은 것처럼 발아율이 높다.

17코스는 김화의 화강花江을 따라 걷는 길이다. '화강느티나무길'이라 부른다. 느리게 흐르는 강가에 백로와 흰뺨검둥오리가 먹이 활동을 하느라 바삐 움직인다. 개천절 공휴일이라 캠핑족과 낚시꾼도 여기저기 보인다.

김화 하면 많은 이들이 '철의 삼각지 전투'를 떠올린다. 물론 한국전쟁 중 벌어진 전투도 잊어선 안 되지만, 난 '화강백전花江栢田'이 먼저 생각난다. 화강은 김화 지역을 흐르는 하천이자 김화의 옛 지명이며, 백전栢田은 김화 진터골의 잣나무 숲을 일컫는다. 조선시대 진경산수화의 완성자 겸재 정선鄭敾이 김화 백전전투栢田戰鬪 현장에 들러 그린 진경산수화가 〈화강백전〉이다.

병자호란 당시 평안도 관찰사 홍명구와 평안도 병마절도사 유림이 이끄는 조선 근왕군勤王軍이 김화 일대 진터골에서 청나라 팔기군八旗軍과 싸워 승리했다.

시인 구상은 〈초토의 시〉에서 "오호, 여기 줄지어 누웠는 넋들은/ 눈도 감지 못하였겠구나.// 어제까지 너희의 목숨을 겨눠/ 방아쇠를 당기던 우리의 그 손으로/ 썩어 문드러진 살덩이와 뼈를 추려"라고 했다. 여기서 '줄지어 누웠는 넋'은 조선 근왕군이고, 국군이고, 북한군이며, 팔기군이고, 중공군이다. 시의 부제가 '적군 묘지 앞에서'이다. 구상이 위대한 건 이데올로기에 잠식되어 있지 않다는 점이다. 그의 시는 근원적인 휴머니티[인간애]에 맞닿아 있다.

가을 하늘을 올려다보며, 고은의 시에 김민기가 곡을 붙인 〈가을 편지〉를 듣는다. 고은은 술자리에서 즉석으로 이 시를 지었다 한다. 술자리, 고고한 시적 재능과 별개로 과도한 음주가 그의 말년을 어렵게 만든 것이 안타깝다.《중용》에 '언고행행고언言顧行行顧言'이라 했다. '말은 행동을 돌아보아야 하고, 행동은

말을 돌아보아야 한다'는 뜻이다. 길 위로 낙엽이 쌓이고 흩어
진다. 나는 누구에게 편지를 쓸까?

▶ 김민기 - 가을 편지

"가을엔 편지를 하겠어요. 누구라도 그대가 되어 받아 주세요.
낙엽이 쌓이는 날 외로운 여자가 아름다워요. 가을엔 편지를 하
겠어요. 누구라도 그대가 되어 받아 주세요. 낙엽이 흩어진 날
헤매인 여자가 아름다워요."

카터 마그루더를 만나고
식생 '동정'을 하다
- 한탄강에서

남대천교에서 고석정을 거쳐 대위리 마을회관까지 가는 날이다. 대략 24km 정도 되며 16-2코스와 15-1코스에 해당한다. 철원의 고석정을 지나 한탄강 주상절리길을 향해 나가게 된다.

철원 갈말읍 승일공원 안으로 들어가니 한국전쟁과 베트남전쟁 참전 기념비가 있다. 카터 마그루더Carter B. Magruder 장군에 대해 들어본 적이 있는가? 승일공원에 그의 송덕탑이 있다. 철원은 한국전쟁 전에는 북한 땅이었다가 전쟁 후 남한에 편입된 수복 지구이다. 한국전쟁 때 도시가 완전히 불타 없어졌으나 마그루더 장군은 수복 직후 철원 재건을 책임지고 추진했다. 철원 군민은 그의 행적을 기억하고 있다. 마그루더 장군 송덕탑은 철원 군민이 자발적으로 세운 기념물이라는 점에 큰 의미가 있다. 사람이 다른 동물과 다른 것은 은혜를 안다는 점이다. 여튼 나같은 외지인이라면 이런 역사를 기억하기란 쉽지 않을 듯 싶다.

현재 걷는 한탄강 길은 경기둘레길 연천, 운천 구간에서 멍우리 협곡을 향해 걸을 때보다 상류에 위치한다. 걷는 길가에 '가우라꽃'이 종종 보인다. 가우라꽃은 북아메리카가 원산지로 10월에 한창 핀다. 꽃이 바람에 하느작거리는 모습이 나비 같아서 영어 명칭이 '춤추는 나비Whirling butterflies'다. 우리말로는 나비가 바늘처럼 흔들린다고 '나비바늘꽃'이라고도 부른다. 바람에 날리는 이 꽃을 보면 기분이 매우 좋아진다.

철원 고석정에 도착했다. 금요일이라 사람들이 제법 보인다. 인근에 꽃밭이 조성되어 있고 꽃 축제가 한창이다. 보고 싶은 생각이 굴뚝같았으나, 팀원과 시간을 맞추려면 지나쳐야 하리라. 자줏빛 버들마편초가 주변에 산개해 있고, 그 위로 나비가 몰려와 날아다닌다. 호랑나비, 흰나비, 노랑나비, 남방노랑나비 등. 특히 노랑나비가 많이 보인다.

가을꽃은 자줏빛으로 무성하고,

가을 나비는 노란빛으로 떼 지어 나네

꽃 아래 갓 나온 작은 나비들이,

꽃 숲 사이를 이리저리 날며 노니네

해 질 무렵 서늘한 바람 불어오니,

꽃잎 어지럽게 떨어져 쌓이네

밤 깊어 흰 이슬이 차가우니,

나비는 이미 꽃떨기 속에서 죽어 있다네

아침에 태어나 저녁에 함께 죽으니,

같은 기질은 서로서로 따르는구나

보지 못하였는가, 천년을 사는 학이,

대부분 백 길의 소나무에 깃드는 것을

백거이의 시 〈추접秋蝶[가을 나비]〉이다. 당나라의 백거이가 수도 장안에서 항주자사로 부임하는 길에 지은 시다. 가을에 꽃이 피고 나비가 노닐다가 쉬이 죽는 모습과 천년을 사는 학이 소나무에 깃드는 모습을 대비하여 짧은 삶의 무상함과 고고한 삶을 살고 싶은 바람이 드러난다. 초반부 "해 질 무렵 서늘한 바람 불어오니, 꽃잎 어지럽게 떨어져 쌓이네"라는 구절은 노래로 만들어져 불릴 정도로 중국인이 애창하는 시구가 됐다.

'노랑코스모스' 사이 노랑호박벌이 꿀을 채집하느라 여념이 없다. 한참을 서서 바라보았다. 도로 옆 가죽나무는 소복 입은 여인처럼 크고 소담한 흰 열매를 늘어뜨리고 있었다. 고석정에서 일행과 헤어져 점심 식사를 했다.

진정한 인연과 스쳐 가는 인연은 구분해서 인연을 맺어야 한다. 진정한 인연이라면 최선을 다해서 좋은 인연을 맺도록 노력하고, 스쳐 가는 인연이라면 무심코 지나쳐 버려야 한다. 그것을 구분하지 못하고 만나는 모든 사람들과 헤프게 인연을 맺어 놓으면 쓸 만한 인연을 만나지 못한다. 대신에 어설픈 인연만 만나게 되어 그들에 의해 삶이 침해되는 고통을 받아야 한다. 인연을 맺음에 너무 헤퍼서는 안 된다. 옷깃을 한 번 스친 사람들까지 인연을 맺으려 하는 것은 불필요하고 소모적인 일이다.

법정 스님의 〈함부로 인연을 맺지 마라〉에 나오는 글이다. 절절히 맞는 말이다. 정현종 시인은 〈섬〉에서 "사람들 사이에 섬이 있다/그 섬에 가고 싶다"라고 했다. 지인은 사람 사이에 거리가 있을 때 '섬'이라는 안식처가 생긴다고 말했다. 그 또한 맞는 말이다. 우리 전통 사회에선 사람들 사이에 '섬'이랄 것도 없고, '징검다리'만 건너면 가까이 갈 수 있는 관계였다. 인정은 있겠지만 결국 소모적 관계가 지속될 수밖에 없는 구조였다. 이제는

©writer

넘어서야 한다.

은퇴하고 산티아고 순례를 다녀왔다. 나의 인간관계는 산티아고 순례 전후로 확연히 나뉜다. 일단 소모적인 인간관계는 과감히 줄였다. 특히 감정을 소모하는 관계와 철저하게 결별했다. 오래된 사귐이라는 이유만으로 끌려다니지 않도록 조심했다. 대신 가족관계에 집중하고자 했다. 이어 귀중한 친구 두세 명, 귀중한 지인 서너 명, 관심 분야가 맞는 동호인 네댓 명 등으로 관계의 범위를 좁혔다. 그 남는 자리를 영성과 운동 및 사색으로 채우고, 독서와 취미 활동에 더 많은 시간을 할애했다. 나의 최종 목표는 지·영·육의 조화로운 관계이다.

숙소에 좀 일찍 들어왔다. 숙소 바깥으로 오동나무가 보이고 새들이 앉아 운다. 사전 준비 없이 새를 '동정'하기란 쉽지 않다. 가수 송창식이 불렀던가, 〈새는〉.

▶ **송창식 - 새는**

"새는 노래하는 의미도 모르면서 자꾸만 노래를 한다. 새는 날아가는 곳도 모르면서 자꾸만 날아간다. 먼 옛날 멀어도 아주 먼 옛날 내가 보았던 당신의 초롱한 눈망울을 닮았구나. 당신의 닫혀 있는 마음을 닮았구나."

시정詩情으로 풀어본
가을날의 정경

신탄리에서 대광리를 지나 신망리를 향해 나아가는 중이다. 차탄천을 걷는다. 차탄천은 강원도 철원 수정산에서 발원하여 남쪽으로 흘러 경기도 연천 전곡리에서 한탄강에 합류하는 30여km에 이르는 하천이다.

차탄천 천변에서 사람들이 다슬기를 잡고 있었다. 다리 아래 하천에 한 남자가 서 있다. 다리 위에서 한 여자가 남자를 향해 크게 소리친다. "아빠, 현민이 먹게 많이 잡아 와요." 다리 아래 남자가 웃으며 손을 흔든다. 남자는 나, 여자는 내 딸 유진이, 현민이는 손자 이준이로 대입해 본다. 괜스레 코끝이 찡해온다. 가을인가 보다.

차탄천 천변에 산딸나무가 빨갛게 익어가고 있다. 해당화 열매가 빨갛게 물드는가 싶더니, 어느새 산딸나무 열매도 빨갛게 익어가고 있다. 이해인 시인은 〈익어가는 가을〉에서 '꽃이 진 자리마다/ 열매가 익어가네// 시간이 흐를수록/ 우리도 익어가네// 익어가는 날들은/ 행복하여라' 했다. 산딸나무 열매가 빨갛고 강렬한 색으로 새들을 유혹한다.

씨앗의 이동 방식과 관련한 '훨훨 착 데굴데굴 냠냠~!!' 중 '냠냠'에 대해 말해볼까. 열매가 익으면 색깔이 변하여 동물이 '냠냠' 하며 먹을 수 있게 된다. 빨간색으로 변하는 경우가 가장 많다. 여기에는 씨앗을 무사히 이동시키기 위한 초목의 생존 전략이 숨어 있다. 숲에서 개체수가 가장 많은 곤충은 대부분 크기가 작은 미소微小 생물이다. 그들은 씨앗을 멀리 이동시키는 매개체로 적당하지 않다. 그래서 많은 식물은 열매를 빨간색으로 만들어 곤충의 눈에 잘 띄지 않는 방식을 택한다. 척추동물은 빨간색을 좋아한다. 그중에서 조류는 특히 빨간색을 좋아하고, 좋은 시력으로 멀리서도 열매를 볼 수 있다. 산딸나무 열매는 맛도 제법 감미로워 새의 좋은 먹잇감이 된다.

산딸나무 열매는 새의 위에서 과육이 소화되고, 딱딱한 종피는 위산에 의해 말랑하게 된다. 새가 멀리 날아가 소화하고 남은 씨앗을 배설하면 산딸나무는 드디어 자손을 퍼뜨리게 된다. 스스로 움직일 수 없는 나무는 새의 도움으로 자식을 멀리 보내는 생존 전략을 세운 것이다. 이렇듯 숲속의 세계는 서로서로 연결되어 있고, 저마다 특별한 관계를 맺으며 공존한다.

습지식물 고마리는 저지대 하천 습지나 물가에 많이 피는데, 물을 정화해 주는 고마운 식물이다. 막상 차탄천 천변에서 두리번두리번 고마리를 찾다가 보이지 않아 고마운 고마리 찾기를 고만하려는데 드디어 찾았다. 연분홍빛과 흰빛의 고마리가 섞인 채 모여 있었다.

고마리는 '고만이'라고도 하며 별 모양을 하고 있어서 '별꽃'이라 부르기도 한다. '고만이'이라는 이름에 대한 유래는 여러 가지이다. 워낙 번식력이 강해서 소하천을 메꿀 정도인데 '이제 고만해라!'에서 '고만이'로, 그러다가 '고마리'로 불렸다는 설이 지배적이다. 복효근의 시 〈상처에 대하여〉에서 시인은 고마리를 시적 소재로 삼아 은유적으로 표현한다.

> 오래전 입은 누이의 화상은
> 아무래도 꽃을 닮아간다.
> 모든 상처는 꽃을 꽃의 빛깔을 닮았다
> 하다못해 상처라면
> 아이들의 여드름마저도
> 초여름 고마리 꽃을 닮았다.

시인은 젊은 날 화상으로 몸과 마음에 큰 상처를 입은 누이를 떠올린다. 누구나 살면서 상처를 입게 마련인데 별 모양의 고마리 꽃 이미지가 상처Scar로 형상화된다. 그리고 '별꽃'이라는 별칭도 있듯 상처는 별Star로 승화된다. 스카(Scar)에서 스타(Star)로.

둘레길을 걷는 동안 몇몇 단체와 지인에게 매일 글을 보낸다. 그중 한 지인이 "왜 그대는 한사코 그렇게 걷는가?" 하고 물었다. 내 대답은 이러하다. "어디 상처 입지 않고 살아가는 삶이 있겠는가. 걷기란 내게 삶의 상처를 잊고, 창의적이고 입체적인 생각을 끌어내기 위한 과정이다. 멈춰 있으면 생각이 죽고 삶의 상처만 도드라진다. 걸으면 모든 게 달라진다."

두 시간 정도 걸으면 마음과 몸이 새로운 경지로 들어서기 위한 준비를 한다. 더 걸으면 진부한 사고에서 훌쩍 벗어나게 된다. 한사코 걸으면 지·영·육의 밸런스가 이뤄지는 내적 상태에 비로소 들어선다.

천변 위쪽 길에도 이름 모를 들풀이 많이 나 있다. 하지만 이들도 각자 제 이름이 있다. 강아지풀, 억새, 닭의장풀, 돼지풀, 가막사리, 가는잎그물사초, 도꼬마리 등. 이들이 제 이름을 알든 모르든 제각각 독립된 생명체로서 자신의 길을 간다. 지오디god의 노래 〈길〉처럼 말이다.

예전에 초등학생이던 둘째 딸이 "꿈에서 윤계상이 나타나 꼭 안아줬다"고 했다. 결론은 "그러니 지오디 콘서트에 가야 한다"며 한껏 나를 졸랐다. 난 "오 마이 갓god!" 하며 호통을 쳤다. 참 오래고 오래된 농담이다.

▶ god – 길

"내가 가는 이 길이 어디로 가는지 어디로 날 데려가는지. 그곳은 어딘지 알 수 없지만 알 수 없지만 알 수 없지만, 오늘도 난 걸어가고 있네. 사람들은 길이 다 정해져 있는지 아니면 자기가 자신의 길을 만들어 가는지 알 수 없지만 알 수 없지만 알 수 없지만, 이렇게 또 걸어가고 있네."

연천의 구석구석을 찾아라
- 우정리, 동이리, 아미리, 노곡리 그리고 원당리

연천에서 파주를 향해 간다. 연천 우정리에서 숭의전지를 거쳐 파주 장파리로 들어가는 코스다. 역방향 12코스에서 10코스까지 해당한다.

연천 소우물다리[우정교] 인근에 우정리 '코밀' 카페가 자리한다. 폭염으로 몹시 덥던 여름, 경기둘레길을 걷다가 이 카페로 피신한 적이 있다. 사막에서 오아시스를 만난 느낌이었다. 드립에 진심인지라 에티오피아 아바야 게이샤 원두가 반가웠다. 그 후 석 달이 좀 지난 뒤 이 카페에 다시 들렀다. 에티오피아 게이샤와 케냐를 연거푸 주문하고, 소금빵을 간식으로 먹었다. 게이샤 커피 맛은 훌륭했지만 빵 맛은 조금 별로였다. 물론 내게 중요한 건 커피 맛이지만.

　다른 테이블에 내 또래의 아버지와 시집간 딸이 대화를 나누고 있다. 한데 주고받는 말이 심상찮다. 남편과 두 아이까지 대동한 딸은 물질적 결핍, 마음의 상처 등 성장 시기의 아픔을 아버지에게 호소했다. 굳이 들으려 한 것은 아니고 내가 앉은 테이블과 가까이에 있어 그들의 대화가 너무 잘 들렸다. 아버지는 내내 딸에게 미안하다고 말했다. 이곳에 와서 땅을 사고 터를 잡고 자립하기까지 어려움이 있었고, 그 탓에 딸에게 상처를 줘서 미안하다는 것이다. 자세한 내용은 알 수 없지만, 가슴 아픈 대화가 이어졌다. 우리의 '목적이 이끄는 삶'이 가정이나 가족의 희생을 통해서 이루어져야 했다면 얼마나 먹먹한 일인가.

　임진강과 한탄강에 걸친 주상절리는 널리 알려진 지질공원이다. 임진강이 흐르는 이곳의 행정구역은 연천군 백학면 노곡리. 강변을 따라 갈대가 무성히 우거져 있어 '갈울'이라 불렸던 마을로, 노곡蘆谷은 '갈대 골짜기'라는 뜻이다.

　제방 길을 걷다가 임진강 지천인 사미천砂尾川 돌다리를 건넌다. 표지판을 따라 강가로 내려섰다. 갈수기의 사미천은 얕아 보인다. 사미천은 한국전쟁 당시 북한군의 남하 루트이자, 남파 간첩 김신조의 침투 루트이기도 하다. 당시 북한군 T-34 탱크는 사미천을 따라 내려와 고랑포 근처의 얕은 수로에서 임진강을 넘어왔다. 사미천은 남북으로 흐르는데 여기에 직사각형 모

©writer

양의 평야 지대가 있다. 지나온 고랑포는 일제강점기에 백화점이 있을 정도로 번화했던 곳이다. 인근에 신라 경순왕릉이 자리하고 있다.

예전에 경기둘레길을 걸을 때 이곳에서 길을 잃어 몹시 헤맨 적이 있었다. GPS가 먹통이었는데, 북한의 방해 전파 탓이라고 들 했다. 다행히 오늘은 GPS가 잘 돌아가고 있다. 눈앞에 펼쳐진 갈대숲의 풍경이 반긴다. 바람에 갈대는 느릿느릿 몸을 가눈다. 햇살의 방향에 따라 금빛으로도 은빛으로도 보인다. 그 모습이 마치 쓸데없는 자존심을 세우지 않고, 과시욕이나 소유욕을 갖지 않는 현자의 모습 같다.

갈대와 억새의 차이를 아시는가? 갈대와 억새를 구분하는 가장 쉬운 방법은 산과 들에서 자라면 보통 억새, 그리고 습지나 강가 등 물가에서 서식하면 대부분 갈대라 생각하는 것이다. 가끔 천변에 억새가 자라기도 한다. 내가 사는 서울 개포동 인근의 양채천에는 물억새가 많이 자란다. 한편 잎맥을 보고 억새와 갈대를 구분할 수도 있다. 하얀 줄이 잎 중앙에 선명하게 나 있으면 억새이고, 하얀 잎맥이 없고 전체적으로 녹색 잎이면 갈대이다. 사미천에는 갈대밭과 더불어 여뀌밭이 여기저기 흐드러져 있다. 그 사이로 두루미와 백로가 우아하게 난다.

앞 여울엔 물고기와 조개가 넉넉해, 뜻이 있어 파도를 쪼개고
들어가네
사람을 보고 갑자기 놀라 날아, 여뀌 언덕으로 돌아와 모이네
목을 빼고서 사람이 가길 기다리니, 이슬비에 깃털이
적셔지네
마음은 아직도 여울 물고기에 있는데, 사람은 '기심을 잊고 서
있다'고 말하네

이규보의 시 〈요화백로蓼花白鷺〉다. 즉 '여뀌밭의 백로'다. 이 시의 핵심 어휘는 '기심機心'이다. '기심'이란 '기회를 엿보아 이득을 취하려는 마음'을 뜻한다. 화자는 순수한 백로라는 상식에 대한 반전을 통해서 사람들의 잘못된 인식을 비판하고 있다. 시적 의도는 두 가지로 읽힌다. 우선 탐욕을 숨기고 있는 사대부의 위선을 폭로하고자 함이요, 다음으로 사대부의 숨겨진 탐욕을 알아채지 못하는 백성의 우매함을 풍자한다.

사미천 갈대밭과 여뀌밭을 바짓가랑이 적시며 지났다. 연천 원당리에는 '수농원'이라는 체험농원이 있다. 지나가는 길에 자리 잡고 있어 내부가 환히 보인다. 정원에 각양각색의 가을꽃이 수없이 피어 있다. 담 너머로 목 빼고 구경하니, 여주인이 편히 들어와 구경하란다. 화초를 하나하나 소개해 준다. 맨드라미,

마리골드, 미니백일홍, 가지화초, 산구름국화, 야생들국화, 능소화, 설악초, 에키네시아 등. 유실수도 하나씩 알려준다. 그리곤 배와 사과 그리고 미니사과를 따서 선물로 건넨다. 7년 전 남편과 함께 귀농했다고 한다. 지난 세월에 대한 자부심과 성취에 대한 행복감이 표정에서 드러난다. 유아를 위한 놀이시설, 체험시설 그리고 정원을 고루 갖추고 아이들을 위한 자연체험장으로 활용하고 있단다.

연천과 파주 인근에는 이야기가 많아서 참 좋다. 둘레길에서 떨어진 곳이 아니라 '길 위'에서 만나는 진짜 이야기이다. 그리운 신해철의 노래 〈길 위에서〉를 떠올린다. 좋은 사람들은 왜 이리 일찍 삶을 마감하는지[Only the good die young], 아쉽고도 아쉽다.

동영상10.
연천 원당리 수농원
에서의 화초 설명

▶ **신해철 – 길 위에서**

"차가워지는 겨울바람 사이로 난 거리에 서 있었네. 크고 작은 길들이 만나는 곳 나의 길도 있으리라 여겼지. 생각에 잠겨 한참을 걸어가다 나의 눈에 비친 세상은 학교에서 배웠던 것처럼 아름답지만은 않았었지. "

9

비로소 혼자 걷는 길의
편안함과 즐거움

파주-문산 일원을 지나가고 있다. 임진강을 오른쪽에 두고 걷다가 지천인 문산천으로 들어가는 코스이다.

존 휴즈John Hughes 감독, 스티븐 마틴과 존 캔디 주연의 고전 코미디 영화 〈자동차 대소동[원제, Planes, Trains&Automobiles(1987)]〉이 걷는 내내 생각난다. 여행을 통해 겪는 예상치 못한 유대감, 적대와 우호 사이의 한 끗 차이, 동정심과 이해, 여행의 의미에 대해 곱씹게 하는 영화다. 상이한 생각과 관행에 대한 배려와 수용, 빼어난 유머와 인간미도 영화 전반에 잘 담겨 있다. 무엇보다 영화가 재미있어 관심 있게 보았던 작품이다.

하지만 이는 어디까지나 영화일 따름이다. 이번 DMZ평화의길 여정에서 이런 교훈과 감동적 해피엔딩을 기대하긴 힘들 것 같다. 이제 팀원과 헤어져 혼자 걷는다. 마음이 가볍다. 파주부터는 군부대 관할 접경 지역이 아닌지라 교통편을 걱정하지 않아도 되기 때문이다. 어쩌랴, 비틀린 만남도 인연인 것을. 칼릴 지브란Kahlil Gibran의 시 〈함께 있되 거리를 두라[원제: On Marriage]〉를 되뇌며 바람에 실려 보낸다.

함께 있되 거리를 두라.

그래서 하늘 바람이 너희 사이에서 춤추게 하라.

서로 사랑하라.

그러나 사랑으로 구속하지는 말라.

그보다 너희 혼과 혼의 두 언덕 사이에

출렁이는 바다를 놓아두라.

함께 노래하고 춤추며 즐거워하되 서로는 혼자 있게 하라.

마치 현악기의 줄들이 하나의 음악을 울릴지라도 줄은 서로

혼자이듯이.

함께 서 있으라.

그러나 너무 가까이 서 있지는 말라.

사원의 기둥들도 서로 떨어져 있고

참나무와 삼나무는 서로의 그늘 속에선 자랄 수 없다.

율곡습지공원에서 긴 시간을 보냈다. 마을 주민들이 저류지에 꽃을 심고 가꾼 곳이다. 넓은 꽃밭과 습지에 핀 연꽃 군락지, 억새, 옛 농기구가 있는 초가집, 높이 솟아 있는 솟대, 삐뚤삐뚤 재미난 모양의 장승, 물레방아 등이 아늑하고 정겨운 정감을 자아낸다.

연꽃 군락지도 인상적이고 초가 원두막, 그네 등 곳곳에 쉼터가 있어 쉬어가기에도 좋다. 데크는 전혀 보이지 않는다. 현재 임진강 일대는 생태 답사가 활발히 이루어지고 있다. 습지 조성 시 생태 전문가와 조경 전문가의 조언이 있었을 테고, 그러기에 데크 같은 화학물질 범벅의 인공구조물이 끼어들 자리가 없었으리라. 생태와는 거리가 멀었던 때에 만든 김포한강조류생태공원의 콘크리트 길이 생각난다. 스토리를 내세우면서도 스토리가 없었던 곳, 그 아이러니가 대단했다. 편의성과 거리가 먼 거대공간의 압박도 엄청났다.

환삼덩굴을 만났다. 미국쑥부쟁이처럼 생태교란종이라며 사람들에게 배척받는 덩굴식물이다. 하지만 여러 조류와 나비류의 먹이식물이라는 점에서 논쟁 중인 식물이기도 하다. 식물생태학을 연구하는 박병권 교수는 '환경부의 환삼덩굴 생태계 교란종 예비 지정에 대한 의견'이라는 기고문에서 환삼덩굴의 이점을 다음과 같이 정리했다.

첫째, 표토 유실 방지에 탁월한 기능을 지닌 점. 둘째, 많은 미소 동물에게 겨울나기 공간을 제공하는 점. 셋째, 많은 곤충에게 에너지원인 꿀과 꽃밥을 제공하는 점. 특히 네발나비와 같은 나비류, 작은 조류들인 뱁새나 양진이, 오목눈이 등에게 우수한 식량이 된다는 점을 들고 있다.

유익초냐 유해초냐 하는 기준을 사람 위주로 정해서는 곤란할 것이다. 박병권 교수는 이 기고문에서 "이 세상에서 자신들의 삶으로 인해 다른 동물로부터 손가락질받아야 할 생물은 인간뿐이리라"는 결론으로 글을 마무리했다.

바쁜 걸음을 재촉하여 율곡수목원에도 들렀다. 여러 나무와 화초를 하나하나 동정하며 지나갔다. 특히 초본을 유의해서 보

았다. 부채붓꽃, 노랑창포꽃, 기린초, 감차, 대감차 등 산수국 종류, 애기기린초, 붉은휴케라, 송엽국, 비누풀, 큰꿩의비름, 차이브 등 유심히 살피자니 정말 끝이 없겠다.

저쪽 기슭 한 편에선 젊은 남녀 무리가 흥겹게 게임을 즐기고 있다. 장애인복지원에서도 나온 듯 야외활동이 한창이다. 싱그러운 가을날이 펼쳐지고 있다. 싱그럽던 서른 즈음, 나는 무엇을 하고 있었던가? 문득 김광석의 〈서른 즈음에〉가 떠오른다. 이별한 연인을 그리워하고 잊으려 애쓰는 감정을 감성적인 멜로디와 목소리로 표현한 곡이다. 쓸쓸하게 사무치는 감성을 어느 누가 김광석만큼 표현할 수 있으랴. 우리는 이러한 대체불가능한 가수를 가을에 떠나보냈다.

▶ 김광석 – 서른 즈음에

"또 하루 멀어져 간다. 내뿜은 담배 연기처럼. 작기만한 내 기억 속엔 무얼 채워 살고 있는지. 점점 더 멀어져 간다. 머물러 있는 청춘인 줄 알았는데. 비어가는 내 가슴속엔 더 아무것도 찾을 수 없네. 계절은 다시 돌아오지만 떠나간 내 사랑은 어디에. 내가 떠나보낸 것도 아닌데 내가 떠나온 것도 아닌데."

임진강 지천에서
가을 초목을 만나다

임진강 지천을 따라 걷는다. 만우천과 공릉천을 따라 많은 가을꽃과 식물이 자란다. 가을 햇볕이 따갑다.

만우천에는 여러 초본이 보인다. 가을바람에 날리는 갈대와 강아지풀, 프렌치마리골드, 둥근잎미국나팔꽃, 붉은토끼풀, 둥근잎유홍초, 왕고들빼기, 익모초, 마타리, 개여뀌, 미국자리공, 코스모스, 고마리, 서나물 등등 다양한 초본을 만난다.

앞서 씨앗의 이동을 설명할 때 엉겅퀴를 사례로 들었는데, 다시 확인하니 그건 엉겅퀴가 아니라 서나물이었다. 실수가 잦다. 식물 동정 시 실수에 실수를 거듭한다. 천변에는 서로 엇비슷하면서도 다른 식물들이 무척 많다. 그중 으뜸은 며느리배꼽,

1. 프렌치마리골드 2. 왕고들빼기 3. 익모초 4. 서나물 ©writer

며느리밑씻개 그리고 미꾸리낚시이다. 봐도 봐도 헷갈린다.

통일동산 일원은 작금의 남북관계를 반영하는 듯 황폐화되었다. 마음이 쓸쓸해진다. 통일동산 바로 아래 임진강 지천인 공릉천을 천천히 거닐었다. 가을 들판의 식생을 동정하며 나아갔다. 갈대, 달맞이꽃, 큰낭아초, 애기똥풀, 버들마편초, 가시박꽃, 사철나무, 꾸지나무, 가막살나무, 맨드라미 등 가을 풀꽃과 키 작은 관목이 자라고, 가득한 억새가 흔들거린다. 리아트리스,

나비하늘꽃[가우라], 달맞이꽃, 수크령. 피라칸다와 가막살나무 관목에는 빨간 열매가 잔뜩 달려 있다.

걷는 길 곳곳에 질경이가 눈에 띈다. 길을 따라 여지없이 발에 밟히는 것은 질경이다. 길이 있는 한 질경이는 자라난다. 질경이의 학명은 '플란타고 아시아티카 Plantago asiatica'이다. 속명인 '플란타고'는 '발바닥으로 옮긴다'는 뜻이고, 종명인 '아시아티카'는 '아시아에서 난다'는 뜻이다. 한국에선 잎에 질긴 실 줄기가 있어 '질경이'라 하지만, 《동의보감》에는 '길경이'로 기록되어 있다. '길경이'가 학명의 어원과 더 직접적으로 상통한다고 할 수 있다.

동영상11.
프렌치마리골드
위에 사뿐히 앉은
네발나비

이나가키 히데히로Inagaki Hidehiro의 책《풀들의 전략[원제: 戰略家 植物]》을 보면 독일에서는 질경이를 '길의 파수꾼'이라고 일컫고, 질경이가 자란 등산로를 따라 산을 오른다는 뜻으로 '질경이 등산'이라는 말도 있단다.

우리는 질경이와 같은 납작한 풀들을 통칭하여 '방석方席식물', 영어로는 '로제트rosette 식물'이라고 부른다. '로제트'의 사전적 의미는 '장미꽃 모양'이다. 지면에 밀착해 있는 방사상 잎 모양이 마치 장미꽃을 펼쳐놓은 것 같다고 하여 붙여진 이름이다. 추운 겨울을 지내야 하는 두해살이풀이나 여러해살이풀이 로제트 형태를 띤다. 로제트 식물은 가을이 깊어갈수록 줄기는

짧아지고 잎은 넓어져 땅에 무성하게 퍼진다.

　논밭과 길가에 자리 잡은 질경이는 이른 봄풀인데 다른 풀처럼 꽃대를 길게 키우지 않는 난쟁이 식물이다. 그런 까닭에 개미나 작은 곤충들이 수분을 도와준다. 질경이 씨앗은 수레바퀴에 묻어 수레가 지나간 자리에 난다고 하여 '차전초車前草'라고도 한다.

　주변의 다른 들풀을 바라본다. 개망초 위에 앉은 네발나비는 꿀을 탐하고 있고, 고마리 위에는 꽃등에가 앉아 있다. 꿀벌과 꽃등에는 확실히 다르다. 꿀벌의 날개는 2쌍, 꽃등에의 날개는 1쌍이다. 또한 꿀벌의 더듬이는 마디가 있고 길며, 때로는 ㄱ자로 꺾이기도 한다. 반면에 꽃등에의 더듬이는 짧고 뭉툭하다. 그리고 꿀벌의 겹눈은 떨어져 있고, 꽃등에의 겹눈은 붙어 있다. 여러 차이점이 있지만 한눈에 구분이 되는 건 더듬이 모양이다. 꿀벌은 다리에 꽃가루를 묻히고 다닌다.

인근 일산호수공원에서 가을꽃 축제가 열린다. 주마간산 격이라도 들러보고 가야겠다. 개천을 많이 지나온 까닭인지 소월의 시에 곡을 붙인 정미조의 노래 〈개여울〉이 몹시 듣고 싶어졌다.

▶ **정미조 - 개여울**

"당신은 무슨 일로 그리합니까. 홀로 이 개여울에 주저앉아서 파릇한 풀포기가 돋아 나오고. 잔물이 봄바람에 헤적일 때에 가도 아주 가지는 않노라시던 그런 약속이 있었겠지요. 날마다 개여울에 나와 앉아서 하염없이 무엇을 생각합니다. "

제 **6** 장

생태 시간 2

내가 길이요(I'm The Way)
- 예수 그리스도

여름, 가을 | 경기둘레길

가평, 양평, 여주

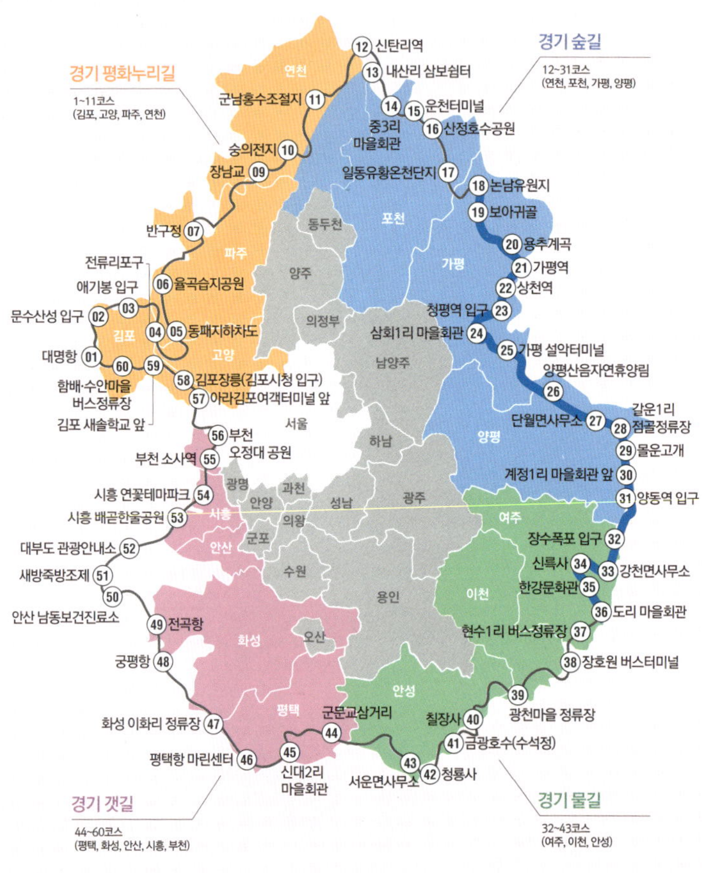

민달팽이와 박각시 그리고
'포 스트롱 윈즈Four strong winds'

가평 보아귀골로 들어오는 입구에 잣나무 숲길이 보인다. 잣나무와 약간의 리기다소나무로 이루어진 숲길이 이어진다. 소쇄한 분위기와 그 호젓함이 매우 좋다. 곧게 올라간 줄기, 진초록의 잎사귀, 추운 곳에서 자라면서도 푸름을 잃지 않는 잣나무의 모습이 청아하다. 잣나무는 경기 이북에서 제대로 자란다. 그중 가평 잣은 임금님께 바치는 일등 진상품이었다.

소나뭇과에 속하는 전나무, 소나무, 리기다소나무, 잣나무의 차이를 구별할 수 있는가? 간단한 구별법을 소개하면, 소나뭇과 식물의 잎은 모두 뾰족한 모양의 침엽이다. 구분은 바로 이 침엽의 개수로 한다. 전나무는 1장, 소나무는 2장, 리기다소나무 3

장, 잣나무는 5장이다.

붓들레아Buddeleja 위로 '꼬리박각시'가 날고 있었다. 이 녀석은 나를 전혀 아랑곳하지 않고 꿀을 열심히 탐한다. 그 모습을 사진뿐 아니라 동영상으로도 촬영할 수 있어 쾌재를 불렀다. '여름 라일락'이라고 불리는 붓들레아는 밀원식물 중 하나로, 벌과 나비가 매우 좋아한다. 향도 훌륭하고 꿀이 풍부하기 때문이다.

처음 꼬리박각시를 보았을 때, 나는 드디어 벌새를 봤다며 흥분했다. 세상에서 제일 작은 새, 빠른 날갯짓으로 정지 비행을 하며 꽃꿀을 빨아 먹는 새 말이다. 그러나 흥분은 곧 가라앉았다. 벌새가 아니라 꼬리박각시였기 때문이다.

동영상12.
붓들레아 위에서
정지 비행으로 꿀을
탐하는 꼬리박각시

꼬리박각시는 박각시과 곤충의 일종으로 긴 주둥이가 특징이다. 날갯짓하는 소리가 들릴 정도로 빠르게 날개를 움직이며 정지 비행을 하면서 꽃꿀을 먹는 모습이 벌새의 특징과 똑 닮았다. 일설에는 벌새가 수렴 진화한 결과라는 주장도 있다. 그러

나 우리나라엔 벌새란 없다. 벌새처럼 보이는 것은 죄다 꼬리박각시 나방이다. 보통의 나방은 야행성이나 박가시 종류는 주행성이란 게 특징이다.

조종면 상판리로 들어왔다. 통유리가 있는 카페에서 쏟아지는 가을비를 그으며 잠시 쉬었다. 문득 보니, 실내에 갇힌 생명체가 눈에 띄었다. 꼬리박각시다. 통유리에 머리를 찧으며 필사적으로 빠져나가려 애쓰고 있었다. 통유리가 아닌 유리문이 있어서 몸부림치는 박각시를 유도해 내보냈다. 뇌진탕 후유증이나 없을는지.

비가 그친 후 다시 길을 나섰다. 동정을 마저 하기 위해서다. 칠자화, 패랭이꽃, 화살나무, 노인장대, 조팝나무, 백일홍, 영산홍, 꽃잔디, 일일초, 가막살나무, 공작단풍, 노루오줌, 분홍구절

1.칠자화 2.패랭이꽃 3.화살나무 4.노인장대 ⓒwriter

초, 층꽃나무, 나무수국, 두릅나무 등을 찬찬히 살펴본 후 숙소
로 돌아왔다. 가을바람이 점점 거세진다.

어느 곳에서 가을바람이 불어와,

쓸쓸히 기러기 떼를 보내는가

오늘 아침 정원의 나무로 불어 들어오니,

외로운 나그네가 가장 먼저 듣는구나

당나라 시인 유우석의 〈추풍인秋風引[가을바람의 노래]〉이다.
시상은 단순하다. 한 줄기 가을바람, 기러기 떼, 그리고 떨어지는 나뭇잎에 실린 외로움이 눈에 선하다. 단순함이 이 시의 매력이다.

어제는 비가 오더니 오늘은 바람이 강하게 분다. 빗소리인 줄 알고 몇 번이나 문을 열고 바깥으로 나와 본다. 뒷산에 잣나무, 밤나무, 소나무, 단풍나무, 느티나무가 자란다. 그 가지들이 강한 바람에 심하게 요동치며 나뭇잎 스치는 소리를 낸다. 문득 소쩍새 소리에 잠 못 이루던 이조년의 〈다정가多情歌〉와 그 마음이 생각난다. 시인은 "다정도 병인 양하여 잠 못 들어 하노라"라고 했다. 나도 자정이 되도록 잠을 못 이루고 있다, 나뭇잎 흔들리는 쏴아 하는 소리 들으며.

수필가 도창회의 〈죽절성竹切聲〉이라는 수필이 있다. 죽절성은 '(눈 무게를 못 이겨) 대나무가 부러지는 소리'를 가리킨다. 그처럼 지금 상황에 맞는 명칭이 있지 않을까, 하는 엉뚱한 생각이 든다. 목마성? 지찰성? 혼자 웃다가 1963년에 발표한 이안 앤 실비아Ian&Sylvia의 〈포 스트롱 윈즈Four strong winds〉를 떠올린다. 대중에겐 닐 영의 곡으로 널리 알려져 있다.

▶ Ian&Sylvia - Four strong winds

"외롭게 불어오는 네 개의 강한 바람, 높게 달려가는 일곱 개의 바다, 이 모든 것들은 무슨 일이 있어도 변하지 않아요. 하지만 우리의 좋은 시절은 모두 사라졌어요. 그리고 나는 계속 나아가야만 하지요. 내가 다시 돌아가게 된다면 당신을 찾을게요."

소나무의 '먹먹한 거리'를 아시나요?

비 오고 심하게 바람 불던 날씨가 갑자기 좋아졌다. 이제 비로소 연인산 정상으로 올라갈 결심이 섰다. 상판리 보아귀골에서 시작해 연인산을 향해 힘차게 나아간다. 연인산은 야생화 천국으로 알려진 장소이다. 잔설 속에 피는 복수초를 시작으로 노루귀, 얼레지, 깽깽이풀, 돌단풍, 제비꽃 등이 쉼 없이 피고 진다. 이들은 모두 이른 봄 4~5월에 피는 꽃들이다.

길을 잘못 들었나 보다. 걷다 보니 엉뚱하게 코스모피아 천문대 방향이 나온다. 정신을 바짝 차려야겠다. 보아귀골에서 연인산 정상으로 가는 구간은 경사가 가파르고 비탈도 미끄럽다. 강한 체력이 요구된다(고 나는 생각한다). 해발 200m 보아귀골에서

1,100m 정상까지 올라가야 하는데, 깎아지른 경사도를 기어오르는 건 시니어로서는 좀 힘겹다. 차라리 반대편인 용추계곡에서 오르고 스틱을 사용해 보아귀골로 내려와야 했나 보다. GPS도 죽었다. 방향 리본에만 온 정신을 집중하며 걷는다. 경사도에서 죽죽 미끄러지며 오르다 결국 찰과상을 입고 말았다. 다리가 끈적거리기에 살피니 무엇에 긁혔는지 무릎 아래로 피가 흐른다.

기다시피 하며 산을 오르던 중 맞은편에서 내려오는 길 잃은 등산객을 만났다. 나를 보자 무척 반가워한다. 능선을 따라 명지산을 거쳐 오는 길이라 했다. 단단히 주의를 주었다. "GPS가 안 되지만 경기둘레길 리본만 따라가면 보아귀골이 나온다. GPS가 되더라도 그 신호를 믿지 말아라, 방향 리본을 절대 놓치지 마라. 혹여 방향 리본을 놓치면, 물소리를 듣고 계곡을 따라가라." 그리고 마지막으로 "소복 입은 여인을 보면 따라가지 말고 피하라"고 말했다. '무슨 농담이 이런가?' 그가 잠깐 황당한 표정을 짓는다. 고마워하는 그에게 물 좀 나눠달라 부탁했다. 물은 나누는 게 아니라지만, 그에게 도움을 줬으니 나도 살고 봐야겠다. 그동안 트레킹을 하면서 물이 떨어진 적은 처음이었다. 지독한 코스다.

마침내 정상에 섰다. 사면이 환히 열리며 눈앞이 탁 트인다. 북쪽으로 명지산, 남쪽으로 칼봉산이 보인다. 잠시 일망무제一望

샛 말
557
행지산로
ID:44722

귀   목

無際, 호연지기浩然之氣를 느낀다. 호연지기는 《맹자》에서 맹자와 공손추公孫丑가 나누는 대화에 나온다. '감문부자오호장敢問夫子 惡乎長 왈아지언曰我知言 아선양오호연지기我善養吾浩然之氣'라 했다. '감히 묻습니다. 선생님께서는 어떤 점에서 뛰어나다고 할 수 있습니까? 대답하기를 나는 말을 알며 나의 호연지기를 잘 기른다네'라는 뜻이다. 맹자는 호연지기를 '하늘과 땅 사이에 넘치는 크고 강하고 곧은 것'으로 풀이하고 있다.

정상에서 계곡 길을 따라 내려간다. 계곡을 흘러내리는 물은 깊고 그림 같다. 주변 숲을 보니 심적으로 힐링이 된다. 엉겅퀴와 그 옆의 노란 산국山菊도 보인다. 한로와 상강 사이에 피는 산국은 '자연의 시계'이다. 우리에게 오묘한 자연의 절기를 알려준다. 24절기 중 한로寒露는 이슬이 차서 식물, 곤충, 새들에게 서둘러 겨울을 대비하라고 경고하는 시기이다. 상강霜降은 서리가 내리는 시기이다. 된서리는 아니지만, 겨울이 다가왔음을 다시 한번 경고하는 시기이다.

조선 후기의 문인 김형수金迥洙가 쓴 〈농가십이월속시農家十二月俗詩〉라는 글이 있다. 여기에도 한로와 상강에 해당하는 절기의 모습을 "초목은 잎이 지고 국화 향기 퍼지며 승냥이는 제사하고 동면할 벌레는 굽힌다(草木葉落 菊花香 狼祭 冬眠者屈)"라고 표현하고 있다. 여기에 등장하는 국화가 산국이다.

잰 발걸음으로 소나무숲을 지난다. 바람결에 소나무가 흔들

린다. 재선충병을 간신히 피한 소나무들은 바람에 저항 없이 몸을 내맡기고 있다. 이때쯤 소나무의 씨앗들이 바람에 날려가고 있을 것이다.

소나무의 '먹먹한 거리'를 아시는지? 소나무는 자신의 그늘 밑에 자식을 두지 않으려 한다. 그래서 센바람 부는 날, 높은 가지에 솔방울을 달고 '멀리 가거라.' 하며 훨훨~ 씨앗을 날려 보낸다. 자신의 곁에 두고 끌어올린 물과 양분을 아낌없이 대주면 좋을 듯도 싶지만, 자기 그늘에만 두면 결국 자식이 자라지 못한다.

가을바람이 '먹먹한 거리'를 두어야 할 때를 알려준다. 날려 보낸 자식은 봄날 송홧가루를 기다려 우량한 유전자를 맞이한다. 수꽃보다 더 높은 위치에 암꽃을 달고 다른 소나무의 꽃가루를 받는 것이다. 소나무 씨앗은 수분하기까지 도합 두 해의 시간이 걸린다. 다른 나무 종들은 한 해에 걸쳐 자손을 만들 때 소나무는 인내하며 후대를 만들어낸다.

우리의 삶도 돌아보면 '먹먹한 거리'를 두어야 하는 시기가 있다. 부모가 자녀를 오래 품고 사는 탓에 '전업 자녀'가 늘었단다. '캥거루족'이라는 용어도 있다. 이렇게 우리 사회의 변한 풍습과 젊은이들의 고충을 모르는 바는 아니다. 하지만 소나무의 '먹먹한 거리'를 우리 모두 절실하게 숙고해야 한다.

산을 오를 때가 있으면 내려갈 때가 있고, 자녀를 품에 안고

키울 때가 있으면 보낼 때가 있다. 연인산을 오르며 너무 힘들
고 정신없을 때, 앨런 파슨스 프로젝트Alan Parson's Project의 〈올
라가는 것은What Goes Up〉을 목 놓아 부르며 위안을 삼았다.

▶ Alan Parson's Project - What Goes Up

"올라가는 것은 내려와야만 한답니다. 상승하는 것은 하락해야
하고요. 그리고 인생에서 일어나는 모든 일들은 벽에 쓰인답니
다. 모든 것이 하락해야만 한다면 기적을 만들어야 할 이유가
있기나 하나요?"

3

망가진 생태계는 복원될 수 있는가
– 청평자연휴양림과 수풀로 삼회리

아침에 일어나니 온몸이 꽤 찌뿌둥하다. 두 개 코스를 완성할 작정으로 화야산을 넘어 설악면까지 걸어갈 예정이었다. 그러나 일단 1개 코스만 천천히 걷고 삼회리에 머무르기로 했다. 어느덧 10월 중순이 지나 하순을 향하고 있다.

오, 숨죽인 10월의 온화한 아침이여,

너희 잎은 곧 떨어질 듯 단풍이 짙게 들었구나.

내일 바람 세차게 불면, 모두 낙엽 되어 떨어지리라.

숲 위로 까마귀들이 서로 부르네,

내일이면 무리 지어 떠날 것처럼.

프로스트R. Frost의 시 〈10월October〉의 시구처럼 오늘의 시간을 천천히 시작하기로 일정을 수정한다. 컨디션 조절 후 청평자연휴양림을 살피고 '수풀로 삼회리' 탐방로를 느긋하게 돌아보기로 한다. 오늘 코스는 북한강 북쪽 지역과 남쪽 지역을 잇는 길이다. 청평역을 출발해 조종천을 따라간다. 조종천이 북한강과 만나는 곳에 신청평대교가 있다. 다리 위에서 북한강을 바라본다. 북쪽으로 청평댐이 우람하게 서 있고, 남쪽으로 강과 산이 시원하게 어울린 모습이다.

신청평대교 아래 강변에서 흰뺨검둥오리를 만났다. 궁둥이와 뺨에 흰 부분이 있고, 부리 끝이 노랗다. 화천에서 마주친 적이 있는 녀석들이다. 다시 북한강 강줄기를 바라보며 북에서 남남서 방향으로 서서히 이동한다. 청평유원지를 지나친다. 대학시절 MT 때 와보고, 신혼시절 어머니를 모시고 누나네 식구들과 놀러 왔던 때가 생각난다. 엊그제 같은데, 막상 지나고 보니 이제는 꿈같이 아득한 옛날이다.

청평자연휴양림으로 갔다. 포천과 가평 경계에서 지나쳐 왔던 강씨봉자연휴양림과 여러 면에서 대비된다. 같은 가평군에 있는 휴양림이지만 분위기가 사뭇 다르다. 강씨봉자연휴양림은

모든 면이 잘 갖춰진 휴양 장소다. 조경 전문가와 생태 전문가 그리고 목공예 작가의 솜씨가 함께 녹아들어 있다. 각종 버려진 나무를 활용한 목공예품도 많았다. 숲길로는 낙엽송, 잣나무, 단풍나무, 자작나무, 물푸레나무 숲이 있고, 산책로도 잘 정비되어 있었으며 강씨봉 고개에서 시작되는 임도도 환상적이었다. 자연과 사람의 관계를 세밀하게 일치시켜 조성한 듯싶을 정도로 편하고 쾌적하며 세련된 느낌을 받았다.

반면에 청평자연휴양림은 자연을 그대로 두고 산책로와 숙소만 성글게 가설한 듯했다. 어찌 보면 개발을 최소화한 모습이라고 할 수 있는데, 요즘의 문화체험 트렌드와는 다소 어긋나 보인다. 청평자연휴양림 산책로 끝에 약수터가 있어 한 모금 맛보았더니, 맛있다. 차고 시원하며 물맛이 깊다. 약수터 소개 표지판에는 상류 원시림 지역의 암반을 흘러 내려온 청정약수임을 강조한다. 약수터 위로 해발 710m 뽀루봉이 있다.

숲길을 찾아다니다 보면 수목원, 자연휴양림, 산림욕장, 유아숲체험장 등 숲 관련 공간을 많이 볼 수 있다. 한데 대다수 일반인이 이들 장소의 범위와 개념을 정확히 이해하는지 궁금하다. 휴양림은 휴양 목적으로 숙박시설 설치가 가능하다는 게 가장 큰 특징이다. 수목원은 수목의 보존과 연구라는 학술적 기능과 가치를 중시하는 장소이다. 산림욕장은 건강증진과 체력단련을 목적으로 하지만 숙박시설과 체육시설 설치는 불가능하다. 유아숲체험장은 말 그대로 유아들의 성장과 체험을 돕는 시설이다.

청평면 삼회리 마을로 들어서니 '수풀로 삼회리'라는 표지가 곳곳에 보이는데, 이곳 수변 생태공원의 탐방로를 일컫는 말이다. 삼회리는 북한강과 맞닿은 수변 마을로, 이전에는 마을과 강이 콘크리트 옹벽으로 막혀 있어 다양한 생물 종이 드나들기 어려웠단다. 이에 환경부, 환경유역청, 주민의 노력으로 옹벽을 허물고 생태계와 하천을 복원하는 작업을 시작하여 2011년에 삼회리의 자연생태계가 복원되었다고 한다. 덕분에 삼회리 마

을은 수질보전 효과와 더불어 다양한 생물 종이 서식하는 공간으로 바뀌었다.

'수풀로 삼회리' 마지막 구역에 전시관이 자리하는데 하필 공사 중이었다. 이곳에 서식하는 천연기념물인 원앙과 왕은점표범나비 등 동식물 표본을 만날 수 있는 전시관인데, 무척 아쉬웠다. '수풀로 삼회리'는 생태환경복원사업의 모범 사례다. 생태에 관한 중앙정부, 자치단체, 주민의 인식과 합의가 주목할 만한 성과를 낳았기 때문이다. 율곡습지공원에서도 이와 유사한 사례를 확인한 바 있다. 핵심은 자연에 대한 지역주민들의 사랑과 관심이다. 덕분에 나 같은 여행객은 멋진 공원을 누리고 생태 탐방로를 걷는다.

삼회리 인근의 숙소 '카리브모텔'은 북한강이 한눈에 들어오는 좋은 위치에 자리잡고 있었다. 안개 자욱한 가운데 점차 날이 어스름해진다. 숙소 창문 바깥으로 북한강을 오래 바라본다. 수면으로 얕게 끼룩대며 쇠기러기가 날고, ITX 청춘열차는 경춘선 철로 위를 힘차게 달린다. 한참 동안 넋을 잃고 바라보았다. 황금빛 진한 외로움이 뭉실뭉실 안개 모양이 되어 마음속에서 밀려 올라온다.

시간은 더욱 지나가고, 강변에 저녁달이 둥실 떠오른다. 페기 리Peggy Lee가 1946년 발표한 재즈곡 〈블루 문Blue Moon〉이 생각나는 시간이다.

▶ Peggy Lee - Blue Moon

"블루 문, 그대는 혼자 서 있는 나를 보았어요. 내 마음속에 꿈 없이 나만의 사랑 없이. 블루 문, 그대는 내가 무엇을 위해 그곳에 있는지 알고 있었어요. 내가 기도하는 것도 들었어요. 내가 정말 돌볼 수 있는 사람을 위한."

초목 동정하다가 온 세상의
참나무 이야기를 전하다
– 화야산에서

화야산을 향해 나아간다. 산줄기를 넘어 설악면으로 향한다. 오늘 일정이 쉬운 코스는 아니다. 하나 그간 명지산의 깎아지른 산등성이, 호명산의 연무와 가을비를 다 겪고 난 후라 자신감이 붙었는지 별다른 생각이 없다.

운곡암 일주문에 닿았다. 운곡암은 태종 이방원의 스승인 운곡 원천석이 1380년에 창건한 사찰이다. 대략 640년의 역사를 품고 있는 절이다. 한국전쟁 이전에는 목조 건물에 고운 단청이 있는 암자였다는데, 단청은 온데간데없고 낡은 일주문만 남아 있다.

화야산 입구부터 계곡 번호를 일일이 매겨놓았다. 맑은 계곡

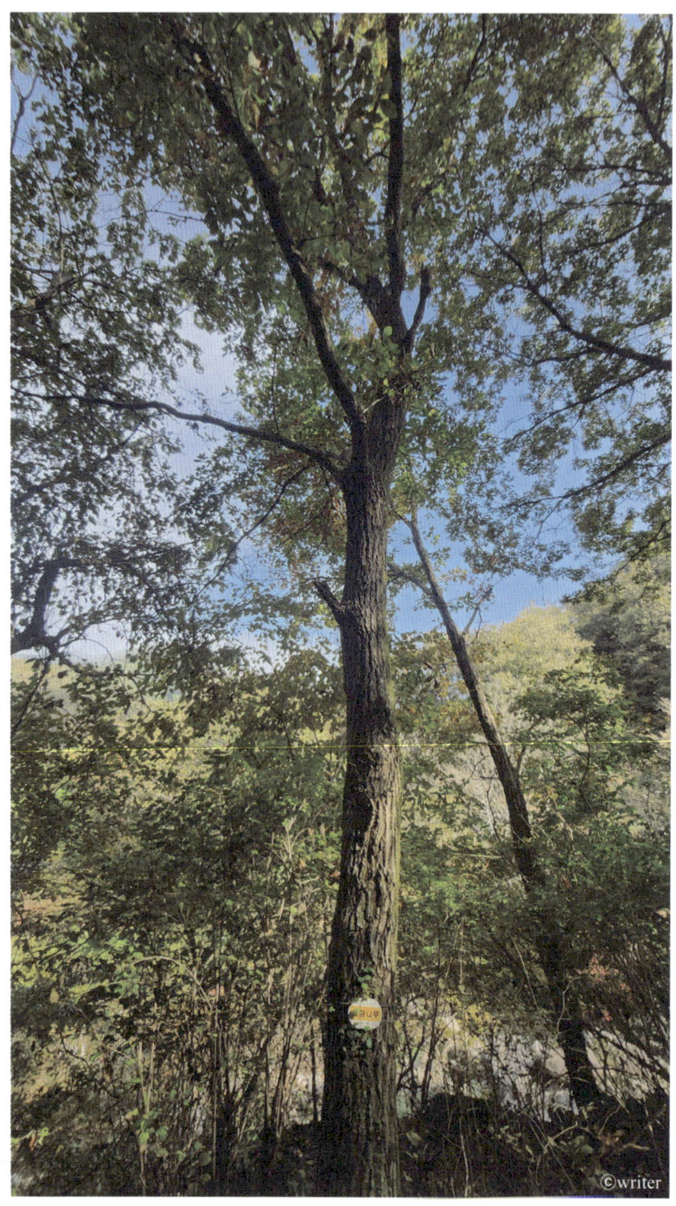

물을 건너고 건너 12번인가 13번인가 표지가 있는 삼거리 이후부터 숲길이 이어진다. 가파른 산등성, 뾰루봉과 이어진 절골고개 삼거리의 내리막은 난도가 높았다. 이후 문회2리로 가는 임도는 잘 닦여 있고, 주변 숲은 골짜기가 중첩해 웅장한 장관을 이룬다.

화야산에서 초목을 동정하느라 시간을 많이 소요했다. 계곡을 향해 죽 걷다 보니 졸참나무가 많이 보인다. 가평의 특산 잣나무도 당연히 한자리한다. 산뽕나무, 잎갈나무, 쪽동백나무, 복자기나무가 이어졌다. 임도 주변엔 산재한 누리장나무가 빨간 열매를 품고 있었다.

꽃향유가 이곳저곳에 피어 있다. 귀한 투구꽃도 가끔 보이는데, 투구 쓴 병정처럼 늠름하게 보초를 서고 있었다. 더러는 땅바닥을 박박 기며 비탈진 산자락에 낮게 자리하고 있었다. 생김새가 투구 쓴 병정 같다거나 뾰족 내민 병아리 입 같다고 하는데, 투구꽃은 독초이다. 사약 재료로 천남성이 널리 알려져 있는데, 투구꽃도 조선시대 때 사약 재료로 썼을 만큼 독을 품은 풀이다.

오늘은 일삼아 참나무 이야기를 해볼까. 참나무는 한 종류가 아니라, 참나뭇과 도토리가 달리는 나무를 합쳐 부르는 이름이다. 잎 생김새와 도토리 모양에 따라 상수리나무·굴참나무·졸참나무·갈참나무·신갈나무·떡갈나무 6종으로 나눈다. 또 가시나무, 대왕참나무도 참나뭇과에 해당한다.

참나무는 대체로 서로 터를 나누어 살아간다. 높지 않은 야산이나 동네 뒷산에 상수리나무와 굴참나무가 흔하다. 지력이 좋고 습기 많은 계곡에는 졸참나무와 갈참나무가 버티고 있다. 산 능선 주변의 척박한 땅에는 신갈나무가 터줏대감이다. 신갈나무는 햇볕이 안 드는 음지에서도 잘 자라서 음수로 분류된다. 떡갈나무는 습도가 적당하고 통풍이 잘되는 고갯마루를 좋아한다.

임진왜란 때인 1594년(선조 27년)《조선왕조실록》을 보면 "박충간朴忠侃이 임금께 아뢰기를, 비변사의 쌀과 콩이 이미 다해서 몇 달을 지탱할 수 없다고 하니 즉시 조치하게 하소서. 굶주린 백성을 구제하는 일은 쌀이 모자라면 초목의 열매로도 대신하는데, 도토리가 가장 요긴합니다. 하니 이에 임금이 허락하다"라고 기록되어 있다.

흉년이 들수록 도토리가 더 많이 달린다. 참나무 꽃가루는 흉년에 더 많이 날아다녀 수정이 잘 되기 때문이다. 흉년엔 도토리라도 먹고 살라는 자연의 조화가 신비롭기만 하다. 문제는 다람쥐가 아닌 사람이 도토리를 주워 모으기가 몹시 힘들다는 점이다.《동문선東文選》에 실린 고려 말 윤여형尹汝衡의 〈상률가橡栗歌〉에도 그 어려움이 애절하게 담겨 있다.

도톨밤 도톨밤 참밤이 아니련만,

어느 누가 도톨밤이라고 이름 지었나

맛은 씀바귀보다 쓰고, 색은 숯보다 검으나

온종일 주워도 광주리에 차지 않네

〈중략〉

두 다리는 동여 놓은 듯 창자 쪼르륵 하니,

날 차고 해 저물어 빈 골짜기에서 잔다네

밤이 깊자 온몸이 서리에 덮이고 이슬에 젖어,

남자 여자 앓는 소리 너무나 구슬프다네

요즘 가자Gaza 지역의 분쟁이 전세계에 많은 어려움을 주고 있다. 이스라엘과 팔레스타인 간의 정치적 문제는 워낙 민감해서 일방을 편들고 싶은 생각이 없다. 다만 이스라엘 총리 네타냐후Netanyahu가 정치적 탄핵을 피하려고 확전에 골몰하는 모습이 안타까울 뿐이다. 네타냐후는 인터뷰 때마다 노란 리본을 매고 나온다. 노란 리본은 참나무와 깊은 연관이 있다. 우리도 세월호 참사나 이태원 참사 등의 사회적 참사가 생기면 노란 리본을 매고는 한다. '노란 리본과 참나무'의 관계는 비교적 널리 알려진 이야기인데, 앞부분을 소개하면 다음과 같다.

미국의 어느 장거리 버스 안에 대학생들이 놀러 가기 위해 가득 차 있었다. 차가 이동하는 중에도 학생들은 노래를 부르며 신나 했다. 그런데 가장 뒷자리의 한 사내가 모자를 푹 눌러 쓴 채 말없이 처연하게 앉아 있었다. 학생 중 한 명이 그에게 다가가 슬픈 표정을 한 이유를 물었다. 사내는 사연을 이야기하기 시작했다. 자신은 감옥에서 3년을 지냈다고 한다. 버스가 그가 살던 집 앞을 지나는 그때, 교도소에서 나오기 몇 주 전, 그는 아내에게 편지를 썼다고 말했다.

뒷부분의 내용은 1973년 토니 올란도Tony Orlando가 리더로 있었던 던Dawn의 노래 〈오래된 참나무에 노란 리본을 묶어주세요Tie a Yellow Ribbon Round the Ole Oak Tree〉에 담겨 있다.

▶ Dawn – Tie a Yellow Ribbon Round the Ole Oak Tree

"나는 그녀에게 다음과 같이 편지를 써서 말했습니다. 오래된 참나무에 노란 리본을 묶어주세요. 3년이라는 긴 세월이 흘렀네요. 당신은 아직도 날 원하나요? 오래된 참나무에 리본이 보이지 않으면 난 버스에 남아 있을 겁니다. 버스 전체가 환호하네요. 그리고 내가 보고 있는 것을 믿을 수가 없네요. 오래된 참나무 주위에 백 개의 노란 리본이 달려 있답니다. 나는 집에 왔답니다."

화이트 클로버로 시작해 크림슨 클로버로 끝맺다
- 가평에서 양평으로

가평에서 양평으로 향해 간다. 창의리에서 토끼풀[화이트 클로버] 집단을 발견했다.

다들 성장기를 겪으며 토끼풀과 관련된 추억이 있을 것이다. 친구들과 산과 들로 쏘다니며 토끼풀로 반지와 팔찌를 만들어 놀곤 했다. 학창 시절에는 행운의 네잎클로버를 찾아 열심히 풀밭을 뒤진 적도 있다. 삶의 한 시절을 풍요롭게 만들어준 풀이 바로 토끼풀이다. 요즘 도시에서 자라는 아이들은 이러한 경험이 많지 않을 듯싶다.

토끼풀은 콩과 식물이다. 콩과 식물의 공통적 특징은 뿌리혹 박테리아가 있다는 점이다. 뿌리에 생기는 뿌리혹은 토양 속에 뿌리혹박테리아가 침입해서 번식한 것이다. 이 같은 뿌리 혹박테리아가 질소를 고정 해서 지력 유지와 향상에 도 움을 준다. 토끼풀이 자생한 다면 토양에 질소가 남아 있 어 다른 식물도 같이 이용할

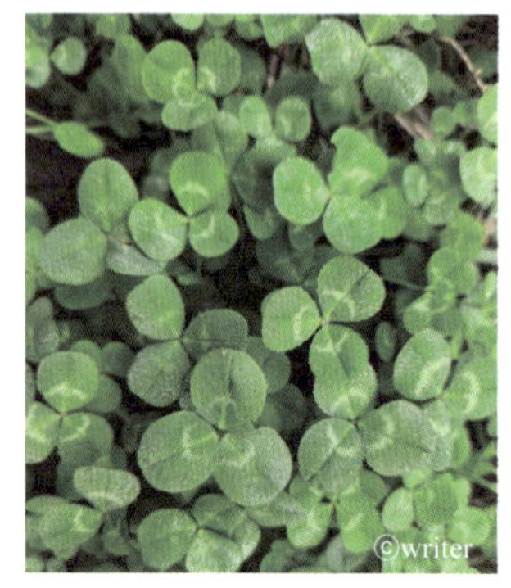

수 있으며, 토끼풀이 많을수록 그 땅은 비옥해진다.

　창의리의 토끼풀은 무리 지어 잔뜩 이슬을 머금고 있었다. 잎 표면에 'v'자형 흰 문양이 선명하다. 이 문양은 토끼풀의 생존 전략이 낳은 결과이다. 토끼풀은 갉아 먹힐 때 생기는 상처에서 청산가리 성분인 시안cyan 물질을 조금씩 분비하는데, 선명한 'v'자 흰 문양에 이 물질이 집중하여 분포한다. 비록 미량일지라도 민달팽이와 메뚜기 같은 미소 생물에게는 치명적일 수 있고, 정신착란을 일으키게도 한단다. 미소 생물이 경험을 통해 독성 물질이 든 토끼풀을 멀리한 덕분에 토끼풀 집단이 무리 지어 번성한 모습을 흔하게 볼 수 있다.

　마을을 따라 오르며 다양한 초본을 동정했다. 달리아, 란타나, 소국, 마리골드, 천일홍, 애기똥풀, 털별꽃아재비, 선괴불주머니, 물봉선, 자주달개비, 에키네시아 등등. 느닷없이 노비따스음악중고등학교 앞에 카페가 있었다. '느닷없이'라고 표현한

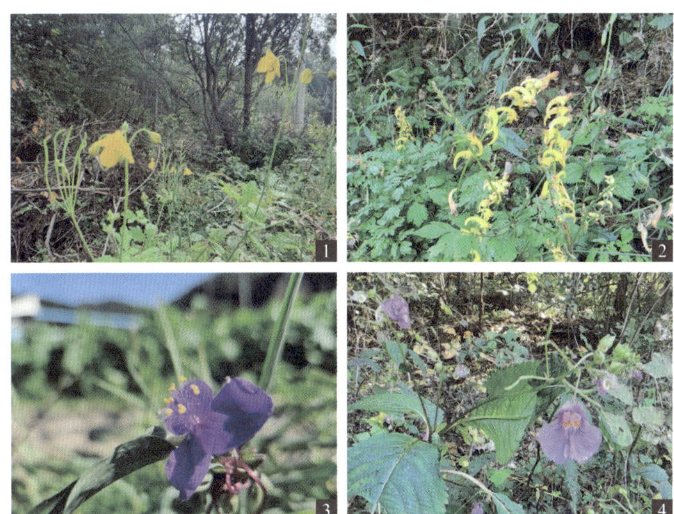

1.애기똥풀 2.선괴불주머니 3.자주달개비 4.물봉선 ©writer

이유는 가평군 위곡리가 워낙 한적한 곳이라 학교와 카페가 있을 줄 전혀 예상하지 못해서다. 카페에 앉아 쉬면서 육체의 고단함과 정신적 외로움을 느낀다. 앞으로 일주일 정도 더 걸으면 860km의 경기둘레길 전체가 완성된다.

‘위드 카미노With Camino’ 그룹의 인간관계와 ‘선한 의도’에 대해 잠시 묵상하다가 신성라 선생과 통화했다. 이도이 회장을 비롯해 이 그룹은 내게 큰 힘을 보태주고 있다. 특히 신 선생은 묻지도 따지지도 않고 내게 참신한 아이디어와 자료를 제공해 준다. 자연에서 얻은 숨은 지식은 우리 모두 마땅히 공유해야 할 지적 재산이란다. 요즘처럼 닫힌 시기에 이런 ‘열린 사귐’이 있

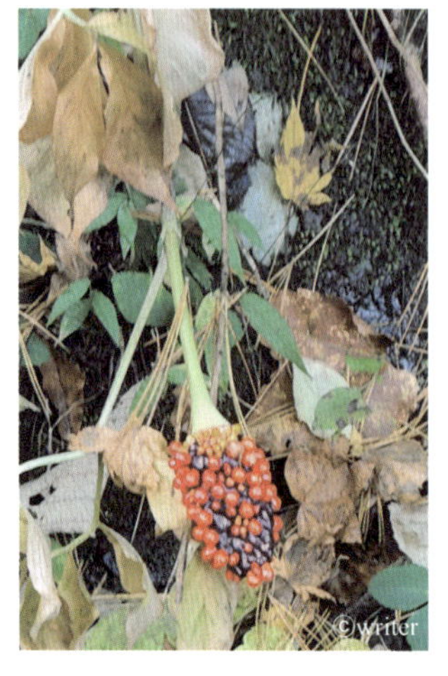

다니. 그의 '맹자적' 태도에 고맙고, 감사할 따름이다.

만장이 친구 사귐에 관해 묻자 맹자는 '불협장불협귀不挾長不挾貴 불협형제이우不挾兄弟而友 우야자우기덕야友也者 友其德也 불가이유협야不可以有挾也'라고 대답했다. '나이를 따져서는 안 된다. 귀함을 따져서도 안 된다. 형제의 친구를 따져서도 안 된다. 친구는 덕으로 사귀는 것인데, 따지는 것이 있어서는 안 된다'는 뜻이다.

봉미산 입구의 계곡에서 천남성 열매를 발견했다. 만개하기 전 꽃을 감싸고 있는 모양이 마치 고개를 바짝 든 뱀 머리 같다고 '사두초蛇頭草'라 불린다. 그늘진 곳이나 습기가 많은 계곡에서 주로 자란다. 꽃이 지고 난 10~11월 즈음 빨갛고 동글한 알갱이처럼 생긴 열매를 맺는다. 여기에 맹독 성분이 들어 있다. 숙종이 장희빈한테 내린 사약이 천남성 가루였다고 한다.

임도 꼭대기와 봉미산 능선이 만나는 곳이 가평군과 양평군 경계다. 봉미산 임도를 따라 휴양림을 역방향으로 거슬러 오른다. 신석정 시인은 〈산수도〉, 〈산으로 가는 마음〉, 〈산은 알고 있다〉, 〈산협인상〉 등 산에 대한 많은 시를 지었다. 특히 〈산수도〉

는 한 폭의 동양화를 연상케 한다. 전반적인 정조情調는 '정중동
靜中動'의 모습이다. 시인은 숲길, 강물, 산새, 골짜기 등이 보이는
한 폭의 산수화를 시로 그려낸다.

숲길 짙어 이끼 푸르고
나무 사이사이 강물이 희어

햇볕 어린 가지 끝에 산새 쉬고
흰구름 한가히 하늘을 거닌다.

산가마귀 소리 골짝에 잦은데
등 너머 바람이 넘어 닥쳐 와

굽어든 숲길을 돌아서 돌아서
시냇물 여음이 옥인 듯 맑아라

앙평군으로 들어서 국립산음자연휴양림에 입성했다. 숙박
과 야영 시설이 너무 많은 것 아닌가 하는 생각이 들 정도로 큰
규모에 놀랐다. 휴양림 입구에서 전나무숲을 만났다. 잎을 따서
손바닥에 비벼 향을 맡는다. 소나무 향과 오렌지 그리고 레몬을
섞은 향내가 그윽하다. 지인은 전나무 잎을 한 움큼씩 따서 믹

서에 갈아 욕조에 넣어 피로를 푼다고 한다. 그렇게 하면 좋을 듯싶다.

또다시 클로버 군락을 발견했다. 1968년 발표한 토미 제임스 Tommy James의 노래 〈크림슨 앤드 클로버Crimson and Clover〉가 생각난다. 토미 제임스는 자신이 좋아하는 '진홍색'과 '클로버' 두 단어를 합친 제목이라고 했다. 그런데 클로버 중에 '크림슨 클로버'가 있다. 진홍색 꽃을 피워 클로버 중 꽃 빛깔이 가장 아름다워, '스칼렛 클로버Scarlet Clover'라고도 불리는 품종이다.

▶ Tommy James - Crimson and Clover

"아 비록 제가 지금은 그녀에 대해 아는 것이 많지 않지만 그래도 그녀를 사랑할 수 있을 것 같아요. 크림슨 앤드 클로버, 아 만약에 그녀가 제 쪽으로 다가온다면 저는 그녀에게 보여줄 수 있기를 줄곧 기다리고 있어요. 크림슨 앤드 클로버. 다시, 또다시."

새들은 어디에서 마지막 눈을 감을까
- 봉미산에서 소리산으로

새벽에 일찍 일어났다. 아침 6시도 안 되어 산음리 산음휴양림으로 가는 첫차를 타기 위해 양평버스터미널로 갔다. 그런데 5-2번 버스가 없다. 배차 시간이 변경되어 8시 30분에 출발한단다. 멍해지는 순간이다. 트레킹 시작이 꽤 늦어졌다.

봉미산에서 단월산 방향으로 산음 임도를 따라간다. 산악자전거인 MTB도 이 도로를 이용하나 보다. 산에까지 와서 웬 자전거냐 하는 생각이 들었다. 산악자전거 마니아가 들으면 이런 생각을 하는 나를 무식하다고 생각하리라.

산음 임도를 빠져나오면 비솔고개다. 345번 지방도가 지나는 이 고개에서 단월산 임도가 시작된다. 임도는 굴곡이 적어

편하고 부드럽다. 낙엽을 밟으며 마음이 느긋하고 여유로워진다. 이미 꽃은 지고 누리장나무 외 나무 열매도 보이지 않는다. 오히려 내면에 집중하기 좋은 시간이라고 여기며 나무로 가득한 산줄기 가운데 서서 미국 시인 조이스 킬머Joyce Kilmer의 〈나무들Trees〉을 생각한다.

나는 생각한다, 나무처럼 사랑스런 시를

결코 볼 수 없으리라고.

대지의 단물 흐르는 젖가슴에

굶주린 입술을 대고 있는 나무.

온종일 하나님을 우러러보며

잎이 무성한 팔을 들어 기도하는 나무.

여름엔 머리칼에다

방울새의 보금자리를 치는 나무.

가슴에 눈이 쌓이고

또 비와 함께 다정히 사는 나무.

시는 나와 같은 바보가 짓지만

나무를 만드는 건 하나님뿐.

시어가 참으로 맑다. 시적 분위기는 깊고 진실하다. 영혼을

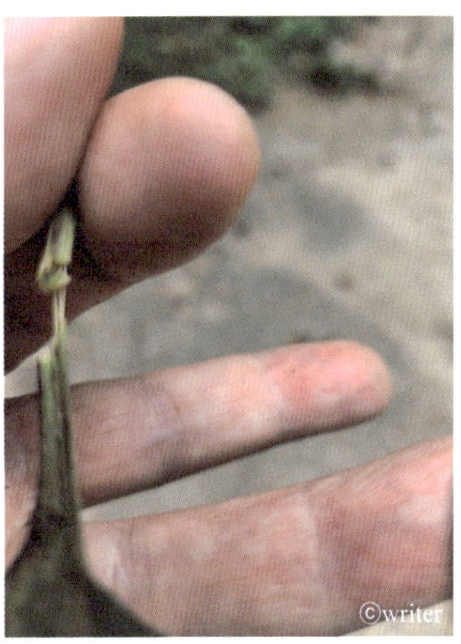

노래하는 기도문이라고 할 수 있다. 눈앞에 줄딸기가 보인다. 덩굴식물인 줄딸기나무에 저렇게 예리한 가시가 있어야 할 이유가 무엇일까, 궁금했다. 우선 관목 덩굴성이니 서로 기대어 타고 가려는 속성이 있을 것 같다. 일반적으로 식물의 가시란 초식동물과 잠재적 포식자로부터 스스로를 보호하기 위한 방어 메커니즘으로 진화한 것이다. 또한 자기 위에 동물이 앉아 쉬는 것을 막기도 한다. 지인은 가시가 밑을 향하면 '난 널 공격하지 않을 거야'라는 메시지로 볼 수 있다고 했다. 이는 매우 의미 있는 인문적 해석이라고 생각한다.

질경이가 발에 밟힌다. 질경이는 이름 유래부터 고사에 이르기까지 알려진 게 많다. 당나라 시인 최호崔顥의 〈왕가소부王家少

婦)에도 나온다. 왕가소부는 '왕가네 젊은 새댁'이라는 뜻이다.

> 춤을 추면 전계무의 푸름을 사랑하였고,
> 노래를 부르면 자야곡을 늘 좋아했다네
> 한가해지면 투백초 놀이를 했고,
> 세월 보내며 화장도 하지 않았다네

'전계前溪'는 춤의 일종, '자야子夜'는 노래의 종류, '투백초鬪百草'란 풀쌈놀이를 일컫는다. '풀쌈놀이'는 주로 토끼풀과 질경이 등 줄기를 서로 엇걸어 당겨서 누가 끊어지지 않고 버티는가를 겨루는 것이다.

점심 겸 저녁을 먹으려고 인근 식당 '번개장작구이'에 들렀다. 이곳에서 1970년대 말부터 1980년대 초까지 사용됐던 업소용 레퍼런스 오디오들을 만났다. 마란츠Marantz 프리, 매킨토시McKintosh 파워, 제이비엘JBL과 알텍Altec의 조합. 다만 턴테이블은 토렌스Thorens를 사용했다. 테크닉스Technics나 파이오니아Pioneer 턴테이블을 사용했다면 영락없는 업소용 레퍼런스의 조합이다. 매킨토시도 진공관과 티알TR 두 가지다.

주인에게 업소나 오디오 숍을 운영했냐고 물었더니, 아니나 다를까 오디오 숍을 운영했단다. 어쩐지 개인 취미로 보기엔 시디CD, 엘피LP 등 소프트웨어가 좀 빈약해 보였다. 오래전 강릉

과 서소문, 그리고 충무 등지의 음악다방에서 디제이DJ 생활을 하던 시절이 떠올라 잠시 추억에 잠겼다. 어느새 이문세의 노래를 잠깐 듣고 KT88, EL34 등의 진공관 앰프로 이야기가 들어가려는데 손님들이 들어왔다. 아쉬웠으나 여기까지가 인연인가 보다. 사장님이 힘써 아날로그의 수문장 역할을 잘하시라고 덕담을 나누며 식당을 나왔다.

단월면의 카페 '채터'에 들렀다. 사장님이 40대 초반의 젊은 남자이다. 버터소금커피를 권하길래 맛을 보았더니 맛이 희한하다. 버터를 사용해 소금기를 냈단다. 라떼와 완전히 다른 맛이면서도 다양한 맛이 났다. 밸런싱이 좋은 상태로 신맛, 단맛이 흐르며 부드러웠다. 레시피를 물었더니 웃으며 알려줄 수 없 단다.

대화를 나누다가 카페 사장에게 물었다. "여기 뒤 대명모텔 에 오늘 숙소를 잡으려는데, 네이버지도에 전화번호가 없네요." 그가 "거기 숙소가 없어졌다."며 "밤에 광고판은 켜진다."고 했 다. 뭔가 이상했지만 '당연히 맞겠지. 용문역으로 가야겠구나.' 생각하고 버스정류장으로 향했다. 잠시 뒤 카페 사장이 헐레벌 떡 뒤따라온다. 미안하다며 자기도 여기 온 지 오래 안 되어 잘 몰랐다며 모텔이 영업한단다.

오늘 지나온 단월산에는 유독 작은 새가 많았다. 새 동정을 하고 싶었다. 그러나 새 동정은 초목 동정과 근본적으로 차이가 난다. 트레킹을 하면서 새 사진을 찍고 영상을 촬영하기엔 어려 움과 한계가 있다. 새란 본디 날쌔고 빠른 동물이다. 탐조 활동 하는 사람도 특정 지점을 찾아서 전문 장비를 사용하지 않는가. 근데 나도 움직이고, 새도 움직이면 무슨 일이 되겠는가.

새들은 어디서 마지막 눈을 감을까? 미국의 재즈 가수 에바 캐시디Eva Cassidy의 〈송버드Songbird〉가 생각난다. 캐시디는 '리 틀 버드little bird'로도 불렸다. 그녀가 발매한 두 장의 음반은 워 싱턴에서만 판매됐을 정도의 마이너 음반으로 크게 주목받지는 못했다. 그러다 리틀 버드, 그녀는 암 투병 중 병원에서 마지막 눈을 감았다. 1996년 33세의 나이였다. 눈을 감은 후에야 그녀의 노래가 전세계적인 주목을 받게 된다. 이 노래도 마찬가지이다. 그곳에서는 부디 '노래하는 작은 새'로 평화로운 안식을 누리기를, R.I.P. 캐시디.

 ● Eva Cassidy - Songbird

"당신을 위해서 흘리는 눈물은 없을 거예요. 당신을 위해서 태양이 밝게 빛날 거예요. 당신과 함께 있으면 난 괜찮다고 느끼거든요. 모든 게 괜찮을 거란 걸 알아요. 마치 악보를 달고나 있듯이 새들이 끊임없이 노래하고 있네요."

7

죄 없는 31그루 전나무를 위해

양평 27코스가 시작되는 단월면에 숲길이 있고, 여기에 보산 정寶山亭이라는 정자가 있다. 고려말 공민왕 때 벼슬을 지낸 송림 박정朴頲이 조정이 어지러워지자 1375년 낙향하여 세운 정자다. 그 후 중건에 중건을 거쳤는데 6대손 이조참판 항양 박원겸이 수학당으로 공부했던 곳이기도 하다.

정자로 들어가니 숲에서 청딱따구리 소리가 크게 들린다. 어릴 때 본 애니메이션 〈우디 우드페커Woody Woodpecker〉에 나오는 딱따구리 '우디'가 생각나고 "아하하하, 아하하하, 아하하하하하~" 하는 특유의 웃음소리도 귓가에 들리는 듯하다. 물론 요즘 젊은이들은 〈앵그리버드Angry Birds〉의 '척'을 먼저 떠올리겠

지만.

　한참 전에 신성라 선생이 '딱따구리 우물 이야기'를 들려준 적이 있다. 참 흥미로운 이야기였다. 요컨대 버드나무를 파고 나무 수액으로 우물을 만드는 딱따구리 종이 있단다. 하루에 100~200마리의 벌레를 잡아 새끼에게 먹일 때, 수액 우물에 적셔 먹인다는 거다. 목이 막히는 걸 방지하고 영양 공급을 풍부히 하기 위해서란다. 또한 말벌, 나비, 휘파람새, 벌새, 다람쥐 등이 이 우물에서 수액을 훔쳐 먹는단다.

　이본느 베스킨Yvonne Baskin의《The work of nature》원서를 보고 발췌한 이야기라고 했다. 덕분에 난 또 배웠다. 생물 분류인 동정으로서야 새 동정이 최고 난도가 아닐까 싶다. 신성라 선생으로부터 배우는 점이 참 많다. 씨앗과 관련된 연구를 하면서, 버림받아 사라져 가는 씨앗을 찾아내 직접 재배하고 채종까지 하는 분이다.

　보산정 정자에 올라서 느낀 첫인상은 정자 주위의 숲길이 뭔가 이상하다는 점이었다. 소나무를 비롯해 나무들이 성글고 덜 자라 있었다. 정자에서 내려와 입구 좌측 '보산정 전통 숲 가꾸기 사업' 해설을 읽고 그 이유를 짐작할 수 있었다.

해설에선 '가설'이라고 했다. 31그루 전나무가 그 크기로 자라려면 일제강점기에 심었다는 게 가설의 유일한 근거이다. 아마도 제거할 때는 박씨 문중의 허락을 받았을 터이다. 한데 일본에서 가져온 전나무는 남부지방에 심어졌다. 내 이야기가 아니라 산림과학자 박찬우의 말이다. 그는 전나무 노거수들이 일제의 잔재임을 고찰한 《전나무 노거수는 일제의 신목이다》를 펴낸 바 있다.

핵심 주장은 첫째, 우리 남부 지방의 환경은 전나무가 자생할 만한 생육 조건과 거리가 멀다. 둘째, 일제강점기 때 조선에 살던 일본인에게 신덕神德이 내려지기를 바라며 우리 남부 지방에 전나무를 심었다는 것이다. 이 같은 주장은 남부 지방에 국한되어 있다.

'나무의 바다'라는 뜻의 '수해樹海'라는 표현이 있다. 곧게 위로 자란 전나무숲이 자아내는 모습을 가리킨다. 전나무는 무리를 이뤄 자라고 빨리 제 키를 키우기 위해 곧게 자란다. 정비석의 명문 〈산정무한山情無限〉에 전나무의 자태가 잘 드러난다.

계곡은 여태 짙은 안개 속에서, 준봉峻峯은 상기 깊은 구름
속에서 용이容易하게 자태를 엿보일 성싶지 않았고, 다만
가까운 데의 전나무, 잣나무들만이 대장부의 기세로 활개를
쭉쭉 뻗고, 하늘을 찌를 듯이 솟아 있는 것이 눈에 뜨일
뿐이었다.

모두 근심 없이 자란 나무들이었다. 청운靑雲의 뜻을 품고
하늘을 향하여 밋밋하게 자란 나무들이었다. 꼬질꼬질
뒤틀어지고 외틀어지고 한 야산野山 나무밖에 보지 못한
눈에는, 귀공자와 같이 기품氣稟이 있어 보이는 나무들이었다.

금강산 장안사長安寺는 전나무로 유명한 사찰이다. 조선시대 화가 김윤겸과 정선 모두가 그렸다. 두 사람이 그린 〈장안사〉에는 전나무가 훌륭한 경관 요소로 자리 잡고 있다. 김윤겸의 그림은 소나무와 달리 하늘을 향해 쭉쭉 솟은 전나무의 특징이 잘 드러난다.

서양에서도 전나무는 훌륭한 문화적 상징으로 전해 내려온다. 동화작가 안데르센H.C. Andersen도 〈전나무 이야기The Fir Tree〉라는 글을 썼다. 현재의 삶에 만족하지 못하고 늘 다른 삶을 꿈꾸는 모든 이에게 주는 교훈이 담겼다. "늦기 전에 현재를 누려라. 카르페 디엠Carpe diem." 루터M. Luther의 '트리 이야기'도 있다. 그는 크리스마스이브에 밤길을 걷다가 맑은 별빛에 비치는 숲의 아름다움에 깊은 감명을 받는다. 가족들에게 그 느낌을 이야기하고 집으로 전나무를 가져와 하늘의 별처럼 촛불로 장식했다. 이것이 크리스마스트리의 시작이다.

우리 땅을 비롯해 전세계에 전나무숲에 대한 숱한 역사가 있는데, 왜 보산정의 전나무를 베었을까. 일제 잔재 청산이라는 명분이라면 육하원칙에 따른 논리적 근거를 확인하고, 주민의 합의를 끌어내야 하지 않았을까. 지나친 자격지심이 아니었는지? 우리 산천에 벚나무 길이 조성되어 봄날 벚꽃놀이도 즐기고 있지 않은가. 누구도 진해 벚꽃 축제를 일본의 사쿠라 놀이라며 의도적으로 회피하지는 않을 것이다.

단월면사무소 총무팀에 전화를 걸었다. 오지랖이라는 생각도 들었으나, 너무 궁금해서다. 전화 받은 이가 담당자에게 확인 전화하라고 하겠다고 답했다. (오랜 시간이 지나도 전화는 걸려오지 않는다.) 내일이면 10월 31일, 이제 가을도 다 지나간다. 배리 매닐로우Barry Manilow의 〈10월이 지나가면When October goes〉를 듣는다.

▶ Barry Manilow - When October goes

"10월이 지나가면 연기 나는 지붕 위로 눈이 흩날리기 시작하죠. 전 비행기가 지나가는 걸 바라봐요. 아이들은 장난치면서 석양이 지는 하늘 아래서 집으로 달려가고 있어요. 나도 그들 중 한 명일 때가 있었는데."

젖먹이 꿀벌은 언제
카페인을 처음 맛볼까

오늘은 용문 일정을 늦게 시작했다. 9시에 문 여는 한의원을 재방문해야 했기 때문이다. 오른쪽 회전근개가 말썽이다. 그간 스마트폰 자판을 이용해 수년 동안 현장에서 글을 쓴 대가이리라. 병원에 다녀오느라 아침 커피를 못 마신 탓인지 정신도 몽롱하다.

햇살 가득한 계정천을 따라가며 풀꽃 동정을 시작했다. 달맞이꽃, 샐비어, 맨드라미, 소국, 미니백일홍, 칸나, 코스모스, 꽃범의꼬리, 플록스, 꿩의비름, 참취, 쇠별꽃, 왕고들빼기, 금강아지풀, 끈끈이대나물, 방동사니, 사피니아 등등.

무리 지어 핀 미니백일홍 위에는 흰나비, 네발나비, 노랑나비

©writer

1.달맞이꽃 2.꽃범의꼬리 3.끈끈이대나무 4.사피니아 ⓒwriter

등 수많은 나비와 등에 그리고 꿀벌이 날아와 꽃을 탐하고 있었다. 따가운 가을 햇살 아래 벌어진 참으로 야단스러운 광경이다. 이 장면을 놓칠까 싶어 얼른 동영상도 찍었다.

아침에 커피 한잔을 제대로 못 마신 날은 나사를 죄어주지 못한 나무 의자처럼 몸이 삐걱대며 흐느적거린다. 양동역으로 다시 돌아와 인근 '카페 M'에서 아메리카노 두 잔을 연거푸 마셨다. 커피는 제법 먹을 만했다.

동영상14.
미니백일홍
위에서 꿀을 탐하는
꿀벌과 나비들

누군가를 만나고 싶은데

만날 사람이 없다.

주위에 항상

친구들이 있다고 생각했는데

이런 날, 이런 마음을

들어줄 사람을 생각하니

수첩에 적힌 이름과 전화번호를

아무리 읽어 내려가 보아도

모두가 아니었다. 혼자 바람 맞고 사는 세상

거리를 걷다 가슴을 식히고

마시는 뜨거운 한잔의 커피.

이해인의 시 〈어느 날의 커피〉다. 시의 정조가 참 쓸쓸하다. 커피는 우리의 외로움을 덜어주는가, 아니면 더한 외로움을 불러들이는가. 난 아메리카노 일반 컵으로 하루 커피 2~3잔을 마시고, 집에 있을 땐 싱글 오리진 원두별로 드립으로 내려 마시곤 한다. 가볍고 밝은 꽃향기 나는 에티오피아 계열의 원두나 뒷맛이 오래 남는 게이샤 커피를 선호한다. 술과 담배를 모르는 나로서는 커피가 나름의 기호품이다.

들기론 한국인의 1인당 커피 소비량이 세계 1위란다. 이 정도면 '한국인의 핏줄에는 카페인이 흐른다'라는 말이 과장이 아닐 듯싶다. 카페인이 몸에서 절반가량 빠져나가는 반감기가 6~8시간이다. 나처럼 하루 커피 2~3잔을 마시면 몸에서 카페인이 사라질 틈이 없다. 카페인이 혈장, 적혈구, 백혈구, 혈소판과 더불어 한국인 혈액 구성의 '디폴트 값'이 되고 있다.

지방에 가면 반드시 그곳의 명망 있는 커피숍을 방문하곤 한다. 내 나름의 큰 즐거움이다. 고성 '박인태커피'의 입안에서 환한 풍미로 터지던 콜드브루, 진부령 '하늘빛풍차'의 콜롬비아 스페셜티 산추아리오의 산뜻한 밸런스, 화천 '하이 대이리' 카페의 블렌딩 원두의 산뜻한 커피 맛을 기억한다. 더불어 파주 카페 '애플트리' 아메리카노의 신선함, 연천 우정리 카페 '코밀'에서

마신 에티오피아 아비야 게이샤 특유의 달콤한 신맛과 오래 남
는 싸한 고릿함 그리고 양평 '채터' 카페의 버터소금커피의 미
묘하게 부드러운 맛을 잘 기억한다.

지인의 이야기에 따르면 세상에는 나 같은 카페인 중독 꿀벌
도 있는가 보다. 전세계에는 약 60여 종의 식물에 카페인이 들
어 있다. 커피나무, 카카오나무, 차나무, 감귤류 나무가 여기에
해당하고, 카페인이 이 식물의 성장을 돕는다.

사실 이들 나무의 카페인은 천적으로부터 자신을 보호하기
위해 만들어낸 보호물질이다. 그러기에 달팽이 같은 미소 생물
들은 이 식물의 잎을 갉아먹다가 카페인 성분에 중독되어 죽고
만다. 놀라운 사실은 이 식물이 카페인을 이용해 꿀벌을 유도한
다는 점이다. 이 식물에 함유된 미량의 카페인이 꿀벌을 카페인
중독 상태로 만들기 때문이다. 커피나무에 드나드는 꿀벌의 뇌
를 열어보니 카페인에 중독돼 있었다고 한다. 카페인에 중독된
꿀벌은 그 꽃을 계속해서 찾게 되고, 결과적으로 수분 매개자
역할을 감당한다. 식물의 카페인이 꿀벌을 노예 상태로 만드는
것이다.

우리나라의 경우, 감귤류 나무나 차나무의 카페인에 중독된
토종 꿀벌이 그 나무를 재방문한다. 젖먹이 토종 꿀벌은 언제
카페인을 맨 처음 맛보는 것일까? 꿀벌은 나무가 충매蟲媒를 위
해 꿀에 숨겨둔 카페인에 중독된다. 젖먹이 꿀벌에서 어른 꿀벌

로 성장할수록 중독 증상은 더욱 심해질 것이다. 중독의 엔트로피 현상. 계정천에서 만난 미니백일홍 나무도 카페인 함유 60종에 해당하는지 한 번 확인해 봐야겠다.

내가 좋아하는 커피 관련 노래는 밥 딜런Bob Dylan의 〈커피 한잔 더One more cup of coffee〉와 페기 리Peggy Lee의 〈블랙 커피 Black coffee〉다. 밥 딜런의 〈One more cup of coffee〉의 가사는 사랑하는 여인을 떠날 때의 아픔을 노래한다. 한잔의 커피를 더 마신 후 그녀를 두고 길을 떠난다는 내용을 담고 있다. 밥 딜런의 보컬 스타일과 어쿠스틱 기타 연주가 돋보인다.

▶ Bob Dylan - One more cup of coffee

"당신이 누운 베개 위의 머릿결. 하지만 애정의 감각이 없어요. 호의도 사랑도 없어요. 당신의 충실함은 나를 향한 게 아니에요. 하늘의 별들을 향한 거예요. 길 떠나기 위해 커피 한잔 더. 내가 가기 전에 커피 한잔 더. 저 계곡 아래를 향해서 가기 전에."

9

가을을 만끽하다

지인들이나 커뮤니티에서 가끔 숲해설을 요청한다. 그러면서 '숲해설의 필요성'에 대해서도 간략히 설명해 달라고 한다. 의미 있는 질문이다. 나는 다음과 같은 내용으로 회신했다.

'야생의 숲' 체험으로 목본, 초본, 곤충, 조류 등 숲의 다양한 구성 요소를 이해하고, 세계에 대한 생명 존중[바이오필리아 biophilia] 정신을 배운다. 아울러 '지혜의 숲' 체험으로 역사, 문화를 이해하면서 우리의 사고를 지혜로움으로 확장해 나간다. 끝으로 '치유의 숲' 체험으로 모든 생명은 상처를 입고 살 수밖에 없는 존재이기 때문에 연대와 공감[코뮤니타스communitas]으로 서로를 채우고 위로하고 치유하며 살아가야 한다는 점을 배

©writer

운다.

11월 중순 '위드 카미노' 팀과 같이 경기둘레길 여주 35코스에서 숲해설을 시도했다. 여강길 1코스이기도 한 이 길은 봄날에 트레킹을 하면서 숲해설 장소로 점찍어둔 곳이다. 참가자들은 60대의 남녀 혼성 합창단이다. 조경학 연구자 이도이 박사가 주로 해설했고, 난 그를 도와 부라우 나루터와 우만리 나루터의 역사 문화를 해설했다.

한강문화관 앞길에 강천보가 자리하고 강물 중간에 바위가 있다. 이곳에는 중대백로, 왜가리, 청둥오리, 흰뺨검둥오리와 함께 가마우지가 보인다. 가마우지는 골치 아픈 새인데, 본디 겨울 철새였지만 어느새 텃새가 되어버렸다. 독한 똥을 누워 숲이 심한 백화현상을 겪는다는 뉴스를 본 적이 있다. 또 먹성이 좋아 주변 양식장 송어를 다 먹어 치워 골칫덩이가 되어버렸다는 뉴스도 들린다. 가마우지 개체 수 조절이 필요할 듯하다.

호주의 토끼 사건을 아시는지? 원래 호주에는 토끼가 없었다. 1859년 토마스 오스틴Thomas Austin이란 사람이 사냥용으로 외래종 토끼 24마리를 호주에 데려왔다. 그 토끼들이 번식해 오늘날 2억 마리에 달하는 '좀비 토끼'가 되고 만 것이다. 영화 〈토끼 울타리Rabbit proof fence〉(2023)에서 3,256km의 울타리를 볼 수 있다. 울타리는 토끼 번식을 막기 위한 필사의 자구책이다. 이 영화의 내용은 호주 원주민들Aborigine Peoples이 호주 정부의 탄압을 피해 보호지를 탈출한 실화를 다루고 있다. 호주 정부가 지정한 보호지보다 오히려 토끼 보호 울타리가 편안한 안식처를 줄지 모른다며 길을 떠나는 소녀 이야기이다. 사냥용 토끼 사례처럼 외래 교란종을 유입하면 생태계 대혼란이 일어날 수 있다. 제주 최남단의 섬 마라도 고양이들의 개체수가 급격히 증가하자 본섬으로 일부 옮겨진 이야기도 있다.

단현1리 마을 입구까지 다양한 해설이 이어졌다. 개오동과 오동나무의 차이, 염료로도 사용되는 미국자리공, 식용으로 쓰이는 돈나물, 주목, 도깨비방망이풀, 설악초, 환삼덩굴, 쥐꼬리망초, 구기자, 미국나팔꽃, 쇠서나물, 서양등골나물 등등.

형지그룹 연수원부터 숲길이 시작된다. 입구에서 선조들이 먼 길 떠날 때 신은 '오합혜五合鞋', '십합혜十合鞋'라는 짚신 2종류를 설명했다. 선비들은 두 종류의 짚신을 봇짐에 걸고 길을 나섰다. 평지를 걸을 때는 쫀쫀하게 짠 십합혜를 신고, 숲길로 들어설 때는 다소 느슨한 오합혜로 갈아 신었다. 숲에는 눈에 잘 띄지 않는 미생물이 살고 있어서다. 봄에는 알에서 막 깨어난 애벌레가 있고, 가을에는 애벌레가 번데기가 되어 월동하기 위해 땅속으로 들어가는 시기이다. 뭇 생명을 배려했던 조상의 지혜를 엿볼 수 있다. 숲으로 들어서면 우리는 '마음의 오합혜'를 꺼내 신고 지나가야 하리라. 참가자들에게 눈을 감고 오감으로 느끼며 숲에 진입하자고 제안했다.

본격적인 숲길에선 뽕나무와 단풍나무 설명이 따른다. 《장자》에 보면, '좌중담소座中談笑 신상구愼桑龜'라는 구절이 있다. '좌중에 모여 담소할 때는 뽕나무와 거북을 조심하라'는 뜻이다. 여기에는 관련 설화가 전해온다.

> 옛날 병석에 계신 아버지를 모신 효자가 있었다. 천년 된
> 거북을 고아 먹으면 병이 낫는다는 소문을 듣게 됐다.
> 아들은 오래 묵은 거북이를 구하게 되었고, 지게로 지고
> 가다가 커다란 뽕나무 아래서 쉬게 됐다. 한데 거북이가
> "나는 영험해서 가마솥에 넣고 끓여도 죽지 않네"라고 말하는
> 것이었다. 그 말을 듣고 있던 뽕나무가 "강한 나무인 뽕나무
> 장작으로 불을 지피면 당장 죽는다네"라고 응수했다. 실제로
> 아들이 아무리 거북을 삶고자 해도 안 되자 바로 그 뽕나무를
> 베어다가 불을 지펴 영험한 거북을 삶을 수 있었고,
> 아버지의 병을 고칠 수 있었다.

이 내용에 따라 '신상구愼桑龜'는 '쓸데없는 말을 삼가라'는 경고로 쓰인다. 단풍나무 설명에는 두보의 〈산행山行〉을 인용했다. 시인은 단풍이 봄꽃보다 더 붉다고 표현했다.

비탈진 들길로 저 멀리 차가운 산길을 오르니,

흰 구름 이는 곳에 인가가 있네

수레를 멈추고 해질녘 단풍 숲을 즐기자니,

서리 맞은 나뭇잎이 봄꽃보다 더 붉네

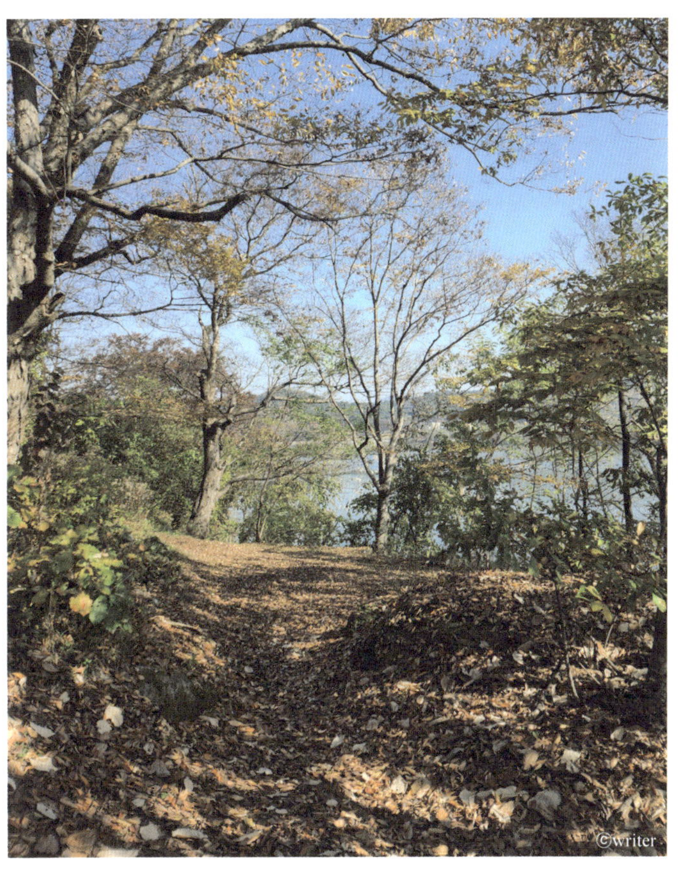

산벚나무, 생강나무, 은행나무, 밤나무, 딱총나무, 이팝나무, 참나무, 가래나무, 질경이, 고사리 동정에 이어 칡나무와 등나무의 구별, 그리고 아카시나무와 아카시아나무의 차이도 설명했다. 왼쪽으로 꼬이면 칡덩굴, 오른쪽으로 꼬이면 등나무이다. 아카시아는 호주가 원산지로 노란 꽃이 피고, 아카시는 미국이 원산지로 하얀 꽃이 핀다. 결국 우리가 아카시아라고 알고 심은 나무는 아카시나무인 것이다.

숲길은 낙엽으로 가득 찼고 참가자들이 낙엽을 밟는 소리가 쩌렁쩌렁 울렸다. 참가자 한 명이 구르몽Remy de Gourmont의 시 〈낙엽 Les feuilles mortes〉을 낭송했다. "시몬, 너는 좋으냐. 낙엽 밟는 소리가….."

동영상15.
남한강변 숲해설
도중에 떨어지는 낙엽

우만리 나루터의 느티나무가 우리 일행의 종착지였다. 우리 민족과 느티나무와의 관계, 나루터 풍경, 도리마을의 '아홉사리 과거길'을 거쳐 과거시험을 보러 가던 선비들의 모습을 들려주었다. 또한 '죽령, 추풍령, 문경' 중 죽령은 '죽죽 떨어져서', 추풍령은 '추풍낙엽으로 미끌어져서' 같은 일종의 징크스 때문에 선비들이 문경을 지나갔다는 이야기도 해주었다. 문경聞慶은 '경사스런 소식을 듣는다'라는 뜻이니 기왕이면 이 길을 택했으리라.

느티나무 아래에서 참가자의 두 남녀가 이중창으로 이동원의 〈향수〉를 불렀다. 그리고 나서 썬밸리호텔 13층으로 올라가

씨엘로 레스토랑에서 남한강 일대의 전망을 조망했다. 참가자들은 이구동성으로 평생 잊지 못할 추억이자 품격 있는 투어라며 감탄에 감탄을 거듭했다. 고즈넉한 분위기의 가을날이 깊어간다. 이런 날엔 스트롭스Strawbs의 노래 〈어텀Autumn〉이 제격이다. 가을 무렵 참 많이도 듣고 들었던 노래다.

▶ Strawbs - Autumn

"가을이 오는 것을 느껴요. 안개는 하루 종일 낮게 드리워져 있네요. 작은 새들은 날개를 모아 길을 떠날 준비를 하고 있습니다. 나무들은 녹색 잎 사이에서 갈색의 흔적을 보이기 시작합니다. 당신과 나만이 보았던 그 기억들을 되살리네요."

둘레길, 특히 코리아둘레길이 뭐냐고 묻는 이들을 위해

'장거리 걷기 길'에 대한 이야기로 이 글을 마무리하고자 한다. 우스갯소리지만 상갓집에 온 조문객이 문상한 후에 "그런데 누가 돌아가셨느냐?"라고 묻더라는 말이 있다. 이 책을 읽는 독자들이 이런 상황에 놓이면 어쩌나 하는 노파심에서다.

둘레길 걷기가 한국 사회의 문화적 코드로 급속히 등장하게 된 시점은 비정부기구에서 추진한 제주 올레에 이어, 정부가 코리아둘레길 중 처음으로 연결한 '해파랑길'의 조성과 궤를 같이 한다. 2016년 해파랑길의 정식 개통 이후 정부는 남해안의 '남파랑길'과 서해안의 '서해랑길' 도보 코스를 연결하고, 비무장지대[DMZ] 접경지역의 'DMZ평화의길'을 완성할 계획이었다. 총연장 4,520km로 서울~부산 거리의 10배, 스페인 산티아고 순례길 프랑스 카미노(750km)의 5배 넘는 거리이다.

원래 정부는 이 목표를 2018년에 최종 완성하고자 했다. 그러나 이후 정권이 바뀌면서 남북간의 긴장관계 이슈가 생겨났고, 그로 인해 2024년 9월 23일에 이르러서야 북쪽 비무장지대 접경지를 지나는 DMZ평화의길이 정식 개통되었다. 마침내 이

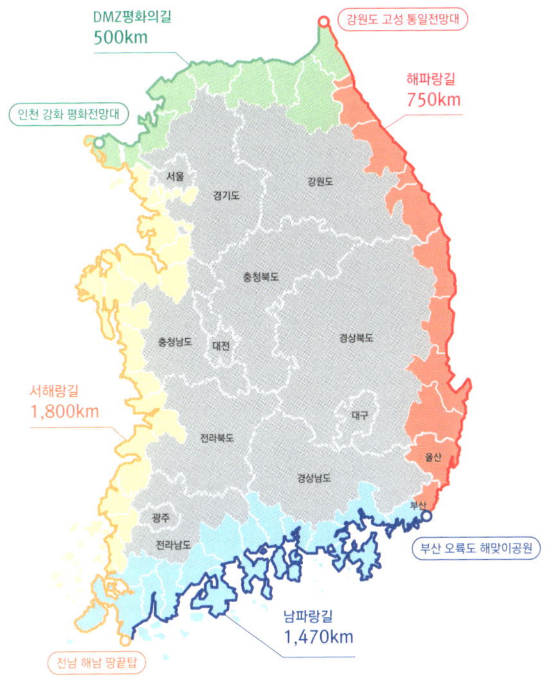

날을 기점으로 한반도 외곽을 따라 ㅁ자 형태로 연결한 걷기 여행길인 '코리아둘레길'이 최종 완성된 것이다. 나는 이 날을 기념하여 'DMZ평화의길'을 완보하고 드디어 코리아둘레길 4개 길 완주라는 그랜드슬램을 달성했다.

세계적인 장거리 트레킹 길은 여럿 있다. 스페인은 여러 코스의 산티아고 순례길이 있고, 미국은 존 뮤어 트레일[JMT], 퍼시픽 크레스트 트레일[PCT]이 있으며, 뉴질랜드는 잘 알려진 밀포드 트랙이 있다. 네팔에는 ABC 트레킹, EBC 트레킹에 이어 안나푸르나 둘레길을 도는 안나푸르나 서킷도 있다. 특이한 영적 경험을 선사하는 페루의 잉카 트레일도 있다. 이 중에서 난 산티아고의 3개 카미노, ABC 트레킹, 잉카 트레일을 걸었다.

이러한 장거리 트레킹 길 위에는 시간의 누적으로 이루어진 문화적 전통과 다양한 삶의 방식이 깔려 있다. 트레일을 중심으로 저마다 다른 숙식 인프라나 특정 방식의 문화적 체계가 갖춰져 있다. 또한 트레커 혹은 순례객을 위한 국가 혹은 자치단체 또는 민간 부문의 봉사 등이 높은 문화 수준으로 지원된다. 나는 지리산둘레길을 종주하면서 이와 유사한 문화 수준을 경험했다.

코리아둘레길 조성 사업은 문화체육관광부와 한국관광공사가 함께 추진 기구를 구성하여 시작했다. 여기에 '한국의길과 문화' 같은 단체는 지역주민, 역사·지리 전문가, 동호인 등의 참여를 유도하며 둘레길을 관리하고 있다. 다만 아직은 시간이 더 필요하다. 흔히들 산티아고 순례길을 이야기하는데, 이 길이 천년의 세월이 녹아 만들어졌다는 점을 쉽게 간과한다.

길의 문화는 그냥 만들어진 게 아니다. 시간의 누적과 함께 숙식 인프라 구축을 위한 노력 그리고 스토리텔링을 위한 민관의 노력이 필요하다. 그런데 이러한 길의 문화는 급히 애쓴다고 될 일은 아니다. 《논어》에 '욕속즉부달欲速則不達'이라 했다. '급히

하려 하면 (길에) 도달하지 못한다'라는 뜻이다. 민관단체의 노력과 함께 자연스러운 시간의 누적이 반드시 필요하다. 산티아고 순례길, 프랑스카미노와 피니스테레카미노 그리고 포르투갈카미노의 3개 코스를 완주하고, 코리아둘레길 4개 코스를 다 걷고 나서 내린 결론이기도 하다.

2000년대 이래 걷기를 목적으로 한 새로운 여행 문화가 확산되면서 지난 20년간 국내 걷기 여행길이 크게 늘었다. 문체부에 따르면 현재 국내엔 600여 개, 2만km의 걷기 여행길이 조성돼 있다고 한다.(이 숫자는 2021년 기준이니 현재는 이보다 훨씬 더 많을 것이다.) 이 같은 기존 둘레길도 다시 구간에 따라 코리아둘레길에 포함되거나 연결된다. 개인적으로는 코리아둘레길이라는 한국의 장거리 걷기 길이 세계적인 문화유산으로 인정받을 날을 기대한다. 그래서 더더욱 시간이 필요하다는 것도 절감한다.

이 책을 쓰는 과정은 전작 《산티아고 카미노 블루》를 쓰던 때와는 확연하게 큰 차이가 있다. 답사와 집필에 더 많은 시간을 투자했고, 출판 과정에 더 많은 시간을 소요했다. 그사이 더 많고 섬세한 확인 작업을 거쳐야 했다. 이는 필자가 느낀 세 가지 이유 때문인데, 사실은 심적 부담감에 기인한다.

첫째는 우리 것에 대한 애착이다. 손은 안으로 굽기 마련이다. 코리아둘레길과 경기둘레길 같은 장거리 걷기 길을 소개하며 장거리 걷기 길로서 우리 길의 면모를 주변에 널리 알리고 싶었다. 그러나 항상 느끼지만 아쉬움이 더 많다. 숙식 인프라와 스토리텔링과 같은 문화적 체계가 아직 부족해서이다. 그래서 경기둘레길과 DMZ평화의길을 첫 작업으로 삼았다. 경기둘레길은 다른 길에 비해 비교적 스토리가 풍부하고, DMZ평화의길은 생태 문제를 다루기에 적당한 길이라는 생각이 들어서다.

둘째는 걷기 문화 확산을 위한 나름의 기여를 의식했다. 자전거 종주나 요즘의 달리기 트렌드를 모르는 것은 아니다. 그럼에도 난 천천히 걷는 일을 너무 좋아한다. 길에서 오감을 활용하는 방법은 천천히 걷는 일만한 게 없다. 산업혁명 이래 빨라진 기술혁신은 인간을 속도에 심취하게끔 했다. 굳이 설명 안 해도 속도로 인한 편의성 증진에 비례해 부작용도 크다. '몸을 쓰며 걷는 일'은 이 문제들을 해결하는 유일한 방법이다(라고 나는 믿는다). 다행히 요즘 들어 '몸을 쓰며 걷는 일'에 대해 큰 관심이 생겨나고 있다. 여기에 일조해야 한다는 나름의 의무감이 있었다.

셋째는 이 책을 종합적 교양 인문서로 격상시키고 싶은 개인적 욕심이었다. 단순히 걷기 길 소개나 안내서에 그치는 글을 쓰고 싶지 않았다. 내 몸으로 걸어 '우리 길이 풍부한 인문적 사색의 원천이 될 수 있다'는 것을 체화된 결과로 내보이고 싶었다. 그러기에 내 지식의 최대치를 뽑아 구상하고, 인문학적 질 료를 뽑아 자연스럽게 엮어내고자 노력했다. 제법 힘든 작업이 었지만, 한편으로는 나름 자랑스러운 과정이기도 했다.

이제 모든 평가는 독자들의 몫이다. 나로서는 이 둘레길 시 리즈의 시도가 주변에 마중물이 되기를 바란다. 더불어 좋은 반 응을 얻어 걷기와 코리아둘레길에 대한 집필 작업을 계속 이어 갈 수 있기를 바랄 뿐이다. 나무발전소 김명숙 대표님을 만날 수 있었음은 내겐 큰 행운이었다.

아울러 모두에게 감사드린다. 그리고 솔리 데오 글로리아 SDG .

제1장

음악

01. Neil Young&Crazy Horse-Down by the River,
　　『Everybody Knows This Is Nowhere』(1979)_21p
02. Peter Paul&Mary-Blowing in the wind,『In the wind』(1963)_31p
03. Pink Floyd-Wish you were here, 『Wish you were here』(1975)_38p
04. Susan Jacks-Evergreen, 『Ghosts』(1980)_46p
05. Linda Ronstadt-Blue Bayou, 『Simple Dreams』(1977)_52p
06. Wishbone Ash-Everybody needs a friend, 『Wishbone Four』(1973)_57p
07. 이생진/이성일-그리운 바다 성산포(1979)_64p

동영상

01. 길 위에서 사마귀를 만나 한참을 같이 놂_53p
02. 큰까치수영을 찾아 나는 산제비나비 _54p

제2장

음악

08. Eric Carmen-All by myself, 『Eric Carmen』(1975)_70p
09. Ian Hunter-Old records never die, 『Short back n' sides』(1981)_74p
10. Simon&Garfunke-April come she will, 『Sounds of Silence』(1965)_80p
11. Hollies-He ain't heavy, he is my brother, 『He Ain't Heavy, He's My
　　Brother』(1969)_86p
12. Cat Stevens-Father&Son, 『Tea for the Tillerman』(1970)_90p

13. Robin Trower-Bluebird, 『In City Dreams』(1977) _94p

14. Mark-Almond-What am I living for, 『Rising』(1972) _99p

15. Camel-Stationary Traveller, 『Stationary Traveller』(1984) _105p

16. Robin Trower-Daydream, 『Twice Removed from Yesterday』(1973) _109p

동영상

03. 생태숲을 표방한 고양생태공원의 메타세쿼이아 길 _107p

제3장

음악

17. 이상은-가을 수채화, 『fLoW』(2019) _119p

18. 김두수- 산, 『自由魂』(2002) _126p

19. 정훈희&송창식 - 안개, 『헤어질 결심 OST』(2022) _131p

20. 최헌-가을비 우산 속에, 『최헌 골든 베스트』(1979) _137p

21. 정미조-귀로, 『37년』(2016) _142p

22. 강산에- 라구요, 『라구요』(1993) _148p

23. 이소라-바람이 분다, 『눈썹달』(2004) _152p

24. 유익종-차창에 흐르는 이별, 『유익종 3집』(1991) _157p

동영상

04. 고성 숙소에서 바라본 동해 일출 _115P

05. 휴전선 이북으로 떼 지어 날아가는 큰기러기 _155p

제4장

음악

25. Eagles-Desperado, 『Desperado』(1973) _165p

26. Seals&Crofts-Summer Breeze, 『Summer Breeze』(1972) _171p

27. The Poppy Family-Which Way You Goin' Billy, 『Which Way You

Goin', Billy?』(1969) _177p

28. Night-Hot summer nights, 『Night』(1979) _183p

29. Klaatu-Hope, 『Hope』(1977) _190p

30. Black Sabbath-Solitude, 『Master of Reality』(1971) _196p

31. Nat King Cole-Those lazy hazy crazy days of summer, 『Those Lazy
    Hazy Crazy Days Of Summer』(1963) _202p

32. Bachman Turner Overdrive-Not Fragile, 『NOT FRAGILE』(1974) _208p

33. Joan Baez-The River in the Pine, 『Farewell, Angelina』(1965) _214p

34. Peter Paul&Mary-Early Mornin' Rain, 『See What Tomorrow Brings』
    (1965) _219p

동영상

06. '타샤의정원251' 카페 창밖으로 넘치게 내리는 가을비 _209p

07. 가평 호명산 입구 잣나무숲에 내리는 가을비 _215p

제5장

음악

35. 김두수-나비, 『自由魂』(2002) _227p

36. 송창식-바람 부는 길, 『송창식 베스트』(1976) _234p

37. 최백호-길 위에서, 『가족끼리 왜 이래 OST Part.2』(2014) _240p

38. 장현-석양, 『장현 베스트』(1972) _246p

39. 김민기-가을 편지, 『김민기 전집 1』(1993) _251p

40. 송창식-새는, 『송창식 베스트』(1974) _257p

41. god-길, 『Chapter 4』(2001) _262p

42. 신해철-길 위에서, 『My Self』(1991) _268p

43. 김광석-서른 즈음에, 『김광석 네 번째』(1994) _274p

44. 정미조-개여울, 『정미조 최신히트 제1집』(1972) _279p

동영상

08. 칡잎 위아래에 앉아 쉬는 네발나비와 검은다리실베짱이 _224p

09. 화천 산소길에서 만난 유혈목이 _238p

10. 연천 원당리 수농원에서의 화초 설명 _268p

11. 프렌치마리골드 위에 사뿐히 앉은 네발나비 _277p

제6장

음악

45. Ian&Sylvia-Four strong winds, 『Four Strong Winds』(1963) _287p

46. Alan Parson's Project-What Goes Up, 『Pyramid』(1987) _295p

47. Peggy Lee-Blue Moon, 『The Capitol Transcriptions』(1946) _301p

48. Dawn-Tie a Yellow Ribbon Round the Ole Oak Tree, 『Tuneweaving』 (1973) _308p

49. Tommy James-Crimson&Clover(Long Version), 『Crimson&Clover』 (1968) _314p

50. Eva Cassidy-Songbird, 『Eva By Heart』(1997) _323p

51. Barry Manilow-When October Goes, 『2:00 A.M. Paradise Cafè』(1984) _330p

52. Bob Dylan-One more cup of coffee, 『Desire』(1976) _337p

53. Strawbs-Autumn, 『Hero And Heroine』(1974) _345p

동영상

12. 붓들레아 위에서 정지 비행으로 꿀을 탐하는 꼬리박각시 _284p

13. 북한강 수면으로 얕게 나는 쇠기러기와 달리는 ITX 청춘열차 _301p

14. 미니백일홍 위에서 꿀을 탐하는 꿀벌과 나비들 _334p

15. 남한강변 숲해설 도중에 떨어지는 낙엽 _344p

민달팽이 리듬으로 걷다

**걷는 이의
축복**

**코리아
둘레길**

초판 1쇄 인쇄 2025년 4월 26일
초판 1쇄 발행 2025년 4월 30일

지은이 이화규
교정 정경임

펴낸이 김명숙
펴낸곳 나무발전소

주소 03900 서울시 마포구 독막로 8길 31, 701호
이메일 tpowerstation@hanmail.net
전화 02)333-1967
팩스 02)6499-1967

ISBN 979-11-9429-11-5 03810